アキレウス・タティオス

レウキッペとクレイトポン

西洋古典叢書

凡　例

一、訳出にあたってはビュデ叢書所収の Garnaud, J.-P. ed. *Achille Tatius d'Alexandrie: Le Roman de Leucippé et Clitophon* (Paris, 1991) を底本としたが、Vilborg. E. ed. *Achilles Tatius: Leucippe and Clitophon* (Stockholm, 1955) も適宜参照した。

二、ギリシア語をカタカナ表記するにあたっては、

(1) φ, θ, χ と π, τ, κ を区別しない。

(2) 固有名詞の母音の長短は原則として区別しない。ただし、語感や慣例を考慮した例外もある。(例) エロース、パーンなど。

(3) 地名、人名(神名)は慣用に従って表示した場合がある。(例) ネイロス河ではなくナイル河、アレクサンドレイアではなくアレクサンドリア、ポイニキアではなくフェニキアなど。

三、本文中の漢数字は章番号を、アラビア数字は節番号をあらわす。

四、訳中の訳者による補足説明は[　]で示す。

五、訳註でアキレウス・タティオス中の該当箇所に言及する場合は、作者名を記さず「第五巻三-2」のように示す。

目次

レウキッペとクレイトポン

中谷彩一郎 訳

主な登場人物

クレイトポン……本作品の主人公で、語り手
レウキッペ……本作品の主人公
ヒッピアス……クレイトポンの父
カリゴネ……クレイトポンの異母妹
ソストラトス……レウキッペの父、ヒッピアスとは異母兄弟
パンテイア……レウキッペの母
クレイニアス……クレイトポンのいとこ
カリクレス……クレイニアスが愛する少年
クレイオ……レウキッペの召使い
サテュロス……クレイトポンの召使い
カリステネス……ビュザンティオンの若者
コノプス……レウキッペの召使い

メネラオス……エジプトの若者
カルミデス……エジプトの将軍
カイレアス……パロス島出身の漁師。傭兵として遠征に加わる
メリテ……エペソスの大金持ちの夫人
ソステネス……テルサンドロス、メリテの地所の管理人
テルサンドロス……メリテの夫
神官……エペソスのアルテミス神殿の神官

第一巻

一　シドン(1)は海に面した街。海はアッシュリア(2)の海。街はフェニキア人の母。住民はテーバイ人の父(3)。二重の広い港が湾の中にはあり、穏やかに海を閉ざしている。湾が岸に沿って右手に窪んでいるところには第二の入口が開けていて、水はそこにも流れ込み、港の中のもう一つの港となっているのだ。商船はそこで穏やかに冬を過ごし、夏は外側の港で過ごすことができる。

2　ひどい嵐のあとそこに辿り着いた私は、自らの無事を感謝する犠牲をフェニキア人の女神に捧げた。その

(1) 後出のテュロスと共にフェニキア人の主要都市。現在のレバノン沿岸。
(2) 古代にはシリアはしばしば、古風で不正確なアッシュリアと表現された。作品冒頭からの古語の使用は擬古調の文体を特徴づけている。
(3) カドモスは父王アゲノル（テュロスの王とされることが多いが、ここではシドンになっている）の命で、牡牛に化けたゼウスに攫われた姉妹エウロペの探索に出るが見つけられなかったので断念し、テーバイの街を建設した。

女神をアスタルテ[1]とシドンの人は呼んでいる。街を歩きまわって奉納の品々を眺めていると、陸と海を描い
た絵が掛けられているのが目についた。絵はエウロペのだった。海はフェニキアのだった。陸はシドンのだ
3 った。陸には草地と乙女たちの一団があった。海には牡牛が泳いでいて、その背には美しい乙女が座って牡
牛でクレタ島へと航海している。草地[2]はたくさんの花で覆われていた。花には密集した木や草が入り交じっ
ていた。木は絶え間なかった。葉は密生していた。枝は葉を交わし、葉の絡まりが花にとって天井となって
4 いた。画家は葉の下の影までも描いていた。群葉の覆いを画家がひらいたところでは日の光が穏やかに草地
5 のあちこちに注いでいた。全体を垣が取り囲んでいた。草地は花冠の屋根の内側に横たわっていた。草木の
葉むらの下には花壇が列をなしていて、水仙や薔薇や銀梅花が生えていた。絵の草地の中央には水が流れて
6 おり、地面から湧き出しては花や木に注いでいる。水を引く男が鍬を手にして一つの堀の上にかがみこんで、
流れの道を開いているのが描かれていた[3]。
7 　草地の端の海へ突き出したところに乙女たちを画家は配した。乙女たちの様子は喜びと恐怖を同時に表わ
していた。額には花冠が結ばれていた。肩には髪が垂れていた。足はすべて露わになっていて、上の方には
下衣が、下の方にはサンダルがなかった。帯が膝まで下衣をたくしあげているのだった。顔は青ざめていた。
頬はこわばっていた。目を海に向かって見開いていた。口をわずかに開いて、恐怖のために叫び声をあげよ
8 うとしているかのようだった。両手を牛に向かって差し伸ばしていた。彼女らは波打ち際に足を踏み入れて
いて、波がわずかに足の上にかぶるほどだった。牡牛を追いかけようと思うものの、海に入るのを怖がって
いるようであった。

9 海の色は二色であった。陸の近くは赤みがかっていて、沖の方は濃い青だったからだ。泡や岩、波までも
描かれていた。岩は陸から突き出し、泡は岩を白くして、波はそそりたつと、岩のまわりを洗って泡となっ
た。海の中央には波に乗った牡牛が描かれていて、牛の脚が曲がって弓状になっているところでは、山のよ
10 うに波が盛り上がっている。乙女は牛の背の中ほどに、またがらずに右側に両足をそろえて座り、御者が手
綱を持つように左手で角を摑んでいた。そして牛は手の引く方へ御されて、いくらかそちらへ体を曲げてい
た。乙女の胸のまわりを下衣が覆って秘部までのびていた。そこから下半身を上衣が覆っていた。下衣は白。
11 上衣は紫。体つきは衣を通して透けていた。深い臍。ひきしまった腹部。華奢な腰。その細さは臀部へ下っ
て広くなる。乳房は胸からゆるやかに突き出していた。下衣を留めた帯は乳房をも抑えていて、下衣は体の
12 鏡となっていた。両手は一方は角に、他方は尾に伸ばされていた。頭を越えて背のまわりに広がるヴェール
が両端で留められていた。ヴェールの襞は四方にふくらんで、いっぱいに広がっていた。これが画家の描く
13 風であった。乙女はヴェールを帆のように扱って、航海する船のように牡牛に腰掛けていた。牛のまわりを
イルカたちが躍り、エロースたちが戯れていた。その動きまでも描かれていると人は言うだろう。エロース

---

(1) フェニキアの女神イシュタル。ギリシアでは愛の女神アプロディテか月の女神セレネと同一視される。

(2) 庭園や風景の描写はホメロス以来の常套手段だが、とりわけロマンチックな情景をあらわす場面に用いられる。本巻一五以下も参照。ホメロス『オデュッセイア』第五歌六三―七五、第七歌一一二―一三一を参照。

(3) ホメロス『イリアス』第二十一歌二五七―二五九を模している。

が牛を引いていた。エロースは小さな子供で、翼を広げ、箙をつけ、松明を持っていた。そして自分のせいで牛になったのをからかうかのように、ゼウスの方に振り向いて微笑んでいた。

二　私は絵のほかの部分にも感嘆していたが、恋する者なので、牡牛を導くエロースに特に興味をもって見入っていた。私は言った。

「なんとこの子は天も地も海も支配していることか(1)」。

こう私が言ったとき、そばに立っていた若者が言った。

「私もよく知っていますよ。エロースからそれだけの狼藉を受けましたから」。

2 「どんな目にあったんですか？」

と私は訊いた。

「あなたの様子を見るに、エロースの信者になって長くなさそうですから」。

「あなたは話の大群(2)を呼び覚まそうとしておられる」。

と彼は言った。

「私の話は作り話みたいなものですから」。

「ねえ、あなた、ゼウスとほかでもないエロースにかけて、作り話みたいならそれだけいっそう私を楽しませるのだから ためらわないで」。

3 こう言って彼の手を取って近くの森に連れていった。(3)そこにはプラタナスがたくさん繁っていて、冷たく澄んだ水が、まるで溶けたばかりの雪から出てきたかのように流れている。そこで私は彼を低いベンチに座らせ、自らも隣に腰掛けてこう言った。

「さあ、あなたの話を聴くときです。こんな場所はほんと甘美で、恋物語にふさわしいですよ」。

三　彼はこのように話し始めた。

私はフェニキア人。テュロスが祖国。名はクレイトポン、父はヒッピアス、父の兄弟はソストラトス。といっても完全な兄弟ではなく、二人は父親が同じなだけなのですが。叔父の母親はビュザンティオン人で、父の母親はテュロス人なのです。それで叔父はずっとビュザンティオンに住んでいました。母親の広大な領
2 地が彼のものだったからです。他方、私の父はテュロスに住んでいました。私は母親を知りません。子供の頃に亡くなったからです。父は後妻をもらって、彼女から妹のカリゴネが生まれました。父は私たちを結婚でさらに強く結びつけるのがよいと思っていました(4)。ところが、人間にまさる運命の女神たちは、私に別の妻を取っておきました。

神というものは好んでよく人間に未来を夜中に語ります。とはいえ、苦労を避けられるようにではなく
3 (運命を打ち負かすことはできませんからね)、苦痛をより楽に耐えられるようにです。突然まとめて予期せ

(1) ペトロニウス『サテュリカ』八三参照。
(2) プラトン『国家』四五〇Aに似た表現がある。
(3) プラトン『パイドロス』二二〇B－Cのソクラテスとパイドロスの対話場面を模している。『パイドロス』はローマ帝政期の恋愛を扱うギリシア語作品の範となった。
(4) 異母兄妹の結婚は可能であった。

ぬことがふりかかると心を襲って圧倒してしまいますが、あらかじめわかっていれば、少しずつ不幸の絶頂に慣れることであらかじめ対処できますからね。私が一九歳になり、父が翌年（異母妹のカリゴネと）結婚
4 させようと準備していたときに運命の女神が行動を開始しました。私はこんな夢を見ました。下半身は臍までカリゴネとひとつになり[1]、そこから上半身は二つになっていました。すると恐ろしい、大きな女が凶暴な顔をして私のそばに立ちました。血走った目、身の毛のよだつ頬、髪は蛇[2]。右手には鎌を、左手には松明を持っていました。怒り狂って私に襲いかかり、鎌を振りかざすと二人の体がつながっていた腰の部分に打ち下ろし、私から娘を切り離しました。

5 私は恐怖におののいて跳び起きましたが、誰にも話しませんでした。ただ、自分だけで忌まわしい夢のことを思い悩んでいました。そのうち、このようなことが起こりました。お話したように、父の兄弟はソストラトスでした。この人の使いがビュザンティオンから手紙を持ってきました。そこには次のようなことが書いてありました。

6 ソストラトスより兄弟ヒッピアスへ、ご機嫌よう
あなたのもとにわが娘レウキッペと妻パンテイアを送ります。トラキア人との戦争がビュザンティオン人を煩わせているため、戦さの決着がつくまでわが最愛の家族を護ってください。

四　これを読むと父は跳び上がって海へ駆けていき、しばらくして戻ってきました。彼のあとにはソスト
2 ラトスが女たちと共に送ってきた召使いや侍女たちが大勢つづきました。真ん中に背が高く、高価な衣装を着た女性がいました。彼女へ目を向けたとき、左側の乙女が目に入り、その顔で私の目をくらませました。

そんな牛に乗ったセレネ(3)の絵を以前見たことがあります。喜びに輝く目。髪は金色、金色の巻き毛。眉は黒、純粋な黒。白い頬、その白さはなかほどで赤みがさし、ちょうどリュディアの女が象牙を染める赤紫の顔料のよう(4)。口は花びらの唇を開き初めるときの薔薇の花でした。

4 私は見たとたん、われを忘れてしまいました。美は矢よりも鋭く傷つけ、目を通って魂に流れ込みます。
5 目は恋の傷の通り道ですからね。あらゆる感情が同時に私を襲いました。賞賛、仰天、恐れ、恥じらい、無恥。私は彼女の背の高さを讃美し、美しさに仰天し、心は震え、恥知らずに彼女を見つめたものの、見つかるのを恥ずかしく思いました。私は目を娘からなんとか引き離そうとしました。しかし目はいうことを聞かず、美の錨綱(5)に引っ張られてそちらへ自らを引き戻し、最後には打ち勝つのでした。

五　こうして彼女たちが私たちの家にやってくると、父は家の一部を彼女たちに割りふり、夕食を準備させました。やがて時間になり、父が決めた通りに、私たちは二人ずつ臥台に分かれて食事をしました。父と
2 私は真ん中に、母親たちふたりは左側に、右側を娘たちが占めました。私はこの素晴らしい配置を知ったと

---

(1) プラトン『饗宴』一八九C以下でアリストパネスが語るアンドロギュノスの挿話を反映している。
(2) 図像的には復讐の女神エリニュスだが、この夢の意味するところは不明。
(3) 月の女神。一写本は「エウロペ」の読みを取っており、これが正しいなら冒頭のエウロペの絵と直接つながる。
(4) ホメロス『イリアス』第四歌一四一—一四二「ちょうどマイオニアかカリアの女が象牙を赤紫に染めるときのように」に由来。
(5) 原語の πεῖσμα にはそれぞれ「錨綱」と「説得」という意味があり、その言葉遊びが背後にある。

3 き、目の前にその娘を配してくれたことに、跳んでいって父にキスしたいほどでした。神に誓って、一体な
にを食べたのか、私にはわかりませんでした。夢の中で食べている人のようでしたから。私は臥台に肘をつ
いて体を傾け、こっそり視線を向けながら娘の顔を見つめていました。私にはそれが夕食でした。
4 食事が終わると、父の召使いの少年がキタラ[1]の調子を合わせて入ってきて、まず素手で弦を強く震わせて
打ちました。つづいて指で小さな調べをやさしく囁くように奏で、それから今度は撥で弦をはじきました。
5 ちょっとキタラを弾いてから、調べに合わせて歌いだしました。その歌はアポロンが逃げるダプネ「のつれ
なさ」を責めて追いかけ、捕まえようとしたとき、乙女が木になってしまったのでアポロンはその木を冠に
6 した[2]、というものでした。この歌が私の心をさらに燃え上がらせました。恋の物語は欲望の燃料ですからね。
人が慎しみを心がけていても、実例がまねるようにと駆り立てるのです。特に自分よりすぐれた者の例のと
きには。というのも、人が過ちを犯すときの恥じらいは、自分よりすぐれた者への尊敬[3]によって放縦に変わ
7 ってしまいますから。私は自分にこう言いきかせました。
「ほら、アポロン様でも恋をする。乙女を愛して、恥じらうどころか追いかけるのだ。ところが、お前は
ためらったり、恥ずかしがったり、時ならぬ慎しみをみせている。自分が神よりすぐれているとでもいうの
か」。

六　夜になってまず婦人たちが床につき、少し経ってから私たちも寝ました。ほかの人たちは腹で悦びを
判断しましたが[4]、私は目で御馳走を味わったので、娘の顔や混じりけのない光景に満腹し、恋に酔って戻っ
2 てきました。ところが、いつも自分が寝ている部屋に入っても眠れませんでした。本来、病気や体の傷は夜

ひどくなり、わたしたちが休んでいるときにいっそう立ち向かってきて痛みを引き起こします。体が休んで
いると傷は自由にうずきます。心の傷も体が動いていないとますます痛むのです。昼間は目や耳はいろんな
ことで満たされ、心を苦しむ暇からそらして病の絶頂を和らげます。ところが体が休息で縛られていると、
4 心は孤独になって苦しみの波にかき乱されるのです。というのも、そのときそれまで眠っていたあらゆる感
情が目を覚ましますから。悲しむ者には悲しみが、思い悩む者には気がかりが、危険にあっている者には恐
5 怖が、恋する者には熱情が。明け方頃ようやく眠りが私を憐れんで、少しばかり休ませてくれました。とこ
ろがそのときも、私の心から娘は去ろうとしませんでした。見る夢すべてがレウキッペだったのです。彼女
と話し、一緒に遊び、一緒に食べ、彼女に触れ、昼間よりもずっといいことがありました。彼女にキスもし
ましたし、しかもそのキスは本式でしたから。だから召使いが私を起こしたときには、こんな甘美な夢を壊
したといって間の悪さを罵りました。
6 　私は起き上がると、家の中でわざと娘の前を歩きだし、本を手にして身をかがめて読んでいるふりをしま
した。ドアのところにくるたびに下から彼女をこっそり見上げました。何度も往き来して彼女の姿から恋を
注ぎ込み、まったく心を病んで立ち去りました。この炎は三日にわたって燃えつづけました。

（1）古代ギリシアの竪琴。
（2）月桂樹（ギリシア語のダプネ）と月桂冠の起源譚。
（3）「自分よりすぐれた者の承認」の意にも取れる。
（4）デモステネス『冠について』二九六の模倣。

七　さて、私にはクレイニアスといういとこがいました。孤児の若者でしたが、私より二つ年上で恋（エ
ロース）の信者でした。といっても彼の恋は少年に対してでしたが。その子に対する気前のよさといったら、
2 馬を買ったときも少年が見て賞めたら、すぐにその馬を持っていって贈ったほどでした。ですから、恋する
ことにうつつをぬかし、恋の悦びの奴隷になっている彼の気ままさを私はいつもからかっていたものです。
すると彼は微笑んで頭を振りながら言いました。

「君もいずれ奴隷になるよ」。

3 私はすぐに彼のもとへ出かけて挨拶すると、[1]隣に座りました。私は言いました。

「クレイニアス、君をからかった報いを受けたよ。僕も奴隷になってしまった」。

彼は手を叩いて大笑いし、立ちあがって恋特有の不眠をあらわしている私の顔に口づけして言いました。

「恋しているね。ほんとに恋している。君の目が物語っているよ」。

ちょうど彼がこう言ったとき、カリクレス（これが少年の名前でした）が取り乱して走ってきて言いました。

「もうだめです、クレイニアス」。

4 するとクレイニアスも、まるでその子の心に自分のすべてがかかっているかのように一緒に嘆きはじめました。そして震える声で言いました。

「黙っていたら、僕を殺してしまうよ。なにが君を苦しめているの。誰と闘うべきなの」。

カリクレスは言いました。

5 「結婚を父が僕に用意しているんです。それも二重の不幸を過ごすことになる醜い娘との結婚を。たとえ美人だとしても女なんて危険なもの。ましてや不運にも不器量だったら二重の不幸です。でも、父は財産に目が眩んで縁談に熱心なんです。憐れな僕は彼女の財産と婚約させられ、結婚に売りに出されたのです」。

八　クレイニアスはこれを聞いて青ざめました。それから結婚を拒むよう少年をそそのかし、女という種族を罵りました。(2)彼は言いました。

「結婚を、もう君に父上はさせるつもりなのかい。足枷をかけられるようなどんな罪を君が犯したという
2 のだろう。ゼウス神がこう言っているのを知らないのか。

　火を盗んだ罰に、私は人間に災いを与えよう。人はみな
　心から喜びつつ、己の災いを慈しむであろう。(3)

3 これが女があたえる快楽で、セイレン(4)の本性と同じなんだ。甘美な歌で殺してしまうんだよ。その災いの

---

(1) クレイニアスは、プラトン『饗宴』のディオティマや、ロンゴス『ダプニスとクロエ』のピレタス（第二巻三―八）、リュカイニオン（第三巻一七―一九）のような「恋の教師」として登場する。

(2) 古典文学によく現われる女嫌い（ミーソギュニアー）のモチーフ。「女という種族」という表現はヘシオドス『神統紀』五九〇に由来する。

(3) ヘシオドス『仕事と日』五七―五八。最初の女性パンドラは、プロメテウスが天上の火を盗んで人間に与えたことへの復讐のために創られた。

(4) 人を魅了する歌声を持つ上半身が女で下半身が鳥の怪物。その歌を聞いた船乗りたちは惹きつけられてセイレンの島に上陸し、殺された。

大きさは婚礼の支度からでも察しがつくじゃないか。笛の不快な音、扉の打ち合う音、かかげられる松明。

このような混乱を見たら人は言うだろう、「花婿はかわいそうに。まるで戦争に送られるみたいだ」。
4 もし君に教養がなければ、女のやることはわからないかもしれない。だが君は、女たちが舞台を満たすほ
どの話について人に教えられるだろう。エリピュレの首飾り[1]、ピロメラの饗応[2]、ステネボイアの讒言[3]、アエ
5 ロペの窃盗[4]、プロクネの殺人[5]。アガメムノンがクリュセイスの美しさを欲しがれば、ギリシア勢に疫病を招
く。アキレウスがブリセイスの美しさを求めれば、己に悲嘆をもたらす[6]。カンダウレスが[7]美人の妻を得れば、
6 妻がカンダウレスを殺す。ヘレネの婚礼の松明はトロイアに対して別の火を点けた[8]。貞節なペネロペイアの
結婚はどれほど多くの求婚者たちを滅ぼしたか[9]。パイドラはヒッポリュトスを愛するから殺し[10]、クリュタイ
7 ムネストラはアガメムノンを愛さないから殺した[11]。ああ、大胆な女たち。愛しては殺す。愛さなくても殺す。
美男のアガメムノンは殺されねばならなかった。その美しさは

　眼と頭は雷を喜ぶゼウスのように[12]

8 神々しかったのに。なのに、ああ、ゼウスよ、あの美しい頭まで女は斬り落としたのだ。こうしたことも美
人について言えることで、その場合は災難も耐えられるのだ。美しさは不幸を慰めるからね。それは不幸中
の幸いだよ。ところが、君が言うように、美人ですらなかったら二重の不幸だよ。誰が耐えられる？　こん
9 な美しい若者が。絶対にだめだよ、カリクレス、奴隷になってはいけない、盛りの前に若さの華を枯らして
はいけない。なにもましてこれが結婚の不幸なんだよ、青春を枯らすのだ。だめだよ、お願いだからカリ

クレス、枯れないでくれ。美しい薔薇を醜い農夫に摘み取らせてはいけない」。
[10] すると、カリクレスは言いました。
「そのことは神々と僕に任せてください。婚礼の日まで数日ありますし、一夜のうちにも多くのことが起[11]りうるのですから。時間があるときに考えましょう。とりあえず僕は乗馬に行ってきます。あなたがあの美

(1) エリピュレは首飾りのために夫アンピアラオスを裏切った。

(2) 義兄テレウスに犯され、舌を抜かれた被害者であるピロメラへの言及はいささか場違い。後述のプロクネとも話が重複する。物語の詳細は第五巻三-4-五-9を参照。

(3) ステネボイアは自らが恋をしたのに、ベレロポンのことを夫プロテウスに讒言した。

(4) アエロペは夫から黄金の羊を盗んだ。

(5) プロクネは妹ピロメラが自分の夫テレウスに犯され、舌を抜かれたのを知ると、復讐としてわが子をテレウスに食わせた。第五巻五を参照。

(6) ホメロス『イリアス』冒頭を参照。トロイア戦争十年目、アガメムノンは捕虜としたアポロン神官の娘クリュセイスを、身代金を持参した父親クリュセスの懇願も拒絶して返還しなかったため、アポロン神がギリシア軍に報復として疫病をもたらした。アガメムノンはやむなく娘を返還したが、代わりにアキレウスの女ブリセイスを奪い、怒ったアキレウスが戦闘から身を引いて、その結果、親友パトロクロスが死ぬことになる。

(7) ヘロドトス『歴史』第一巻一二。

(8) 戦火のこと。スパルタ王メネラオスの妃ヘレネをトロイア王子パリスが誘拐したことがトロイア戦争を引き起こした。

(9) オデュッセウスはトロイア戦争後も長く帰還しなかったが、妻ペネロペイアは求婚者たちを拒絶しつづけた。彼らは帰還した夫オデュッセウスに射殺された。

(10) 義理の息子ヒッポリュトスに横恋慕したパイドラは、拒絶されて夫テセウスにヒッポリュトスのことを讒言して自殺した。

(11) クリュタイムネストラは夫アガメムノンがトロイア戦争で留守中にアイギストスと通じ、帰還した夫を殺害した。

(12) ホメロス『イリアス』第二歌四七八。

しい馬をくれたのに、その贈り物をまだ楽しんでいませんから。運動が心の悩みを軽くしてくれるでしょう」。

こうして少年は最初で最後の乗馬となる道程を行ってしまいました。

九　私はクレイニアスに自分の行動の一部始終を話しました。どのように起こったか、どのように感じたか、なにを見たか、到着、夕食、娘の美しさ。とうとう私は情けないことを言っているのに気づいて言いました。

2 「僕は苦痛に耐えられないんだ、クレイニアス。エロースは全力で僕に襲いかかって目からまさに眠りを追い払ったのだから。あらゆるところにレウキッペが見えるんだよ。こんな不幸は誰にも起こったことがないよ。災いが僕と一緒に住んでいるんだから」。

クレイニアスが答えました。

3 「ばかげたことを。そんなに恋がうまくいっているのに。君にはよその戸口に行く必要も、使いを頼む必
要もないんだから。運命は君に恋人を直接与え、家の中まで運んで住まわせた。ほかの恋する者は見張られ
ている娘を見るだけで満足し、目に触れさえすれば最大の幸運だと考えるんだ。ただ一言声を聞けただけで
も、いっそう幸運な恋人なんだ。ところが君はいつでも彼女を見ているし、声を聞いているし、一緒に食べ
4 たり飲んだりしているんだぞ。そんなに幸運なのに不平を言うとは。恋の贈り物に対して恩知らずだよ。君
は恋する相手を見られるのがどんなに素晴らしいことかわかっていない。それは愛の行為よりもずっと大き

な悦びなんだよ。目がお互いに反射すると、鏡のように相手の姿を焼き付ける。この美しさの流出[1]は眼を通
5 って心へと流れ込み、離れていても一種の結合をもたらすのだ。これは肉体の結合とほとんど違わないのだ。
身体の交わりの新たな形なのだから。

　でも僕は君がじきに愛の行為も行なうだろうと予言するよ。恋する相手といつもいるのは口説くのに最高
6 の出発点だからね。目は愛の橋渡し役だし、お互いよく知っていることは愛情を得るのに効果的なんだ。野
獣が親密になることで馴らされるなら、女性は同じ方法でもっと簡単に態度を和らげる。しかも同い年の恋
人は娘には魅力的なものだよ。[2]若さの盛りには自然な衝動だし、愛されているのを自覚すると多くの場合、
愛し返すようになるものだ。[3]というのは女の子は誰でも自分が美しいことを望むし、愛されるのを喜び、美
しさを証明してくれたことで求愛者に感謝するからね。誰も愛してくれなかったら、自分が美しいとは信じ
7 られないもの。そこで一つだけ君に忠告しよう。愛されていると納得させろ。そうすればすぐに彼女も君の
愛情をまねるようになるよ」。
　私は言いました。
「でも、どうしたらこの予言は成就するのだろう。きっかけを教えてくれ。君は僕より長い信者なのだし、
すでに愛の神の秘儀にも通じているのだから。なにを言うべきか？　なにをすべきか？　どうしたら恋する

（1）プラトン『パイドロス』二五一Bより。第五巻一三も参照。
（2）プラトン『パイドロス』二四〇C参照。
（3）カリトン『カイレアスとカリロエ』第七巻六-一〇を参照。

相手を手に入れられるのか？　僕には方法がわからないんだよ」。
一〇「そのことに関しては」クレイニアスが言いました。「人から教わることはないさ。愛の神は独学の
ソフィスト(1)なんだ。誰も生まれたばかりの赤ん坊に食べ方を教えないけど、自分で学んで乳房に食べ物があ
2 るのを知っているように、恋に初めてお腹がふくれた若者も(2)、出産に指導は必要ないんだ。陣痛が起こって
運命の定めた日がくれば、たとえ初めてだとしても、神様自身が産婆役をしてくれて、迷うことなく生み方
はわかるものさ。でも一般的な、幸運な巡り合わせを必要としない規則も知っておきなよ。君は娘にアプロ
3 ディテの快楽について話してはいけない。どうしたら黙って行為にたどりつけるかを探すんだ。男の子も女
の子も等しく恥ずかしがり屋なんだよ。アプロディテの悦びに乗り気でも、心に思っていることを言われる
4 のは望まないものだ。慎しみは言葉の中にあると考えるからね。大人の女なら言葉でも喜ぶけど。娘は端か
ら恋する男の小競り合いを観察して、突然頷いて同意するのだ。ところが君が行為を求めたら、君の声に彼
女の耳はうろたえ、赤面して君の言葉を厭い、辱しめられたと思うだろう。たとえ君に身を許すつもりだと
しても恥ずかしがるだろう。言葉の快楽から誘いを受けていると、むしろ行為そのものをしている気がして
くるからだ。
5 でも、ほかの誘い方をして彼女を従順にし、楽に近づこうとするなら、まず秘儀でのようにほとんど黙っ
ていなさい。そしてそっと近づいてキスしなさい。恋する者の口づけは、なびくつもりの女には無言の要請
6 になるし、なびかない女には嘆願のしるしになるからね。また、なにか約束があっても、行為には乗り気な
のに、しばしば強いられたかのように思われたがるものだ。強制されたふりをして、同意した恥ずかしさを

逸らすことができるようにね。だから彼女があらがうのを見ても臆してはいけない。どのようにあらがって
7 いるか観察しなさい。そのときには見極めが必要だから。彼女が頑固でも、乱暴は控えなさい。まだ説き伏せられていないのだから。でも彼女が軟化した態度を示したら、君の舞台を台無しにしないように率先して役を演出することだね」。

二　それで私は言いました。

「君は素晴らしい恋路の道標を与えてくれた。うまくいくといいんだが、クレイニアス。でも同時に成功はさらに大きな不幸の始まりとなって、いっそう激しい恋に僕を駆り立てないか心配なんだ。苦しみが増し
2 たらどうしよう?　［異母妹のカリゴネと］結婚することなんてできない。ほかの娘に僕は与えられているんだから。この結婚を父が僕に強く勧めるのも当然なんだ。異国の娘や醜い娘との結婚を求めているのでも、カリクレスのように財産目当てに売られるのでもなく、自分の娘を、しかもレウキッペを見るまでは、ああ、美しかった娘をくれるのだから。でも今ではレウキッペの美しさに目をくらまされて、彼女のためだけにこ
3 の目はあるのだ。僕は二つの敵対するものの境界にいる。エロースと父が競っているんだ。父は立って僕が

（1）プラトン『パイドロス』二五五Bより。第五巻二七も参照「エロースは雄弁も教えるのだ」。エロースが教師だという考えはエウリピデス『顔をおおうヒッポリュトス』断片四三〇（Nauck）に現われる。次いでプラトン『饗宴』二〇三Dやクセノポン『キュロスの教育』第六巻一-四一ではソフィストと呼ばれている。

（2）プラトン『饗宴』二〇六A―二〇七Bを参照。

抱く畏敬の念で抑えつけ、エロースは炎を焚きつけて座っている。どう裁決しよう。血縁の絆と人間の本性の戦いだ。あなたに勝たせたい、お父さん、でももっと危険な敵がいます。弓矢を携えて立ち、炎をふるって裁判を争い、裁判官を苦しめます。言うことを聞かなかったら、お父さん、僕はその炎で焼かれてしまいます」。

二三　私たちはこのようにエロースに関して哲学を論じていました。すると突然、カリクレスの少年奴隷の一人が駆け込んできました。その顔が悪い知らせを伝えていたので、クレイニアスは見ただけですぐに叫びました。

「なにか悪いことがカリクレスに起きたな」。

こう言うのと同時に奴隷が叫びました。

「カリクレス様が亡くなられました」。

2 クレイニアスはこの知らせに声を失い、旋風に打たれたかのようにその言葉で動けなくなりました。奴隷
は語りました。

「あなたの馬に乗られたのです、クレイニアス様。最初はゆっくりと駆られ、二、三周走ってから馬を止
3 め、座ったまま手綱を気にせずに、汗をかいた馬をさすり始めました。鞍から汗を拭い取っていたとき、背
後で物音がして、馬はびっくりして後脚で立ちあがって真っ直ぐ跳び、狂ったように駆け出しました。馬銜《はみ》
を噛んで頸を反らせ、たてがみを逆立てて、恐怖に駆られて宙を飛んでいきました。前脚は跳ねあがり、後
4 脚は前脚を追い抜こうと逸り、馬を駆って速度をはやめるのでした。馬自体は脚の競走で弓なりになり、前

後それぞれの脚の速さに合わせて上にも下にも跳ねて、背は嵐に襲われた船のようにうねりました。不運なカリクレス様は乗馬の波で揺すぶられ、鞍からあちこちに転がされて、あるときは尻尾の方へ滑り落ち、ま
5 たあるときは頸の方へ突っ込みます。大波の嵐が彼を苦しめました。手綱をもはや御することもできず、疾走の風に自らをすべて委ね、運命に弄ばれるしかありませんでした。馬は全速力で走り、大通りから逸れて森へ飛び込んで、たちまち哀れなカリクレス様を木に打ちつけたのです。カリクレス様は弩から放たれたかの
6 ように鞍から投げ出され、木の枝で顔は傷つき、枝の尖端の数だけ傷を受けました。手綱が巻きついて体を離れようとせず、彼を逆方向へ、死への旅路へと引きずりました。馬は落馬にいっそう驚き、［カリクレス様の］体に走るのを邪魔されたので、逃走の妨げを蹴飛ばして哀れなカリクレス様を踏み潰したのです。その結果、見た者は誰も見分けることもできないでしょう」。

一三　これを聞いたクレイニアスはしばらく衝撃で物も言えませんでした。やがて不幸からわれに返ると、大声で嘆き、それから遺体のもとへ急いで駆けていきました。私もできるだけ慰めながら、ついていきまし
2 た。そのとき、担架でカリクレスが運ばれてきましたが、あまりに憐れで悲しい光景でした。というのは全体が一つの傷で、居合わせた誰も涙を抑えられないほどでしたから。父親は取り乱して声をあげて哀悼しはじめました。

「あんなに元気な姿で私のもとから出かけたのに、なんという姿で戻ってきたのか、息子よ。ああ、忌ま
3 わしい乗馬め。お前は尋常でない死に方をした。見るもいたわしい姿だ。死んでもほかの者にははっきりわかる特徴の痕くらい残されるものだ。人はたとえ顔の美しさが滅びても、面影を保ち、眠っているふりをし

4 て悲しむ者を慰める。死が魂を奪い去っても、肉体で故人を保存してくれるのだ。ところが、お前の場合、
運命の女神はこれも同時に滅ぼしてしまった。私にとってお前は魂と肉体において二重に死んだのだ[1]。こう
してお前の面影も死んでしまった。魂は逃げ去ったし、遺体にお前を見出すこともできないのだから。一体
いつ、息子よ、お前は結婚するのか。一体いつ私はお前の婚礼の犠牲を捧げるのか、騎手の花婿よ。結婚で
きない花婿、不運な騎手よ。お前の新婚の臥所は墓で[2]、死が婚礼だ。祝婚歌は哀悼歌で、この嘆きが婚礼の
5 歌だ。お前には、息子よ、ほかの松明を灯すのを待ち望んでいた。それなのにその火をひどい運命がお前と
共に消し、不幸の松明をつける。ああ、ひどい松明運びだ。婚礼の松明が葬式の松明になってしまった」。

一四　このように父親は嘆いていましたが、反対側ではクレイニアスが一人嘆いていました（いわば恋人と父親の哀悼の競争でした）。

「私が自分の主人を滅ぼしたのだ。どうしてあんな贈り物をしたんだろう。どうして飲むときに酒を献げ
2 られ、私の贈り物を喜んで使えるような黄金の鉢を送らなかったのか。私はひどいことに美しい少年に獣を
贈り、罪深い獣を胸当てや額当て、銀の頬革、黄金の手綱で飾り立てすらしたのだ。ああ、カリクレス。私
は君の殺害者を黄金で飾った。あらゆる獣の中で最も野蛮な馬め、卑劣で恩知らずで美しさを解さない奴め。
3 彼はお前の汗を拭き、余分に餌を約束し、お前の走りを褒めていた。ところが、お前は褒められながら殺し
たのだ。お前はあれほどの身体に触れられながら喜ばず、あれほどの騎手が誇りでもなかった。それどころ
か、無情な奴、お前はその美を地面に投げつけたのだ。ああ、悲しいかな。私は君に殺害者を、人殺しを買
ったのだ」。

一五　埋葬のあと私はすぐに娘のところへ急ぎました。彼女は家の庭園にいました。庭園は小さな森で、
目に快い立派なものでした。森のまわりにはかなり高い塀があって、塀の各面（四面あったわけですが）は
2 列柱で覆われていました。円柱の内側には木が祭典のように集まっていました。枝は茂ってお互いにからみ
合っていました。隣り合う花びらの絡まりや葉の抱擁、果実の結合がありました。これほどの植物の交わり
3 があったのです。がっしりした木の中には木蔦や昼顔が脇に生えているものがありました。昼顔はプラタナ
スからぶら下がってしなやかな群葉で厚く取り巻いていました。他方、木蔦は松に巻きついて木を抱擁でわ
4 がものにし、木は木蔦の支えになり、木蔦は木の冠になっていました。葡萄が木のどの側からも生え、葦に
支えられて葉を繁らせ、果実は熟してたわわに実っていて、葦の隙間からぶら下がって草の巻毛になってい
5 ました。地面は太陽の下、風に応じて上の方で揺れる葉の斑でおぼろな陰を煌《きら》めかせていました。花は色と
りどりで、次々に美しさを見せていました。これが大地の紫[3]であり、水仙であり、薔薇でした。薔薇も水仙
も萼の形は同じで植物の杯でした。萼のまわりに分かれた花びらの色は、薔薇が血の色で、花びらの下の方
6 だけが乳色でしたが、水仙は全体が薔薇の下の方と同じ乳色をしていました。菫には萼《がく》はありませんでした

(1) ホメロス『オデュッセイア』第十二歌二二のキルケの言葉の影響。

(2) 結婚と葬儀はソポクレス『アンティゴネ』八〇六―八一六などに見られるように、ギリシア文学ではしばしば結びつけられる。第三巻七のアンドロメダの絵の描写や同巻一〇のクレイトポンの嘆きも参照。

(3) 菫のこと。

が、色は海の静けさが輝いているようでした。花々の中央に泉が湧き出していて、四角い人工の池が流れを
囲んでいました。水は花の鏡となっていたので、本物と影の二重の森があるかのようでした。
7 　鳥はといえば、飼い慣らされた鳥は餌づけされて森を餌場としており、自由な翼を持つ鳥は梢で戯れてい
8 ました。あるものは鳥の歌をうたい、あるものは翼の美しい衣裳を誇っていました。歌い手はといえば、蟬
や燕でした。蟬は曙の女神（エオス）の結婚を、燕はテレウスの饗応を歌っていました。飼い慣らされた鳥に
は孔雀や白鳥、オウムがいました。白鳥は泉水のあたりを餌場にしていて、オウムは籠で木にぶら下がり、
孔雀は花の間に翼をひきずっていました。花の壮観が孔雀の色と張り合って輝いていましたが、まさに満開
の羽根でした。

一六　さて、私は娘が恋に従順になるようしむけたくて、鳥がくれた好機を生かし、サテュロス[1]に話しは
2 じめました。というのも、ちょうど彼女はクレイオと共に歩いてきて孔雀の前で立ち止まったからです。た
またまそのとき、鳥はその美を広げて羽根の劇場を見せました。

「この鳥はこんなことを、意図もなくするわけじゃない」。

と私は言いました。

3 「恋しているからだ。恋する相手を惹きつけたいと思うとき、このように誇示するのだよ。あのプラタナ
スのそばの雌が見えるかい？」

と雌の孔雀を指さしました。

「彼女に今、この鳥はその美を、羽根の園を見せているのだ。孔雀の花園は本物よりもずっと華やかに彩

られている。その羽根には黄金が植えられているし、まるく深紅の同じ大きさの輪が黄金を縁取って、羽根の中の眼となっているのだ」。

一七　サテュロスは話の意図を解し、私にさらにこの話を語らせようとして言いました。

「ではエロースは鳥にまで恋の炎を放つほどの力を持っているのですか」。

「鳥だけじゃないよ」。

と私は答えました。

「それは驚くことじゃない、エロース自身も翼を持っているからね。そればかりか爬虫類や植物、私の考
2 えでは、石までもだよ。たとえば、マグネシアの石(2)は鉄に恋するんだ。磁石は見たり触れたりしただけで、
内に恋の炎を持つかのように自分の方へ引き寄せるのだ。これは愛する石と愛される鉄との口づけのような
3 ものじゃないか。植物については賢人が語っている。田舎の人が語らないなら、それは寓話の類なのだろう。
4 その話はこうだ。植物は愛し合うが、特に椰子を恋が苦しめる。椰子には雄と雌があるというのだ。雄は雌
を愛する。雌の植えられる場所が離れていようものなら、恋する雄はしおれてしまう。そこで農夫は木の苦
しみを知ると、眺望の利く場所へ行き、木がどちらに傾いているか観察する。愛する相手の方へ傾くからね。
5 わかると木の病気を治療する。すなわち雌椰子の若枝を折って雄の樹心に挿し込む。そして木の魂を回復さ

(1) クレイトポンの召使いサテュロスは、レウキッペの召使いクレイオと共に、ここで突然登場する。

(2) 磁石のこと。

せると、死にかけていた体は恋人との抱擁に喜んで、ふたたび生き返って起き上がる。これが植物の結婚だ。

一八　ほかに海を越えた水の結婚もある。恋する者はエリスの河で、恋する相手はシチリアの泉だ。この
2 河は平原のように海を流れる。海も甘い恋をする者を塩辛い波で台無しにはせず、その流れのために割れて海の裂け目が河の水路となる。こうしてアレトゥサの泉のもとへ、アルペイオス河を送り届けるんだ。それでオリュンピア祭のおりにはいつも多くの人たちが河の渦にさまざまな贈り物を投げ込む。河はすぐに恋する相手のもとに運んで、それが河の結納品となる(1)。
3 爬虫類の間でも別の愛の秘儀が、同じ種類の間だけでなく、異なる種類の間にもある。蝮は陸にいる蛇だ
4 が、八目鰻への情欲に燃える。八目鰻というのは海にいる別種の蛇で、姿は蛇だが、生活は魚なんだ。さて、二匹が互いに結婚して結ばれたいと思ったときには、雄の蝮が海辺に行き、海に向かって八目鰻に合図の音をたてる。すると雌の八目鰻は合図に気づいて波から現われる。だがすぐには花婿のもとへ行かず（歯に死
5 をもたらす毒があるのを知っているからね）、岩に登って花婿が口から毒を除くのを待つのだ。そんなわけで、陸の愛する者と海の愛される者の二匹は、見つめ合いながら動かない。恋する蝮が花嫁の恐れの源を吐き出し、彼女も死をもたらす毒が地面に出されたのを見ると、そのとき初めて岩から下りて陸地に出てきて恋人を抱きしめ、もう口づけを恐れないのだ」。

一九　こんなことを話しながら、私はどのように恋にまつわる話を聞いているか娘を見ていました。彼女は喜んで聞いているようでした。孔雀の輝く美しさも私にはレウキッペの顔より劣るように思われました。というのも彼女の身体の美しさは花園の花と競っていましたから。その顔は水仙の色に輝き、頬からは薔薇

2 が萌え、目の光は菫色にきらめき、巻き毛は木蔦よりいっそう巻きついていました。それほどの花園がレウキッペの顔にはありました。

しばらくして彼女は立ち去りました。キタラを弾く時間だったのです。でも私にはそばにいるように思わ
3 れました。去ってもその姿を私の目に残しましたから。私は自分の物語に、サテュロスは私にきっかけを与えたので、二人共喜びました[2]。

（1）ペロポネソス半島のアルペイオス河とシチリア島のアレトゥサの泉の恋の物語は古代にはよく知られていた。

（2）すべての写本で、この後に「やがて夕食の時間になったので、私たちはふたたび同じように一緒に飲みました」という一文がつづくが、本巻の終わり（レウキッペがキタラの稽古のためにクレイトポンとサテュロスのもとを去る）と第二巻冒頭（クレイトポンとサテュロスがレウキッペの弾くキタラを聴きに行く）の時間的つながりを崩しており、第二巻二九に酷似した文が登場することからも後世の誤った挿入と考えられる。

第二巻

一　なお得意になったまま、私たちは娘の部屋にキタラの演奏を聴くふりをして訪れました。というのも
私はわずかの間も娘を見ないよう我慢することができませんでしたから。彼女はまずホメロスの猪と獅子の
2 戦いを歌いました(1)。それから優しい調べを奏でました。歌は薔薇を讃えていましたから。もし歌の節まわし
を取り去って音楽の言葉だけを語るなら、歌詞はこのようなものでした。
「もし花にゼウスが王を据えようと望むなら、薔薇が花を治めるだろう。大地の装飾、植物の飾り、花々
3 の眼、花園の紅潮、閃く美なのだから。薔薇は愛を香らせ、アプロディテの愛顧を受け、芳しい葉を茂らせ、
美しく動く花びらを誇り、花びらは西風(ゼピュロス)に笑いかける」。

彼女はこんなことを歌いました。私は誰かが蕚の輪郭を唇の形に閉じ込めたかのように、薔薇を彼女の唇に見ていたのかと思いました。

(1) ホメロス『イリアス』第十六歌八二三―八二六。

二　キタラの演奏を終えると、また晩餐の時間でした。ちょうど葡萄収穫を司るディオニュソスのお祭り
の時期でした。テュロス人はディオニュソスを自分たちの神だと信じています。なぜなら彼らはカドモスの
2 伝説も歌いますから。そして祭りの起源の物語を語ります。葡萄酒がまだテュロス人のもとになかった頃に
は、人間のもとにはありませんでした。芳香のする黒葡萄酒も、ビブロスの葡萄からつくった酒も、マロン
のトラキア酒も、ラコニアの杯のキオス酒も、イカロスの島の酒もなく(1)、こうしたものはみなテュロス人か
3 ら出てきたもので、彼らのもとに最初の葡萄酒の母は生まれました。というのは、かつてテュロスに、ちょ
うどアテナイ人が語るイカリオス(2)のような、客人を歓待する牧人がいました。アッティカのものだと思われ
ている物語のすべては実はテュロスで生まれたのです。この牛飼いをディオニュソスが訪れました。男は大
地が育んだり、牛の乳房が産み出すものを供しました。でも、彼らの飲み物は牛が飲んでいるようなもので
4 した。まだ葡萄の飲み物はありませんでしたから。ディオニュソスは牧人の親切を褒め、友情の杯を交わし
ました。この飲み物が葡萄酒でした。牛飼いは飲むと愉悦で恍惚となり、神に言いました。

「お客人、どこからこの深紅の水を？　どこでこんなに甘い血を見つけたのだ。これは地面に流れている
5 ものじゃない。あれは胸に入るとかすかな悦びがあるが、これは口につける前から鼻を喜ばせ、触れると冷
たいけれど、腹へはね落ちると下から快い火が吹きだすよ」。

　するとディオニュソスは言いました。

「これは果実の水で、これは葡萄の房の血なのだ」。
6 葡萄の樹の方へ神は牛飼いを連れていくと、一房取って潰しながら樹を指して言いました。

「これがその水で、これが水の源泉だ」。

テュロス人の説明では、こうして葡萄酒は人間の手に入りました。

三　その日に人々はディオニュソスのためにお祭りをします。それで父は気前よく宴会のためにあらゆる豪華な支度をし、神に捧げる混酒器（クラーテール）を据えましたが、それはキオスのグラウコスのものに次
2 ぐようなものでした(3)。全体が採掘された水晶でできた一品で、まわりには葡萄の樹が混酒器自体から生えでて取り巻いていました。房が到るところにぶら下がっていました。各房はクラーテールが空《から》の間は熟していませんが、葡萄酒を注ぎ込むと次第に色づき、熟していないのをよく熟したものに変えました。葡萄酒用の葡萄を世話するために、ディオニュソスが房のすぐそばに彫られていました。

3 やがて宴が進むと、私はずうずうしく彼女を眺めるようになりました。エロースとディオニュソスは共に強力な神で、魂を捉えては恥を忘れるほど狂わせます。一方はいつもの炎で燃えあがらせ、他方は葡萄酒という燃料を運んで。葡萄酒は恋の糧ですからね。彼女もまた興味ありげに私を大胆に見つめはじめました。

（1）以上、ギリシア文学において有名な葡萄酒が列挙されている。
（2）アッティカを訪れたディオニュソスを歓待した礼に葡萄の木を授けられた。葡萄酒を供されて酔った隣人たちは、毒を飲まされたと勘違いしてイカリオスを殺害した。
（3）ヘロドトス『歴史』第一巻二五を参照。リュディア王アリュアッテスがデルポイに奉納した品。

このようにして一〇日が経ちました。しかし私たちはあえて視線を交わすだけでした。

四　私はサテュロスにすべてを打ち明けて協力を求めました。彼自身も私から聞く前に気づいてはいたが、
気づかれたくない人に尋ねるのをためらったのだと言いました。秘かに恋する者は誰かに尋ねられると、侮
2 辱されたかのように尋ねた人に憎みますからね。彼は言いました。
「すでに巡り合わせが私たちのために支度をしてくれています。というのもレウキッペ様の寝室の世話を
任されているクレイオが私と関係をもっていて、私を愛人のように思っているのです。彼女が少しずつ私た
3 ちに事の成就のため協力するようしむけましょう。旦那様もお嬢さんを目だけで口説くのではなく、もっと
4 刺激的な言葉をかけるべきですよ。それから第二の手段をお使いなさい。手に触れ、指をなでて、なでなが
ら溜息をつくのです。もしそうしても彼女が許して受け入れるようなら、そこでやるべきことは御主人様と
呼んで、うなじにキスすることです」。
私は言いました。
「まったくアテナ(1)に誓って、お前は説得力をもってその業について訓練してくれたよ。でも私は勇気がな
いから、臆病な恋の競技者にならないか不安なんだ」。
彼は言いました。
「エロースは、旦那様、臆病を許しません。その姿がいかに戦闘的かごらんなさい。弓と箙と矢と炎、す
5 べて雄々しく勇気に満ちています。これほどの神様を内に持ちながら、臆病になって恐れるのですか。神に

6 偽わらないようお気をつけなさい。でも、きっかけは私がさしあげましょう。あなた様が一人でお嬢さんだけと会うことができる好機を見つけたら、私はクレイオを連れ出しましょう」。

五　こう言って彼は外へ出てゆきました。私は一人になると、サテュロス［の忠告］に励まされ、娘に対する勇気を持つよう自らを鍛錬しました。

「男らしくない奴め、いつまで黙ってるんだ。男らしい神の兵士がどうして臆病なんだ。娘がお前に近づくのを待つのか」。

2 それから付け加えました。

「ああ、不幸な奴、どうして自制しないのか。どうして愛すべき人を愛さないのか。うちにはもう一人美女がいるんだぞ。(2) 彼女を愛し、彼女を見つめ、彼女と結婚することがお前にはできるんだ」。

私は自分を説得したと思いました。しかし、心の中からのように下からエロースは反論しました。

「大胆なやつめ、本当に私に武装して対峙するのか。私は飛ぶし、射るし、燃やすのだぞ。どうして逃げられるのだ。私の弓は防げても、炎は防げないよ。その火を自制心で消したとしても、私は自らの翼でお前を捕まえるだろう」。

六　このようなことを議論していて、私は気づかないうちに娘のそばに立っているのに気づきませんでし

---

(1) ここでは技術や知の女神としての特性からアテナを持ち出している。

(2) カリゴネのこと。

た。私は突然彼女を見て青くなり、それから赤くなりました。彼女は一人で、クレイオも一緒にはいませんでした。それでも私は動揺してしまって、なにを言うべきかわかりませんでしたが、

「こんにちは、御主人様」。

と言いました。

彼女は愛らしく微笑み、その微笑みでどうして私が「こんにちは、御主人様」と言ったのか理解したことを示しながら言いました。

[2] 「私があなたの主人ですって。そんなことを言わないで」。

「でもたしかに神々の一人がヘラクレスをオンパレへ売り渡したように[1]、私をあなたに売り渡したのですよ」。

[3] 「ヘルメスのことをあなたは言ってるのですか。彼にゼウスがヘラクレスを売るよう命じましたが」。

と、彼女は笑いました。

「ヘルメスだって?」

と私は言いました。

「私が言いたいことがよくわかっているのに、どうしてわけのわからないことを言うんですか」。

こうして言葉から言葉を編んでいたとき、偶然は私に手助けしてくれました。

七　ちょうどその前日の正午頃、少女はキタラを弾いていました。彼女のそばにはクレイオもいて、私は部屋のなかを歩きまわっていました。すると突然、どこからか一匹の蜂が飛んできて、クレイオの手を刺し

2 ました。彼女が叫ぶと、娘は跳びあがってキタラを置き、刺し傷を調べながら元気づけて、心配しないようにと言いました。二つの呪文を唱えて彼女の痛みを止めてあげるから。あるエジプト女性からスズメバチや
3 ミツバチの刺し傷に効くと教わったのだと。同時に彼女は唱えました。やがてクレイオはよくなったと言いました。さて、そのときもたまたまミツバチかスズメバチが私の顔のまわりをブンブンいって飛んでいまし
4 た。そこで私は思いついて、手で顔をたたき、刺されて痛がっているふりをしました。少女は近寄って私の手をのけ、どこを刺されたのか尋ねました。私は答えました。

「唇を。ねえ、君、どうして呪文を唱えてくれないの？」

5 彼女は近寄って呪文を唱えるために口を近づけ、私の唇の表面に軽く触れながら、なにかを囁きました。私は音を隠してそっとキスしました。彼女の方は呪文の囁きにあわせて唇を開けたり閉じたりし、呪文をキスに変えました。そこで私は抱きしめてあからさまにキスしました。彼女は離れて言いました。

「なにをするの？　あなたも呪文を唱えるのですか？」

「まじない師にキスしているのです。私の痛みを治してくれたからね」。

6 彼女は私の言うことを理解して微笑んだので、勇気を出して言いました。

「ああ、愛しい人、僕はまたいっそうひどく傷ついてしまった。心臓まで傷は降りて、君の呪文を求めて

（1）ヘラクレスはイピトス殺害を贖うため、神託によりリュディアの女王オンパレに仕えた。ヘルメスは商売の神としての権能からその仲介をした。「神々の一人」とはエロースのこと。オンパレはヘラクレスとの子をもうける。

いる。きっと君も唇にミツバチを持っているんだ。君は蜜であふれているし、君のキスは傷つけるからね。
7 さあ、頼むから、もう一度唱えておくれ。でも急いで呪文を唱えすぎて、ふたたび傷がひどくならないよう
にね」。
　こう言っていっそう強く抱きしめると、さらに思い切ってキスしました。彼女は逆らうふりをしながら、
許しました。

八　そのとき、遠くから侍女が近づいてくるのが見えたので、私たちは離れました。私はいやいやで辛か
ったのですが、彼女がどう感じたかはわかりません。こういうわけで私もほっとして、希望に満ちあふれま
した。私は口づけが実体のように私に残っているのを感じました。そして最高に甘美なものであるキスを悦
2 びの宝庫のように守って、大切に保持していました。というのも、キスは身体の一番美しい器官から生まれ
ますから。口は声の器官で、声は魂の影ですからね。口が合わさって混ぜられると、下へ悦びが送り出され、
3 魂をキスへと引き上げます。それまで私はこんなに心が悦ぶのを知りませんでした。そのとき初めて恋の口
づけに張り合える悦びはなにもないとわかりました。

九　酒宴[1]の時間になったので、ふたたび前のように一緒に飲みました。私たちに葡萄酒を注ぎながらサテ
ュロスは、恋の業を思いつきました。彼は杯を取りかえて私のを娘の前に、彼女のを私の前に置き、双方に
2 注いで混ぜ合わせて差し出しました。私は杯の娘が飲んだときに唇をつけた箇所に注目して唇をつけて飲み、
3 杯にキスしながら彼女にキスを送りました。彼女はそれを見て、私が彼女の唇の影にまでキスしているのを
理解しました。サテュロスがふたたび私たちの杯を取りかえました。すると、娘も私のやり方をまねて同じ

ように飲むのを見たので、私はいっそう喜びました。こんなことが三度四度とあって、その日の残りはこの
ように互いにキスを飲み交わしました。
一〇　宴会のあと、サテュロスは私に近寄って言いました。
「さあ、今こそ男らしく振る舞うときです。娘の母親は御存知のように具合が悪く、一人で休んでいます。
2 眠りにつく前に、お嬢さんは一人でいつものようにクレイオが付き従って散歩します。私はあなたのために、
話しながらクレイオを連れ去りましょう」。

こう言って自らはクレイオを、私は娘を手分けして待ち伏せました。そのように事は運びました。クレイ
3 オは引き離され、娘は散歩路に取り残されました。日の光がほとんど消えるのを待ち受けると、私は最初の
攻撃からいっそう大胆になって、すでに勝利して戦さを軽んずる兵士のように、彼女に立ち向かいました。

そのとき私が勇気をもつ武器がたくさんありましたから。葡萄酒、恋、希望、ひとけのなさ。そこで私はな
4 にも言わず、取り決めておいた行為であるかのように、ただ娘を抱きしめてキスしました。しかし私が大事
なことにとりかかろうとしたとき、背後で物音がしました。私たちはぎょっとして跳び上がりました。彼女
は自分の部屋の方へ、私は別方向へ向かいましたが、こんなけっこうな行為を逃して、ひどく苛立ち、物音
5 を罵りました。そのときサテュロスがにこやかな顔で私を出迎えました。彼は誰かが私たちの方へやって来
ないかと、木に隠れて私たちがしていたことをすべて見ていたようでした。誰かが近づくのを見て、音を立

(1) 二世紀頃のパピルス断片の読み。写本では「夕食」。

てたのは彼でした。

一一　数日経って父は予定していたよりも早く私に結婚を準備しはじめました。彼を度重なる夢が悩ませ
ていたからです。父が私たちの婚礼を執り行なっているのですが、松明を灯すとすぐに火が消えたという夢
2 でした。そのためいっそう私たちを一緒にするのを急ぎました。式は翌日におこなわれるよう準備されまし
た。彼は婚礼に必要なものを花嫁のために買いました。多彩な石の首飾りに、全体が紫の衣裳、それもほか
3 の衣裳なら紫の部分が金色でした。宝石は互いに競い合っていました。ルビーは石の薔薇でしたし、アメジ
ストは黄金のそばで紫に輝いていました。真ん中には三つの石があって、色が連なっていました。三つの石
は一つにつながっていました。石の土台は黒、中央部は白が黒に織り合わされ、白の次には残りは頂きに向
4 かって赤くなっていました。石は金で縁取られて金の目を象っていました。衣裳の紫はありふれた染料では
なく、テュロス人が牧人の犬が見つけたと伝えているようなものでした[1]。今日でもこれでアプロディテの外
衣を染めます。というのは紫の装飾が人には知られていなかった時代があったのです。小さな貝がそれを窪
5 みの奥に隠していました。ある漁師がこの獲物を捕らえました。彼は魚と思いましたが、ざらざらした貝を
見て、獲物を罵り、海の屑として投げ棄てました。犬がこの賜物を見つけて歯で砕きました。すると貝の血
6 が犬の口に流れだし、血は顎を染め、唇に紫を織りました。牧人は犬の唇が血まみれになっているのを見て、
染料を怪我だと思い、近寄って海水で洗い流しました。ところが血はいっそう鮮やかに紫に輝きました。手
7 で触れてみると、手も紫色になりました。そういうわけで牧人は美の薬を持っているという貝の性質を知り

ました。貝の秘密を探って、羊毛を一房摑んで貝の窪みに突っこみました。これも犬の顎のように血の色に
8 染まりました。そのとき彼は紫の源を知りました。そこで石を拾って、染料を守る外壁を壊し、紫の聖域を
開いて染料の宝庫を見つけたのです。

一二　さて、そのとき父は婚礼に先立つ犠牲に取りかかりました。それを聞いて、私はもうだめだと思い
ました。そして婚礼を延期する方策を探しはじめました。私が考え込んでいると、突然家の男部屋で騒ぎが
2 起こりました。このようなことが起こったのです。父がちょうど犠牲を捧げて生贄を祭壇に置いたとき、鷲
が空から舞い降りて供物を攫いました。脅して追い払おうとしましたが無駄でした。鳥は獲物を運んでいっ
てしまったのです。これは不吉に思われました。そこでその日は婚礼を延期しました。父は予言者や占師を
3 呼んで鳥による前兆を語りました。彼らは夜半に海辺に行ってゼウス・クセニオス(2)に犠牲を捧げなければな
らないと主張しました。鳥はそちらへ飛んでいきましたからね。事はあっという間に終わりました。鷲は海
に飛んでいって、もはや見えなくなったのです。こんなことが起こったので、私は鷲がすべての鳥の王であ
るのはもっともだと言って、鷲を賞めちぎりました。そしてこの前兆の結果はまもなく生じました。

一三　名をカリステネスというビュザンティオンの若者がいました。裕福な孤児で(3)、放漫で浪費家でし

(1) テュロスの紫染料は有名で、高価なものであった。第二巻一七、二一でも引き合いに出される。
(2) クセノス（客人、異国人）の権利を護る神としてのゼウス。
(3) 遺産相続しているということ。

た。この人がソストラトスの娘は美しいと聞き、まだ見てもいないのに彼女が自分の妻になることを望みま
した。噂から恋をしたのです。放埒な者にはこのような向こう見ずなところがありますからね。こうして耳
だけで恋にふけり、恋の傷を受けた目が心に与えるのと同じ効果を言葉から受けるのです。彼はビュザンテ
2 ィオン人に戦争がふりかかる以前にソストラトスのもとへ行き、娘を求めました。しかし、ソストラトスは
彼の生活の放埒さを嫌って断わりました。怒りがカリステネスを捉えました。ソストラトスに軽蔑されたと
思い、また恋が叶いませんでしたから。というのも、彼は少女の美しさを自分で作り上げ、見たことがない
3 ものを心に描いて、知らずに惨めな心理状態になっていました。そこで彼はソストラトスの侮辱に報復し、
自らの欲望を遂げようと企てました。ビュザンティオン人には、もし誰かが処女を掠奪し、先に女にしたら、
結婚を罰とする、という法があったので、[1]この法を当てにしていました。そして実行の機会を探していました。

一四　その間に戦争が起こって少女は私たちのもとへ送られましたが、彼はこれらの一つ一つを知っても、なお画策していました。次のようなことが彼の役に立ちました。ビュザンティオン人はこのような神託を受けていました。

島の街があって、血統は植物にちなんだ名を受け、
陸地に地峡と共に海峡を持っている。
そこでヘパイストスは輝く目をしたアテナを得て喜ぶ。
そこのヘラクレスに犠牲を捧げにいくよう私は命ずる。[2]

2 彼らはこの神託がなにを意味するのかと困惑しましたが、ソストラトスは（すでに述べたように、[3]彼はこの

戦争の将軍でしたので）言いました。
「テュロスへ、ヘラクレスのために私たちは犠牲を送る時だ。なぜなら神託のすべてがそこにあるから。
まず、神が植物の名と言ったのは、その島がフェニキア人（ポイニクス）のものだからだ。だが、ポイニクス(4)
は植物なのだ。その島をめぐって陸と海が争っている。海が引くと(5)、陸が引き、島は双方に自らを順応させ
3 ている。なぜなら、それは海の中にあるが、陸を手放さないからである。それを本土へ狭い隘路が結びつけ、
4 島の頸のようになっている(6)。島は海の下に根差してはおらず、下に水が流れている。海峡が地峡の下にある
5 のだ。そして目新しい光景になっていて、海の中の街、陸の中の島なのだ。『アテナをヘパイストスが得
る(7)』というのは、オリーブと火を謎めかして言ったのであり、これはわれわれの世界では親密に共存してい

(1) この法律は確認されていない。アキレウス・タティオスの創作か。
(2) 『パラティナ詞華集』第十四巻三四に、ほぼ同じ詩行が収録されている。
(3) 少なくとも現存するテクストに言及はない。
(4) ナツメヤシのこと。同じ綴りの φοῖνιξ（フェニキア人／ナツメヤシ）の言葉遊び。第三巻二五の鳥、ポイニクス（フェニックス）の縁起譚も参照。
(5) Vilborg の修正に従う。「海が引くと」は写本にはないが、すぐあとの「双方に」は明らかに海と陸を指しており、諸写本の空白（lacuna）も重字脱落（haplography）の可能性を示唆している。
(6) 今日も現存する土手道は、アレクサンドロスのテュロス攻囲のときに築かれた。
(7) 神話ではヘパイストスの求愛はアテナに拒絶されたので、「ヘパイストスがアテナを得る」という表現は謎かけになる。女神アテナはオリーブと、鍛冶の神ヘパイストスは火と結びつけられる。テュロスにはアテナとヘパイストス共同の聖域があった。

る。［テュロスには］囲いの中に聖なる場所がある。オリーブは輝く若枝を茂らせ、それと共に火が燃え上が
6 り、若枝のまわりに大きな炎を燃やしている。この火の煤が木に肥料を与えているのだ。これが火と樹木の愛である。こうしてヘパイストスをアテナは逃れないのだ」。

するとソストラトスよりも上官の将軍カイレポンは、父方がテュロス人だったので、彼を賞賛して言いました。

7 「まったく神託を見事に解釈なさった。しかし、驚嘆すべきは火だけではなく、水の性質もですよ。私もそのような神秘を見たことがあります。たとえば、シチリアの泉(1)の水は混ざった火を持っています。炎が泉の底から跳ね上がるのが見えますが、触ると水は雪のように冷たいのです。火が水によって消されることも、
8 水が火によって燃やされることもなく、泉の中に水と火の休戦協定があります。また、イベリアの川も一見してほかの川と同じですが、水が囁くのを聞きたければ、耳をすまして少し待ちなさい。というのは微風が
9 渦に落ちると、水は弦のように演奏し、風が水の撥になって、流れがキタラのように歌います。ほかにもリビアの湖はインドの地に似ていて、その秘密をリビアの乙女たちは知っています。その水は財宝を持っているのです。その富はこうして底の方に水の泥に仕舞い込まれて貯えられ、そこに黄金の源があります。彼女
10 たちは水へ瀝青を塗った竿を沈め、川の閂を開けます。竿は黄金に対して魚に対する釣針のようになります。黄金を捕らえますからね。瀝青は獲物の餌となります。というのは、瀝青はそこへ触れた黄金からできたものだけをくっつけ、陸地へ獲物を攫いますから。このようにしてリビアの河から黄金が捕られます」。

一五　こう言ってテュロスに犠牲の使節を送ることにすると、市民も賛成しました。そこでカリステネス

は使節の一人になりすましました。そしてすぐにテュロスへ渡航し、父の家を見つけ出して、女たちを見張
2 りました。女たちは犠牲を見に出かけました。豪華でしたから。たくさんの薫香を焚いた行進に、たくさん
の花を編んだ冠。薫香はカッシア、乳香、サフラン。花は水仙、薔薇、銀梅花。花の息吹は薫香の匂いと競
っていました。そよ風は空に舞い上がって匂いを混ぜ合わせ、喜びの風となりました。
3 生贄の動物も多く、さまざまでしたが、中でもナイルの牛は際立っていました。エジプトの牛は大きさだ
けでなく、色でも恵まれていました。大きさではあらゆる点で大きく、頸は太く、背は広く、腹は大きく、
角はシチリアの牛のようにつまらないものでも、キプロスの牛のように醜いものでもなく、こめかみから真
っ直ぐ伸びて、少しずつ両側から曲がり、先端を角のつけ根と同じ間隔まで近づけていました。その様は満
4 月の姿のようでした。色の方は、ちょうどホメロスがトラキアの馬[2]を讃えているようでした。牡牛は首を高
く上げて歩き、ほかの牛たちの王であることを示すかのようでした。エウロペの物語がもし本当なら[3]、エジ
プトの牡牛をゼウスはまねたのでしょう。

一六　さて、その頃たまたま母は調子がよくありませんでした。レウキッペも病気のふりをしてうちに残
っていました（私たちはみなが出かけるときにはいつも逢い引きする約束をしていましたから）。それで私

（1）この泉および後出のイベリアの川への言及は、ほかの古典作品では確認されていない。

（2）ホメロス『イリアス』第十歌四三六－四六七で、ドロンが「雪よりも白い」と語るレソスの馬のこと。

（3）第一巻一を参照。

2 の妹がレウキッペの母親と出かけました。カリステネスはレウキッペを見たことがなかったので、妹のカリゴネを見ると、（ソストラトスの妻を知っていたので）レウキッペだと思い、（美しい様に心奪われたので）尋ねもしないで、召使いの中で自分が最も信頼している者に娘を示し、彼女を攫《さら》うために盗賊を集めるよう命じ、誘拐方法を詳しく話しました。祭りが近づいていて、その間、娘たちはみな、海辺に集まると彼は聞いていました。さて、彼はこう指示してから、使節の務めを果たして立ち去りました。

一七　彼は企てがうまくいった場合のために、故郷からあらかじめ準備した私有の船を持っていました。ほかの使節たちが出帆すると、自らは同胞についていくと思われるように、また船がテュロスの近くにいて
2 誘拐のあと見つからないように、陸から少し離れていました。海辺にあるテュロスの村サラプタ[1]に来ると、
3 そこでさらに小舟を調達し、ゼノンに与えました。これが誘拐を指示した召使いの名前でした。この男は（とりわけ体が強壮で、根っからの海賊だったので）、すぐにその村から盗賊を働く漁師たちを見つけ出し、テュロスの方に戻りました。テュロス人たちの小さな投錨地があり、テュロスから少し離れた小島なのですが（テュロス人はそれをロドペ[2]の墓と呼んでいます）、そこで小舟は待ち伏せました。

一八　カリステネスが待っていた祭りの前に、鷲と予言者たちの一件が起こりました。私たちは夜の間に翌日神に犠牲を捧げる準備をしていました。それをゼノンは見逃しませんでした。宵も深まった頃、私たち
2 が出かけると、彼はつけてきました。私たちが海辺に着くやいなや、彼は決めておいた合図をしました。小
3 舟が突然漕ぎつけ、近づいたとき、そこには一〇人の若者がいました。八人をほかに地上に待ち伏せさせ、彼らは女の衣裳をつけ、顎から髭を剃っていました。めいめいが懐に剣を携え、できるだけ疑われないよう

4 に自らも供物を持ってきました。私たちは彼らが女だと思っていました。私たちが薪を積みはじめたとき、
突然、彼らは大声で叫んで駆け寄ると、私たちの松明を消しました。驚愕で私たちが取り乱して逃げると、
5 剣を抜いて私の妹を捕らえて舟に乗せ、自分たちも乗り込むと、たちまち鳥のように飛び去りました。私た
ちのある者はなにも知らず、なにも見ずに逃げましたが、ある者は事態に気づいて、

「海賊たちがカリゴネを捕まえた！」

と叫びました。しかし、舟はすでに沖に達していました。サラプタに寄港すると、遠くからカリステネスは
6 合図を見て船を寄せて出迎え、娘を受け取ると、すぐに沖に出航しました。私はこうして思いがけず結婚が
解消されて安堵しましたが、妹のことではこのような不幸に遭遇したのを悲しみました。

一九　数日をおいて、私はレウキッペに言いました。

「愛しい人、いつまでキスに留まっているの。出だしは好ましかった。でも今こそ官能的なことをつけ加えようよ。さあ、お互い貞節を守るという契りを結ぼう。アプロディテが僕たちを入信させたら、ほかのどんな神もこの女神より強くはないのだから」。

2 こんな言葉を何度も呪文のように繰り返して、彼女の侍女だったクレイオが協力して、娘が私を夜寝室に

（1）シドンの南約一三キロメートル、テュロスの北約二〇キロメートルにある村。サレプタとも。

（2）他では確認されない。

3 迎え入れてくれるよう説得しました。彼女の寝室はこのようになっていました。四つの部屋がある大きな一翼があり、二部屋は右に、二部屋は左にありました。間の狭い通路が部屋を分けていました。扉が通路の端
4 に一つ閉じられていました。こんな部屋を女たちは使っていました。それぞれ向かい合った奥の方の二部屋は乙女と彼女の母親が分けあっており、外側の入口の方の二部屋は、クレイオが乙女の隣り、もう一つが倉
5 庫でした。いつもレウキッペを寝かせると、母親は狭い通路の扉に中から鍵をかけました。外からは誰かほかの者が鍵をかけ、その鍵を穴を通して渡しました。母親は受け取って保管し、明け方頃、この仕事を命じ
6 られた者を呼んで、開けるように、ふたたび鍵を向こう側に渡しました。さてこれらの合い鍵ができるようサテュロスは工夫して、開けてみたところ使えるとわかったので、娘の同意のもと、計画を邪魔しないようクレイオを説得しました。これが取り決めたことでした。

二〇　彼女らの召使いの中に、お節介で、おしゃべりで、食いしん坊で、そのほかなんと呼んでもいいような、名をコノプスという者がいました。私にはこの男が遠くから私たちのすることを見張っているように思われました。とりわけ夜、私たちがなにかするのではないかと疑って（実際そうだったのですが）、部屋
2 の扉を開けたまま、夜遅くまで起きていたので、彼の目を逃れるのは至難の業でした。そこでサテュロスは、彼と親しくなろうと思い、よくからかっては「蚊（コノプス）[1]さん」と呼び、笑って名前を茶化していました。しかし、この男はサテュロスの手管を見抜くと自らもからかい返すふりをし、冗談によって協力しない意志
3 を示しました。彼はサテュロスに言いました。

「お前は俺と俺の名前をなじるのだから、蚊にまつわる話をしてやろう[2]」。

二　「ライオンがプロメテウス[3]をしきりに非難していた。プロメテウスは彼を大きく立派につくり、顎
2 を牙で武装し、足を爪で強化し、ほかのどんな獣より強くしたが、『そんな俺も鶏が怖い[4]』と言って。そこ
でプロメテウスはそばに立って言った。
『どうして私をいたずらに咎めるのか。実際、私がつくれたものはなんでも持っているのに、お前の心は
鶏にだけは弱いのだ』。
3 ライオンは自分のことを嘆いて臆病さを責め、とうとう死のうと思った。そう考えていると、象に出会っ
たので挨拶し、立ち止まって話をした。すると象が絶えず耳を動かしているのを見て言った。

『どうしたのですか。一体どうしてあなたの耳は少しも休まないんですか』。
4 すると、たまたまそのまわりを蚊が飛びまわっていた象が言った。
『この小さなブンブンいってるものが見えますか。もしこれが耳の穴へ入り込んだら、私は死ぬんですよ』。

そこでライオンは言った。

『まだどうして死ぬ必要があろうか。蚊より鶏が強いだけ、象より幸せだ』。

（1）コノプスの名と同音のギリシア語の κώνωψ（蚊）との語呂合わせ。あとにつづく寓話の伏線となっている。

（2）以下の挿話はイソップ寓話集の二五九と二五五（Perry）にそれぞれみられる。

（3）プロメテウスが水と泥土から人間を創造し、様々な能力を付与したという神話があるが、ここでは動物も創造したことになっている。

（4）このことは古代の作家たちによって報告されている。アイリアノス『動物の特性について』第三巻三一、プリニウス『博物誌』第八巻五二など。

象も恐がるほどの力を蚊が持っているのがわかるだろう」。
5 さてサテュロスは彼の話に隠された意味を解して、穏やかに微笑んで言いました。
「私の蚊とライオンにまつわる話も聞いてくださいよ。ある学者から聞いたんですがね。物語の象はあな
たに贈りましょう。
二二　さて、思い上がった蚊があるとき、ライオンに言いました。
『それで俺のこともほかの獣たちのように支配しようと君は思っているのかい。でも、君は生まれつき俺
2 より美しくも勇敢でも大きくもない。まず君の勇気とはなんだ。君は爪で引っ掻き、歯で噛みつく。そんな
ことは喧嘩する女がするのではないか。それにどんな大きさや美しさが君にそなわっているのか。広い胸、
がっちりした肩、首のまわりのふさふさしたたてがみ。それで背後の醜さがわからないのか。ところが俺の
大きさは翼が摑むだけの大気全体だ。美しさは草地のたてがみだ。なぜなら飛ぶのをやめたいときに身につ
3 ける衣服のようなものだからな。俺の勇気を数え上げても笑うべきではないだろう。全体が戦争の道具なの
だ。ラッパと共に戦闘配置だ。口はラッパで矢だ。だから俺は吹き手でも弓兵でもあるんだ。俺は自分の矢
にも弓にもなる。翼ある自分を宙に放つのだから。突き刺して矢からのように傷を負わすのだ。刺された奴
は突然叫び声を上げて、刺した奴を探す。俺はそこにいてもいないのだ。逃げると同時に留まり、人のまわ
4 りを翼で駆けて、そいつが傷で踊りまわるのを見て笑うのだ。だがなにを言う必要があろう。闘いをはじめ
よう』。

こう言ってライオンに襲いかかって、目やそのほか顔の毛のないところに跳びかかり、同時に飛びまわっ

てブンブンと吹き鳴らしました。ライオンはいきり立ってあちこち向きを変え、宙に咬みつきました。これ
5 に対して蚊はライオンの怒りをむしろゲームとみなして、唇そのものを傷つけました。ライオンが痛みのあ
る方を向いて、傷を負ったところに体を曲げると、蚊はレスラーのように組み打ちに身構えて、ライオンの
6 歯の間をすり抜け、閉じられる顎の間まで飛び抜けました。獣の歯は空しく互いにカチカチと音を立てまし
た。それでとうとうライオンは空気に対して歯で影と戦うことに疲れ、怒りでぐったりして突っ立っていま
した。蚊はライオンのたてがみのまわりを飛びまわり、凱歌を吹き鳴らしました。しかし度を越した思い上
7 がりのために、あまりに大きく飛翔の輪を描いたので、知らずに蜘蛛の糸に絡まってしまいました。蜘蛛の
目は衝突した蚊を見逃がしませんでした。もはや逃げられず、悲しんで蚊は言いました。

『なんと愚かな。俺はライオンに挑んだが、小さな蜘蛛の巣に捕らえられた』。

こう語って、サテュロスは

「だからあなたも蜘蛛に注意するときですよ」。

と言うと同時に笑いました。

二三　数日をおいて、サテュロスはコノプスが食欲の奴隷なのを知って、深い眠りを引き起こす薬を買い、
彼を宴会に招きました。コノプスは企みを疑って、最初はためらっていました。しかし、愛しい胃袋が強い
2 るので、屈しました。彼がサテュロスのところへやって来て、食事をしてから帰ろうとしたときに、サテュ
ロスは彼の最後の杯に薬をいくらか注ぎ込みました。コノプスは飲むと、自分の部屋にたどりつくとすぐに、

3 倒れ込んで横たわり、眠り薬で眠り込みました。サテュロスは私のもとへ駆けてきて言いました。
「あなたのためにコノプスは横たわって眠っています。あなたはすぐれたオデュッセウスのようになって
ください(1)」。
4 こう言うと同時に、私たちは恋人の部屋の扉にやって来ました。そこで彼はあとに残り、私をクレイオが
音を立てずに迎え入れると、喜びと同時に恐怖で、私は二重に震えていました。危険への恐怖は心の希望を
動揺させ、成功への希望は喜びで恐怖を覆いました。このように私の希望は恐れ、不安は喜んでいました。
5 ちょうど私が少女の寝室に入ったそのとき、娘の母親のもとではこのようなことが起きていました。たまた
ま夢が彼女を悩ませていました。抜き身を持った盗賊が彼女の娘を攫って連れ去り、仰向けに寝かせて、剣
で腹の真ん中を下の恥部から始めて、切り開くように思われました。彼女は恐怖に駆られてそのまま跳び起
6 き、ちょうど私が横になったとき、娘の寝室へと駆け込みました（そばでしたから）。私は扉が開く音を聞
いてすぐに跳び起きましたが、母親は寝台のそばに来ていました。窮地を察して私は飛び出し、扉から逃げ
去りました。サテュロスが震えて動転している私を迎えました。それから私たちは暗がりの中を逃げ、自分
たちの部屋に着きました。

二四　パンテイアはまず気絶して倒れました。それから回復すると、そのままクレイオのこめかみを打ち、
その髪を掴みながら、娘に向かって大声で嘆いて言いました。
2 「レウキッペ、あなたは私の希望を砕いてしまった。ああ、ソストラトス。あなたはビュザンティオンで
はほかの者たちの結婚を守るために戦っているのに、テュロスでは敗れ、あなたの娘の結婚を誰かが奪って

3 しまった。ああ、情けない、お前のこのような結婚を見ようとは思わなかった。お前はビュザンティオンに
留まるべきだった。戦のならいで辱めを受ければよかった。お前を勝利したトラキア人が辱めたならよかっ
たのに。やむをえない不幸なら非難を受けないもの。ところが、みじめな娘よ、お前は不幸のうちに悪い評
4 判も立つだろう。夢の幻影も私を惑わせ、これほどの真実を語る夢ではなかった。腹を切り開かれたのはい
っそう哀れだ。ナイフの切り傷よりも不幸な傷だ。私はお前を汚した者を見なかったし、この不幸のいきさ
つも知らない。ああ、なんと不幸な。相手は奴隷だったのではないか？」
二五　娘は私が逃がれたことに勇気を得て、言いました。
「お母様、私の純潔を侮辱しないでください。そのような言葉に値することはなにもしていませんし、そ
2 れが誰だったのか、神か、英雄か、盗賊かも知りません。私は脅えて横たわったまま、恐怖で声を上げるこ
ともできませんでした。恐怖は舌の枷ですから。一つだけわかっているのは、誰も私の純潔を汚さなかった
ということです」。
3 するとパンテイアは崩れ落ちて、ふたたび嘆きました。

（1）クレイトポンがオデュッセウスと重ねられているのと同様に、コノプスはキュクロプスと重ねられている。コノプス（Κώνωψ）とキュクロプス（Κύκλωψ）が語呂合わせになっていることに注意。キュクロプスについてはホメロス『オデュッセイア』第九歌三四五—三九四を参照。

サテュロスと私は二人だけになると、どうすべきか考えました。そして朝になってクレイオが拷問にかけ
られ(1)、すべてを白状する前に逃げるのが一番よいと思われました。
二六　こう決めて私たちは実行しました。門番へは恋人のもとへ出かけるふりをして、クレイニアスの家
にやって来ました。すでに真夜中だったので、門番は私たちのために開けるのをいやがりました。すると上
2 の階に寝室があったので、クレイニアスが私たちが話しているのを聞いて、驚いて駆け下りてきました。そ
のとき、クレイオが後ろを急いで走ってくるのが見えました。彼女も逃亡を決意したのでした。そこで同時
にクレイニアスは私たちからどうしたのかを聞き、私たちはクレイオからどのように逃げたかを、今度はク
3 レイオは私たちからどうするつもりかを聞きました。それから私たちは室内に入ってクレイニアスに起こっ
たことと、逃げる決心をしたことを語りました。クレイオは言いました。

「私も御一緒します。明け方まで待っていても、私には拷問よりはましな死があるだけですから」。
二七　するとクレイニアスは私の手を取ってクレイオから離れたところに連れていって言いました。
「一番いい考えを見つけたと思うよ。彼女をこっそり逃がして、われわれは数日留まるんだ。もしそうし
2 た方がよいと思われれば、準備して出発するんだ。なぜなら今も娘の母親は、君たちが言うように、誰に出
くわしたのか知らないのだし、クレイオが届かないところに行けば、明かす者もいないのだから。それにた
ぶん、娘も一緒に逃げるよう説得できるだろう」。
3 また自分も出国の仲間になろうと言いました。私たちはそうすることにしました。彼はクレイオを自分の
召使いの一人に渡して船に乗せるよう命じ、私たちはそこに留まって将来について思案しました。とうとう

娘を試してみて、一緒に逃げたいと言えば、そのようにし、さもなければ、そこに留まって運に身を委ねることに決めました。残っているわずかな夜の間眠りにつき、私たちは明け方ごろふたたび家に戻りました。

二八　さてパンテイアは起き上がるとクレイオの拷問の準備をし、彼女を呼ぶよう命じました。ところが姿が見えないので、ふたたび娘のところに行って言いました。

「この芝居の筋書きを言わないのかい。見なさい、クレイオも逃げてしまったよ」。

2 そこで彼女はいっそう勇気をもって言いました。

「なにをお母様にさらに言えましょう。真実より大きなほかのどんな証拠を提供できましょう。もし純潔の検査があるなら、試してください」。

3 パンテイアが言いました。

「それだけはないんだよ。あれば、私たちの不幸は証明までされたろうけどね」。

こう言うと、彼女は飛び出していってしまいました。

二九　レウキッペは一人になり、母親の言葉で心がふさがれると、あらゆる感情を覚えました。彼女は悲しみ、恥じいり、怒りました。見つけられたので悲しみ、非難されたので恥じ、信用されなかったので怒り

2 ました。恥と悲しみと怒りは魂の三つの波なのです。というのは恥は目を通って流れ込み、目の自由を取り去ります。悲しみは胸のまわりに広がって魂を燃え上がらせる炎を消します。そして怒りは心のまわりで吠

(1) 奴隷の証言は拷問によって得られたものでないかぎり、認められなかった。

3 えたて、[1]理性を狂気の泡で水浸しにします。言葉はこれらすべての父で、的に矢を放って射当てるように、
心に傷とさまざまな傷口を放ちます。まず誹謗の矢があって、その傷は怒りになります。不運の暴露もあり
4 ます。その矢から悲しみが生じます。また、過ちへの非難があって、その傷を恥と呼びます。これらすべて
の矢の特徴は、傷は深いが、傷口が血を流さないことです。これらすべての唯一の薬は、攻撃する者に同じ
矢で報復すること。舌の矢である言葉は、ほかの舌の矢で癒されますから。そして心の激情を止め、魂の悲
5 しみを弱めるのです。しかし、もしいっそう強い力で黙らされ防御しないよう強いられると、傷は沈黙でい
っそう痛みます。というのも言葉から生じた波の渦は、泡を吐き出さなければ、膨張して自らのまわりに膨
れあがりますから。レウキッペはこれほどの災難に襲われて、その攻撃に耐えられませんでした。

三〇　そのとき、ちょうど私は逃げる気があるか確かめに娘のもとへサテュロスを遣りました。彼女は聞
く前にサテュロスに言いました。
2 「異国と地元の神々にかけて、どうか私を母の視界から奪い去ってください。どこでも望むところへ。も
しあなたたちが私を残して立ち去ったら、私は縄を編んで命を終わらせるでしょう」。

私はこれを聞いたとき、気がかりのほとんどを拭い去りました。二日おいて父が旅に出ているときに、[2]逃
げる準備を始めました。

三一　サテュロスはコノプスを眠らせた薬の残りを持っていました。その一部を私たちに給仕しながら、
最後の杯にこっそり注ぐと、パンテイアに持っていきました。彼女は立ち上がって自分の寝室に行くとすぐ
2 に眠りに落ちました。レウキッペには新たな侍女がいましたが、これを同じ薬でサテュロスは眠らせ（とい

うのも部屋係になったときから彼女に恋しているふりをしましたから）、第三の獲物として門番に移りました。そして彼も同じ飲み物で眠らせました。

3 支度のできた乗り物が私たちを門の前で迎えました。クレイニアスが手配し、私たちより先に乗って待っていました。第一夜警時頃(3)、みなが眠りについたので、私たちは静かに外に出ました。レウキッペをサテュ
4 ロスが手を取って導きました。私たちを見張っていたコノプスは、女主人の用でその日はたまたま外出していたのです。扉をサテュロスが開けて、私たちは外に出ました。門のところにやって来ると、乗り物に乗り
5 ました。総勢六人で、私たちとクレイニアスと彼の二人の召使いでした。さて私たちはシドンへと駆って(4)、第二夜警時頃、街に到着し、すぐにベイルートに向かいました。そこで停泊している船を見つけられるだろ
6 うと考えたのです。私たちは幸運でした。ベイルートの港に着いたとき、出航する船が、まさに艫綱《ともづな》を解こうとしているのを見つけましたから。そこでどこに行くのかも訊かず、陸から海に身と荷を移しました。時は夜明け前でした。船はナイルの大都市アレクサンドリアへと航行しました。

---

(1) ホメロス『オデュッセイア』第二十歌一三を参照。
(2) パレスティナへカリゴネ捜索に出かけていたことが、第五巻一〇-3のクレイニアスの説明でわかる。
(3) 夜の時間は日没から日の出までが夜警時によって三等分から五等分されていた。アキレウス・タティオスはローマの慣習にしたがい、四等分しているようである。
(4) テュロス・シドン間は三〇キロメートル強。シドンからベイルートが約四〇キロメートル。

三二　私は最初海を見て喜びました。船はまだ沖を行かず、港に停泊していましたが。出帆するのに順風だと思われたので、船員たちは走り回り、舵手は指示を与え、張り綱が強く引かれて、船中はたいへん騒が
2 しくなりました。帆桁が回され、帆が上げられ、船は岸を離れ、錨を揚げ、港があとに残されました。私たちは、まるで陸そのものが航行しているかのように、陸が船から少しずつ退いていくのを見ました。讃歌を歌い、多くの祈りを捧げ、救済の神々(1)に呼びかけて、航海が幸先の良いものになるよう願いました。風が激しくなってくると、帆はふくらんで船を引いていきました。

三三　たまたま若者が私たちのそばに座を占めていました。朝食の時間になると、親切にも私たちに一緒に食事をとるよう促しました。私たちにはサテュロスが食事を出していましたが、持っていたものを中央に
2 置いて食事を分け、すぐに話も分かち合いました。まず私が言いました。

「お国はどちらですか。どうお呼びすればいいでしょうか」。

彼が答えました。

「私はメネラオス、エジプトの生まれです。あなた方は？」

「私はクレイトポン、こちらはクレイニアス。二人ともフェニキア人です」。

「ではあなた方の出国の理由はなんなのですか」。

「あなたがまず私たちに話してくれたら、私たちのことも聞かせますよ」。

三四　そこでメネラオスは言いました。

「私の旅の要点は、破滅的な恋と不幸な狩りです。私はある美しい少年を愛していましたが、この少年は

狩猟好きでした。何度も引き留めようとしましたが、止められませんでした。説得できなかったので、私も
2 狩りについていきました。私たちは二人で馬に乗って狩りをしました。最初は上首尾で小さな獲物を追って
3 いました。しかし突然、猪が森から飛び出し、少年は追いかけました。猪は向きなおると、正面から突進し
てきました。『馬を引け、手綱の向きを変えろ。その獣は凶暴だぞ』。と私が大声で叫んでも、少年は避けよ
4 うとしませんでした。猪は猛スピードで彼に突進しました。そしてお互いにぶつかり合いました。それを見
て私を戦慄が捉えました。獣が先に馬を突くのではないかと恐れて、私は投げ槍に革紐を取り付けると、き
ちんと狙いを定める前に槍を放ちました。ところが少年が走り込んで、その一撃を受けてしまったのです。
5 そのとき私がどんな気持ちだったと思いますか。そもそも気持ちがあったとしたら、生きているにもかかわ
らず、死にかけている者のような気持ちでした。さらに痛ましいことに、まだかすかな息をしながら両手を
差しのべて私を抱擁し、死にかけながらも、私に殺された彼は汚らわしい私を憎まず、彼を殺した手に抱か
れて息を引き取りました。
6 　少年の両親は私を法廷に連れていきましたが、私は逆らいませんでした。実際出廷してもなにも弁明せず、
自らに死刑を申し出ました。それで裁判官たちは私を憐れみ、三年の国外追放を宣告しました。今その期限
がきたのでふたたび祖国に戻るのです」。

---

(1) おそらくディオスクロイ、すなわちカストルとポリュデウケスのこと。航海者の保護神。

7 彼が話すと、クレイニアスは表向きはパトロクロスのために、(1)実際はカリクレスを思い出して涙を流しま
した。するとメネラオスが尋ねました。
「あなたは私の不幸に涙を流しているのですか。それとも、あなたを同じようなことが出奔させたのです
か」。
そこでクレイニアスは嘆きながら、カリクレスと馬の一部始終を語り、私も身の上話をしました。
三五　さて私は自らの不幸を思い出してすっかりふさぎこんだメネラオスと、カリクレスの思い出に涙し
ているクレイニアスを見て、彼らの悲しみを取り去りたいと思って、性愛にまつわる気晴らしの話を投げか
2 けました。レウキッペはその場におらず、船の奥で眠っていましたから。私は彼らに微笑みながら言いました。
「どれほどクレイニアスは私より優位なことでしょう。いつものように女に対して悪口を言おうとしてい
ましたからね。(2)今やいっそう気楽に言えるでしょう。恋に関して同じ考えをもつ仲間を見つけたんですから。
3 どうして男への恋愛が盛んなのか私にはまったくわかりませんよ」。
メネラオスが言いました。
「その方がもう一つのよりずっといいではありませんか。少年は女より純粋ですし、彼らの美しさは悦び
にいっそう刺激を与えますからね」。
4 私は言いました。
「どうしていっそう刺激を与えるのですか？　[少年の美しさは] 顔を覗かせただけで行ってしまうのに。愛
5 する人に楽しみを与えず、タンタロスの飲み物(3)のようではありませんか。飲んでいるといつも逃げてしまい、

恋する者は飲み方を見つけられずに離れます。まだ飲んでいるのに飲む者は満足する前に奪われてしまうのです。そして少年から恋人は苦痛のない悦びを得て離れることはできません。なお渇いたまま残されるのです」。

三六　するとメネラオスが言いました。

「ああ、クレイトポン、あなたは悦びの極致をご存知ない。満たされないことがつねに望ましいのですよ。あまり長くつづきすぎるものは飽きで悦びを弱めます。しかし奪い去られるものはいつも新しく、いっそう咲き誇るのです。老いない悦びですからね。美しさは時間によって弱められるのと同じだけ切望によって大
[2] きくなります。薔薇はその美しさがすぐ逃げ去るがゆえに、ほかの植物より美しい。人間のもとには二つの美しさがさまよっていると私は考えます。美しさを導く二女神のように、天上の美しさと地上の美しさが(4)。
[3] まず天上の美しさは死すべき美しさに繋がれるのを悲しんで、天へ早く逃げようとします。他方、地上の美しさは下に打ち捨てられて、肉体のまわりでぐずぐずしています。美しさが天に昇ることの証人として詩人が必要ならば、ホメロスが言っているのを聞きなさい。

---

(1) ホメロス『イリアス』第十九歌三〇二。同様の表現は他の古代ギリシア恋愛小説でも、カリトン『カイレアスとカリロエ』第八巻五-二や、ヘリオドロス『エティオピア物語』第一巻一八-一で使われている。

(2) 同性愛と異性愛のどちらが勝るかという議論はローマ帝政期のギリシア文学によくみられる。

(3) タンタロスは冥界で喉が渇いて水を飲もうとすると水がなくなるという永劫の罰を受けている。

(4) プラトン『饗宴』一八〇D－一八一C参照。

彼をゼウスに酒を注がせるために神々は奪い去った
その美しさのゆえに、不死なる者たちと共にあるように[1]

4 美しさゆえに天へ昇った女はかつて誰もおらず（ゼウスは女たちとも交わりましたからね）、アルクメネを
悲しみと亡命が、ダナエを箱と海が捉え、セメレは火の餌食となりました[2]。しかしプリュギアの少年に恋い
焦がれると、ゼウスは一緒に暮らし、ネクタル[3]の酌人とするために、天を彼に与えました。それまでの給仕
は名誉を奪われましたが、私が思うにそれは女でした[4]」。

三七　そこで私は遮って言いました。

「女の美しさの方がすぐに消えないだけ天上的なように思われますね。不滅は神的なものに近いですから。
2 他方、滅びるものの世界で変化し、死すべき性質をまねるのは、天上的ではなくて地上的ですよ。ゼウスは
プリュギアの少年を愛し、天へそのプリュギア人を連れてゆきました。でも女の美しさはゼウス自身を天か
ら引き下ろしたのです。女のためにかつてゼウスはモーと鳴き[5]、女のためにかつてサテュロスの踊りを舞い[6]、
3 そして別の女のために自らを黄金に変えました[7]。ガニュメデスには酒を注がせましょう。でもヘラには神々
と共に飲ませましょう。女が少年の給仕を持つように。彼の誘拐も憐れです。生肉を喰らう鳥が彼に飛びか
かり、攫われてひどく扱われ、僭主の横暴を受けたかのようです。最も恥ずべき光景ですよ、爪からぶら下
4 がった少年なんて。セメレはといえば、生肉を喰らう鳥ではなく、火が天へ連れてゆきました。火によって
天へ昇るのなら、驚かないでしょう。そのようにヘラクレスも昇天しました[8]。もしダナエの箱を笑うのなら、
どうしてペルセウスには触れないのですか。アルクメネにはこの贈り物で十分だったのです。彼女のために

ゼウスが丸三日太陽を隠したということが。
5 でも神話をやめて、行為における快楽そのものを語らねばならないなら、私は女性に関しては未熟で、ア
プロディテのために商売する女たち[9]と交じわっただけです。おそらく誰か入信した人なら、もっと詳細に話
6 せるでしょう。でもたとえ経験はほどほどでも、私が話しましょう。女性の体は抱擁するとしなやかで、キ
スすると唇は柔らかい。そのため相手の体を抱擁でも肉でも完全に合わせて抱き、一緒に寝る者は快楽で包
7 み込まれます。唇に封印のように口づけをし、巧みに口づけして、キスをいっそう甘美にします。ただ唇で
キスしようとするだけではなく、歯でも闘わせ、愛する人の口のあたりをむさぼって噛んで口づけします。
8 乳房に触れるのも独特の悦びになります。アプロディテの絶頂では女は悦びに刺され、キスしながら口を開

(1) ホメロス『イリアス』第二十歌二三四—二三五。ガニュメデスのこと。
(2) ヘラクレスの母アルクメネはエウリュステウスに迫害されて追われ、ダナエはゼウスとの子ペルセウスと共に父王アクリシオスによって箱に閉じ込められて海に流され、ディオニュソスの母セメレはゼウスにヘラに求婚したときのままの姿を見せてくれるよう頼んで雷に焼かれた。
(3) 天上の神々の飲み物。
(4) へべ（青春の擬人女神）。ゼウスとヘラの娘。
(5) 牛になったということ。エウロペの略奪を指す。第一巻一を参照。
(6) ゼウスはアンティオペにサテュロスの姿で近づいて交わった。
(7) ゼウスは青銅の部屋に閉じ込められたダナエのもとに黄金の雨となって降り注いで交わった。
(8) ヘラクレスはオイテ山の火葬壇で焼かれて昇天した。
(9) 娼婦のこと。

き、狂います。舌はこの間じゅう交わるために互いに往き来し、できるだけ舌も口づけしようと努めます。
9 あなたが口を開けてキスをすると快楽をいっそう大きくします。アプロディテの極みへ達すると、女は燃え
るような快楽のために自然に喘ぎ、喘ぎは恋の息吹と共に唇まで跳び上がると、下に降りようとしてさまよ
10 うキスと出会います。そしてキスは喘ぎと共に戻って混ざり合って付き従い、心臓を打ちます。心臓は口づ
けでかき乱されて震えます。もし内臓に結ばれていなければ、ついていって自らを口づけによって上に引き
上げるでしょう。他方、少年のキスは未熟で、抱擁は無知で、アプロディテは怠惰で、なんの快楽もありま
せん」。

三八　するとメネラオスが言いました。

「まったく私にはあなたはアプロディテにかけては未熟どころか、老練に思われますよ。あれほど私たち
2 に女のくだらない凝った工夫を注ぎ込んだのですから。今度はあなたの聞く番です。少年のことを聞いてく
ださい。女においては言葉も姿もすべて偽りですよ。たとえ美しく見えたとしても、香油で覆った工夫です。

女の美しさは香油や髪の染料、あるいは口づけにしかありません。こうした多くのごまかしを取り除けば、
3 物語にある羽根を剝ぎ取られた黒丸烏のようです[1]。

4 でも少年の美しさは、香油の匂いやごまかしの香り、異国の香りを染み込ませなくても、その汗は女のど
んな香料よりも甘い香りがします。少年とはアプロディテの抱擁の前にレスリング場で合流して公然と抱く
5 ことができ、そんな絡み合いは恥ずかしくありません。肉体のしなやかさでアプロディテの抱擁を和らげず、
お互いに体をぶつけ合って快楽のために競います。口づけは女の巧妙さを持たず、唇で淫らな嘘をでっちあ

げず、知っているままにキスします。技のではなく、自然のキスなのです。少年の口づけの似姿はこうです。もしネクタルが固まって唇になったら、そのようなキスになるでしょう。キスしても飽きがなく、どんなに満たしてもまだキスを渇望し、快楽のあまり口づけを避けるようになるまで口を離さないでしょう」。

(1) 黒丸烏が孔雀の羽根を拾って飾り立て、孔雀の仲間入りをしようとした。ところが、孔雀たちに突かれて羽根を抜かれて追い返され、黒丸烏たちにまで仲間外れにされたという話（パエドルス『イソップ風寓話集』第一巻三）。

第三巻

一　私たちが航海して三日目、快晴から突然霧が立ちこめ、日の光がなくなりました。海からの風が船の
2 正面に下から昇ってきて、舵手は帆桁を回すよう命じました。急いで船員たちは帆桁を回転させました。片
側では全力で帆桁の上に帆を引き寄せ（というのも風がいっそう激しく襲いかかって逆方向に引くのを許し
ませんでしたから）、もう一方の側ではそれまで同様、風が回転に追い風である程度に帆の一部を保ちまし
3 た。そのとき低くなった船が舷側に傾き、反対側が持ち上がって到るところ急勾配に傾斜したので、私たち
の多くは、風が襲うたびにいつもこれを最後に転覆するだろうと思いました。そこでみなは船の沈んでいる
4 側を軽くし、反対側に重みを加えて少しずつ平衡に戻すために、船の高みにある側に移動しました。しかし、
うまくいきませんでした。そびえ立った甲板は私たちによって引き下ろされるどころか、いっそう私たちを
5 持ち上げました。しばらく私たちは波で前後に揺れる船を平衡に戻そうと奮闘していました。すると突然、
風が船の反対側に転じ、ほとんど船は沈みそうになりました。それまで波の中へ傾いていた部分は激しい釣
6 り合いの変化で跳ね上がり、高く上がっていた側は海へ崩れ落ちました。大きな嘆きが船から起こって、ふ

たたび移動し、元の場所に叫びながら走りました。三度四度、何度も同じことを蒙り、船上での放浪を共に
体験しました。最初の往路を移動しおわる前に、次の復路が私たちを捉えました。
二　そういうわけで一日中船で荷物を持って、この長距離走のような数え切れない競争を経験し、つねに
2 死を予期していました（それは遠くなさそうでした）。正午頃、太陽はすっかり失われ、お互いが月明かり
のもとでのように見えました。稲妻の炎が飛び、天は雷鳴を轟かせ、空をどよめきが満たしました。下から
3 は波の争いが唸り返し、空と海との間ではさまざま風の音がヒューヒュー音を立てていました。そして大気
はラッパの音を響かせていました[1]。綱は帆のあたりに落ち、カタカタいいながら鋭い音を立てました。船材
が砕け、やがて締め釘が引き抜かれて船がぱっくり裂けないかと恐れました。船全体を編枝細工が覆いまし
4 た。大雨で氾濫したからです。私たちは洞窟のように編んだ覆いの下に入り、おのれを運命の女神に委ね、
5 希望を捨てました。たくさんの大波が到るところから迫ってあるものは正面で、あるものは船尾で互いに衝
突しました。船は絶えず盛りあがる海へ持ち上げられ、今度は低い窪みへと沈みました。波の一方は山のよ
6 うに、もう一方は深淵のように思われました。両側から波が横切るのはさらに恐ろしいものでした。という
7 のも船に海水が上がって、編枝の覆いを通って流れ込み、船全体を覆いましたから。波が雲までこするほど
高く上がると、遠くから山のような大きさで船首に向かってくるのが見え、近づいてくるのを見れば、船を
8 呑み込むかと思ったことでしょう。風と波との戦いでした。私たちは船の揺れで同じ場所に留まることはで
きませんでした。すべてが入り交じった喧噪が生じました。波は唸り、風は荒れ狂い、女たちの金切り声、
9 男たちの叫び[2]、船員たちの命令、あらゆる哀しみと嘆きで満ち溢れていました。そして舵手は積荷を投げ棄

てるよう命じました。金銀とほかの安い物の区別もなく、すべて同じように船の外へ投げつけました。商人の多くは期待をかけていた品々を自ら摑んで急いで投げ落としました。今や船は動産をすっかり奪われましたが、嵐は和睦しませんでした。

三　とうとう舵手は断念して舵を手放し、船を海に引き渡して、すぐに救命艇を準備させ、船員たちに乗
2 り込むように命じると、避難誘導しました。彼らはすぐに次々と飛び出しました。そこで恐ろしいことにな
り、取っ組み合いの争いが生じました。すでに乗り込んだ者は船に救命艇を繋いでいた綱を切ろうとしまし
た。乗客たちは各々、舵手が綱を引いているのが見えたところに急いで飛び移ろうとしました。ところが救
3 命艇の人たちは移らせようとしませんでした。斧や短剣を持って、誰かが乗り込もうとすれば、叩き落とそ
うと威嚇しました。船の多くの人たちはできるかぎりの武装をし、ある者は古い櫂の破片を、ある者は船の
4 漕手座の一部を取り上げて、防ぎました。海は力を法としていたので、海戦の目新しい形でした。救命艇の
者たちは乗り込んでくる群衆で沈むのを恐れ、斧や短剣で跳び込んでくる者たちを打ちました。他方は跳ぶ
5 と同時に棒や櫂で打ちおろしました。ある者は船の端をこすって滑り落ちました。幾人かは乗り込んで、す
でに救命艇にいる者たちと格闘していました。友情や敬意の掟はもはやなく、各々が個人の安全に気を配り、
他人への好意を考えもしませんでした。このように大きな危険は友愛の法をも解き放ちます。

四　ちょうどそのとき、船から屈強な若者が綱を摑み、救命艇を引き寄せました。船の近くにくると、各

(1) ホメロス『イリアス』第二十一歌三八八を想起させる。
(2) ヘリオドロス『エティオピア物語』第二巻五-一参照。

2 人近寄ったら、そこへ跳び込もうと身構えました。二、三人は怪我をしながらも成功しましたが、多くは跳
ぼうとして、船から真っ逆さまに海に突っ込みました。というのは船員たちが斧で綱を断ち切って、すぐに
救命艇を解き放ち、風が導くままに航行しはじめたからです。船にいる者たちは救命艇が沈むよう呪いまし
3 た[1]。船は波に踊って激しく揺れ、知らずに海面下の岩に突っ込み、すっかり壊れました。船が押し戻される
4 と、帆柱が片側に倒れ、一部は壊れ、一部は沈みました。その場ですぐ塩水を飲んで沈められた者は、死へ
の恐怖を長い時間味わわなかったので、不幸の中でもほどほどの境遇でした。というのも、海でゆっくり死
5 ぬのは、死ぬ前に滅ぼしますから。目は海の果てしなさに満たされて恐怖を引き延ばし、そのためにいっそ
6 う不幸な死を蒙ります。海の大きさだけ、死への恐怖も大きくなるのです。幾人かは泳ごうとしましたが、
波で岩に打ちつけられて死にました。多くは壊れた木材にぶつかって、魚のように串刺しにされました[2]。ほ
かの者たちも半死半生で泳いでいました。
五　さて船がばらばらになったとき、どなたか寛大な神が私たちのために舳の部分を守りました。そこに
乗って私とレウキッペは潮の流れで運ばれました。メネラオスとサテュロスはほかの船員たちと共に帆柱に
2 行き当たって、その上に倒れ込んで泳いでいました。そばでクレイニアスが帆桁を摑んで泳いでいるのが見
え、彼の叫び声が聞こえました。

「船材をしっかり摑め、クレイトポン！」
3 こう言うと同時に、波が背後から覆いました。私たちは悲鳴を上げました。そのとき私たちにも波が襲い
かかりました。しかし幸いにも私たちに近づいたとき下を通り抜け、その結果、ただ木材が波頭に高く持ち

4 上げられただけで、クレイニアスがふたたび見えました。私は大声で嘆きました。

「お憐れみください、主なるポセイドンよ。あなたの起こした難船から残った者と講和を結んでください。私たちはすでに恐怖で多くの死を耐え忍びました。殺すつもりなら、私たちの死を分けないでください。一つの波に私たちを呑み込ませてください。獣の餌になる運命なら、一匹の魚に私たちを食わせてください、一つの腹に入れてください。魚の中でも一緒に葬られるように」。

5 この祈りからしばらくすると、まわりの激しい風が止み、荒々しい波も収まりました。海は死体で満ちていました。波はメネラオスらをすみやかに陸に運びました。そこはエジプトの海岸でした。当時盗賊たちが

6 その地方全体を勢力下に置いていました。私たちの方は夕方頃に運良くペルシオン[3]に寄せ、陸に着いたことを喜んで神々に感謝の叫びを上げました。それからクレイニアスとサテュロスが死んだと思って、私たちは嘆きました。

六　ペルシオンにはゼウス・カシオス[4]の神像があります。彫像は若者で、むしろアポロンに似ています。そのような若々しさがあるのです。手を伸ばして、ザクロを持っています。このザクロには神秘的な意味が

(1) 異読では「沈めようとしました」。
(2) ホメロス『オデュッセイア』第十歌一二四参照。
(3) ナイル・デルタの東端にある街。
(4) シリアのアンティオキア近くのカシオス山でのゼウス・カシオス信仰が有名であるが、エジプトのペルシオン近くのカシオス山でも信仰があった。ストラボン『地誌』第十六巻二-二三を参照。

2 あります。[1] 私たちは神に祈り、クレイニアスとサテュロスに関する手がかりを求めてから（この神は予言を
3 するということなので）、神殿を巡りました。奥の間で私たちは二つの主題が描かれた絵を見ました。画家
は署名していました。エウアンテス[2]が画家の名でした。絵はアンドロメダとプロメテウス[3]で、両者共に縛ら
れていましたが（それで画家は彼らを一つにまとめたのだと思いますが）、ほかの描かれた出来事において
4 もふたつの絵は兄妹でした。まず岩が二人の牢獄であり、彼には空から、彼女には海からの獣が拷問者です。
彼らを助けるのはアルゴスの血縁の二人で[5]、プロメテウスにはヘラクレス、アンドロメダにはペルセウス、
一方はゼウスの鳥に矢を放ち、他方はポセイドンの海獣と闘っています。ヘラクレスは地上で弓を射放ち、
ペルセウスは空から翼でぶら下がっています。

七　岩は娘の大きさに掘り抜かれていました。その窪みは人の手が作ったのではなく、自然にできたのだ
と言いたそうでした。というのも画家が岩の襞を、大地が生み出したように、ざらざらにしていましたから。
2 アンドロメダはこの隠れ場に置かれていました。その様は、美しさに注目すれば、新品の彫刻のようでした
3 し、鎖や海獣に注目すれば、即席の墓のようでした。彼女の顔には、美しさと恐怖が混ざっていました。頬
には恐怖が座し、目からは美しさが咲き誇っています。しかし頬の蒼白さはまったく赤みがないわけではな
く、ほのかに赤く染まっていました。目の華やかさも不安がないわけではなく、ちょうどしおれはじめた菫
4 のようでした。このように画家は彼女を美しい恐怖で飾っていました。両腕を岩に広げられ、上の方で鎖が
それぞれ手を岩に縛りつけて締め付けています。手首[6]は葡萄の房のようにぶら下がっています。真っ白な娘
5 の腕は鉛色に変わり、指は死んでいるようでした。彼女はこのように縛りつけられて死を待っていました。

アイドネウス(7)の花嫁のように飾られて、花嫁の衣装を着ていました。足までとどく衣裳、その衣裳は純白。織物は蜘蛛の巣のように繊細で、羊毛ではなく、インドの女たちが木から糸を引き抜いて織るような羽根の
6 ある羊毛(8)でできていました。海獣は海を割いて娘の真正面から上がってきます。体の大部分は波で包まれ、頭だけが海を出ています。しかし海の波の下には背の影が、盛り上がった鱗や曲がった頸、とげ状の背びれ、
7 ぐるぐる巻いた尾が見えるように描かれていました。大きくて長い顎。それは肩の結合部まで大きく開き、すぐに腹がありました。海獣と娘の間に空から舞い降りるペルセウスが描かれていました。肩のまわりのマントと両足の翼のついたサンダル以外は、すっかり裸で海獣に向かって降りてきます。帽子が彼の頭を覆っ

(1) 解説参照。
(2) 不詳。架空の名か。
(3) アンドロメダはエティオピアの王女。母カシオペイアが娘は海のニンフ、ネレイスたちより美しいと誇ったため、海神ポセイドンの怒りを買い、海獣に人身御供に捧げられることになる。ペルセウスに救われ、結婚する。
(4) ティタン神族のプロメテウスは火を盗んで人間に与えたため、怒ったゼウスが彼をカウカソス山に繋ぎ、大鷲に肝臓を毎日喰らわせた。肝臓は夜の間にまた生えるので、ヘラクレスに救われるまでプロメテウスの苦悶は絶えなかった。
(5) ペルセウスはアルゴス王アクリシオスの孫で、ヘラクレスの曾祖父に当たる。
(6) ここには古典ギリシア語の同音異義語 *καρπός*(「手首」と「果実」)の語呂合わせがある。
(7) 冥界の王ハデスのこと。結婚と死の関係については二三頁註(2)参照。
(8) 蚕の繭から取る絹のこと。「羽根のある」は成虫からの連想だと思われる。ヘロドトス『歴史』第三巻一〇六もインド人が木から取る(羊)毛に言及しているが、こちらは綿の木を指している。

ています。この帽子はハデスの兜[1]を示していました。左手にはゴルゴンの首[2]を持って楯のように突き出して
8 いました。それは絵の具で描かれていても恐ろしいものでした。両目を大きく開け、こめかみの髪を逆立て、
蛇を立たせていました。このようにたとえ絵であっても脅かしました。これがペルセウスの左手の武器でし
9 た。右手は鎌と剣に分かれた両形の刃で武装していました。というのも両刃の柄は下の一箇所から始まり、
真ん中までは鉄の剣ですが、そこから分かれて一方は尖り、もう一方は折れ曲がっています。尖った部分は
始まりのように剣のままで、曲がった部分は鎌になり、一撃で一方は突き傷を負わせ、他方は切って殺しま
す。アンドロメダ[3]の場景はこのようなものでした。

八　次にプロメテウスの場景がありました。プロメテウスは鉄と岩で縛られ、ヘラクレスは弓と槍で武装
していました。鳥がプロメテウスの腹に御馳走を食べに来ています。立って腹をこじ開けながら、いやすで
2 にこじ開けて、嘴を溝に突っ込み、傷を掘って肝臓を探しているようでした。画家が傷口を開いた分だけ、
3 肝臓が見えています。鳥はプロメテウスの腿に爪の先を突き立てていました。彼はそこで苦しみに体をまる
め、片側に縮まって腿を自分に持ち上げます。こうして肝臓へ鳥を引き寄せるのでした。もう一方の足は逆
4 に痙攣で真っ直ぐ下へ伸び、爪先へと狭まっています。それ以外の様子も苦しみを現わしていました。眉は
曲がり、唇は引きつり、歯を見せています。人はその絵の苦悶する様子に憐れみを覚えるでしょう。
5 苦しむ彼をヘラクレスが救出に来ます。ヘラクレスは立ってプロメテウスの拷問者を射ようとしています。
彼は弓に矢をつがえ、左手で弓を突き出し、胸に右手を引いて弦を引くので、後ろで肘が曲がっています。
6 弓、弦、矢、すべてが同時に重なりあっています。弦で弓が引き寄せられ、手で弦が二つに折られ、胸に手

7 は寄りかかっています。プロメテウスは希望と共に恐怖で満ちていました。一方では傷を、他方ではヘラクレスを見つめ、彼を両目でしっかり見たいのですが、視線の半分を苦しみが引きつけています。

九　さて私たちは二日間を過ごし、災難から回復すると、エジプトの船を雇って（たまたま帯にしまっていたわずかな金がありました）、ナイル河を通ってアレクサンドリア[4]への航路を取りました。まずそこに滞在することを決め、そこでならおそらく友人たちが運ばれてきたのを見つけられるだろうと期待していまし
2 た。ある町[5]にやって来たとき、突然大きな叫び声が聞こえました。すると水夫は「牛飼い（ブーコロス[6]）だ」と叫んで、逆方向へ航行しようと船の向きを変えました。同時に陸は恐ろしい野蛮人たちで溢れました。みな大きくて、肌は黒く（インド人の純粋な黒ではなく、むしろ混血のエティオピア人のようでした）、頭は

（1）着けた者の姿が見えなくなる兜。ホメロス『イリアス』第五歌八四五、伝ヘシオドス『ヘラクレスの盾』二二七を参照。
（2）ゴルゴンの顔を見る者は石になった。
（3）単にアンドロメダの名を指したとも、エウリピデスの劇『アンドロメダ』を指したとも取れる。
（4）ナイル・デルタの西端近くにある大都市。第五巻冒頭を参照。
（5）Göttling によると（Vilborg の註釈書、七二頁）、ビュバスティス。
（6）古代ギリシア恋愛小説によく現われるナイル河の盗賊のこと。ヘリオドロス『エティオピア物語』第一巻五-一以下など。エペソスのクセノポン『エペソス物語』第三巻一二-二では「牧人」として登場する。ディオン・カッシオス『ローマ史』第七十一巻四で述べられているローマ時代の実在の盗賊たちをモデルにしていると考えられる。

剃り、足は細く、体は大きく、みな訳のわからぬ言葉を話していました。
3 舵手は「もうおしまいだ！」と言って、船を停めました。というのもそこは川がとても狭かったのです。
盗賊のうち四人が乗り込んで、船の中のものをすべて取り、私たちから金を持ち去りました。そして私たち
を縛って小屋に閉じ込めると、翌日王（その名で彼らは盗賊の頭《かしら》を呼んでいました）のもとへ連れていくつ
もりで、見張りを私たちに残して立ち去りました。私たちと共に捕らえられた者から聞いたところでは、二
日の道程ということでした。

一〇　さて夜になって私たちは縛られたまま横になり、見張りは眠りました。そのとき、ようやく私はレ
ウキッペのことを嘆くことができました。自分がどれほど彼女にとって災いの原因になったかを数え上げ、
心の中で深く嘆きながら、悲嘆の声は内に隠して言いました。
「ああ、神々と精霊たちよ、もし本当にいて聞こえるなら、数日の間にこんなに多くの災いに巻き込まれ
2 るほどのどんな罪を私たちが犯したのでしょうか。今やあなた方は私たちをエジプトの盗賊に引き渡しまし
た。憐れみも受けられないように。ギリシアの盗賊なら、声が頑な心を打ち砕き、嘆願が宥めたでしょう。
実際、言葉はしばしば憐れみをもたらします。心の苦しみを舌は嘆願に仕えさせて、聞く者の心の怒りを和
3 らげますから。でも今はどのような言葉で嘆願しましょうか。どのような誓いを立てましょうか。たとえセ
イレン(1)たちより説得力があったとしても、人殺しには聞こえません。私は頷くだけで懇願し、手真似で嘆願
4 を示さねばなりません。ああ、なんたる不幸。今や私は哀悼を身振りで演じなければなりません。(2)自分のこ
とは、たとえ災難の極みでも、それほど苦しくはありませんが、君のことを、レウキッペ、どんな口で嘆こ

5 う、どんな目で涙しよう。ああ、恋の絆に誠実で、不幸な恋人に忠実な人よ。君の婚礼の飾りはなんと美し
いことか。牢獄が花嫁の部屋、地面が新婚の臥所、綱と縄がネックレスと腕輪、そして君の花嫁付添人の盗
6 賊が傍らにいる。また、祝婚歌の代わりに人は君に挽歌を歌う(3)。ああ、海よ、あなたに感謝の意を表わした
のは無駄だった。あなたの情けを私は非難する(4)。あなたは殺した者たちに対する方がむしろ親切で、私たち
の方は助けておいてさらにひどい殺し方をするのだ。私たちが掠奪されずに死ぬのを惜しんだのだ」。

一一　このようなことを私は静かに嘆いていましたが、涙は流せませんでした。これは大きな災いにある
目の特徴です。ほどほどの災難ではとめどなく涙は流れ落ち、被害者にとっては苦しめている者への懇願と
なり、苦しんでいる者［の痛み］を、腫れた傷からの［膿を出す］ように空にします。しかし、並外れた苦難で
2 は涙も逃げて、目を見捨てます。というのは、昇ってくる涙に悲しみが出くわすと勢いを止めて方向を変え、
共に下へ連れ去ります。そして涙は目への道から逸れて魂へ流れ落ち、その傷をいっそうひどくしますから。
さて私は黙りこんでいるレウキッペへ言いました。

「愛しい人、どうして黙って僕になにも話さないの」。

---

(1) 一三頁註(4)を参照。

(2) ヘリオドロス『エティオピア物語』第六巻八-三にも似た表現がある。

(3) 本巻七-5のアンドロメダの描写と対応している。

(4) カリトン『カイレアスとカリロエ』第三巻六-六では、カリロエのディオニュシオスとの結婚を知ったカイレアスが海を非難する。「ああ、情け深い海よ、どうして私を救い出したのか」。

彼女は言いました。

「魂よりも前に、クレイトポン、私の声は死んでしまいましたから」。
二二　こんなことを語り合っていると、気づかないうちに夜明けになりました。長く茫々と髪をのばした
男が馬を駆ってやって来ました。馬もたてがみを長くのばしていました。馬飾りもなく、頬革もつけていな
い裸馬でした。盗賊たちの馬はこのようなのです。彼は頭目のもとからやって来たのですが、こう言いまし
た。
「捕まえた中に誰か処女がいたら、部隊の浄めの生贄となるよう、神のもとへ連れていけ」。
2 彼らはすぐレウキッペの方を向き、彼女は私にすがりついて、叫びながらぶら下がっていました。盗賊た
ちのある者は引き離し、ある者は殴りました。レウキッペを引き離し、私を殴りました。そして彼女を高く
担ぎ上げて、連れ去りました。私たちは縛られ、ゆっくりと連れていかれました。
二三　村から二スタディオン(1)進んだとき、叫び声とラッパの音が聞こえ、全員武装した重装歩兵隊が現わ
2 れました。盗賊たちはこれを見ると、私たちを中央に入れ、迫る相手を防ごうと待ち受けました。ほどなく
やって来た数は五〇人でした。ある者は全身を覆う大楯を持ち、ある者は軽装備でした。盗賊たちははるか
3 に多かったので、地面から土塊を取って兵士たちに投げつけました。エジプトの土塊は重く、ぎざぎざして、
ふぞろいなので、どんな石よりも危険なのです。ふぞろいなのは石の尖端です。その結果投げ当てられると
4 同じ箇所に二重の傷を作ります。石からのような腫れと矢からのような切り傷を。しかし兵士たちは楯で石
を受け止め、投石をほとんど気にしませんでした。

さて、盗賊たちが投げるのに疲れたとき、兵士たちは密集隊形を開き、軽装兵たちが重装兵たちの中から、
各々投げ槍と剣を持って飛び出しました。彼らは同時に槍を投げつけ、射当てない者は誰もいませんでした。
5 それから重装歩兵が押し寄せました。厳しい戦いでした。双方からの打撃、負傷、殺戮。兵士たちの経験が
数の不足を補っていました。捕虜になっていた私たちは盗賊たちが苦戦している場所を窺い、まとまって盗
6 賊たちの隊列を破り、敵側に駆け出しました。兵士たちは最初気づかず、殺そうとしましたが、武装せず縛
7 られているのを見ると、事情を見抜いて重装歩兵たちの中へ受け入れ、後衛に送って落ち着かせました。や
がて騎兵たちが押し寄せました。近づくと、隊列を展開して馬で盗賊たちを包囲し、こうして彼らを一つ所
に集めてほとんどを殺害しました。ある者は死んで横たわり、ある者は半死半生の状態で戦っていました。
残りは生け捕りにしました。

一四　時は昼下がりでした。将軍は私たち各人を別々に扱い、私たちが誰で、どうして捕らえられたのか
を尋ねました。各々がそれぞれ述べ、私も自分のことを話しました。すべてを聞いたとき、彼は従うよう命
じ、武具を与えると約束しました。というのも援軍を待って盗賊の本拠地に攻め寄せようと決めていたので
2 す。敵は一万人ほどいると言われていました。私は馬術に熟練していたので馬を求めました。馬がやって来
ると、乗りまわしながら整然と戦闘の構えを見せたので、将軍もとても褒めました。彼は私とその日、食事
3 を共にし、食卓で私のことを問い尋ね、聞いて憐れみました。他人の災難を聞く人は同情から憐れみへと傾

（1）約三六〇メートル。

きがちです。そして憐れみはしばしば友情をもたらします。心は聞いた話への悲しみで和らげられ、不幸を
4 聞くことで少しずつ同情を友情へ、悲嘆を憐れみへと変えますから。こうして私は話を聞かせて将軍の涙を
誘ったほどでした。しかし、レウキッペが盗賊たちの手中にあるので、それ以上なにもできませんでした。

彼は私に仕えるエジプト人の召使いをくれました。

一五　翌日、将軍は渡る準備をして、行く手を阻んでいる堀を埋めようとしました。盗賊たちが大軍で堀
の向こう側に武装して立っているのが見えました。粘土で作られた即席の祭壇があり、その近くには柩があ
2 りました。二人の男が後ろ手に縛られた娘を連れて来ました。武具をつけていたので、彼らが誰かはわかり
3 ませんでしたが、娘はレウキッペだと気づきました。二人は彼女の頭に献酒を注ぐと、祭壇の周りを引き回
し、誰かが彼女に笛で伴奏し、神官がどうやらエジプトの頌歌を歌いました。というのは口の形や顔の歪み
4 が頌歌であることを示していましたから。それから合図でみなは祭壇から遠く退きました。若者の一方が彼
女を仰向けに寝かせ、小像制作者がマルシュアス(1)を木にそうするように、地面に固定された杭に縛りつけま
5 した。それから彼は剣を取って心臓に突き刺すと、剣を引いて腹の下へと切り裂きました。内臓がすぐに飛
び出しました。それを手で引き抜いて祭壇に捧げ、焼けるとみなで切り分けて食べました(2)。

　これを見て将軍や兵士たちは事の一つ一つに絶叫し、その光景から目を背けました。でも私はあまりに思
6 いがけない出来事に、座ったまま眺めていました。ただ愕然としました。際限のない不幸が雷撃のように私
を打ちました。おそらくニオベ(3)の伝説も嘘ではなく、彼女も子供たちの死から同じようなことを経験して、

[7] 動けなくなったことから石になったような印象を与えたのでしょう。事が終わったとき（私はそう思ったのですが）、彼らは死体を柩の中に入れ、柩を蓋で塞いであとに残し、祭壇をひっくり返して振り向かずに立ち去りました。そのようにするよう神官が神託を下しましたのです。

[2] 一六　宵になって堀はすっかり埋められました。兵士たちは渡って、堀からやや向こうに野営し、夕食の支度をしました。将軍は悲しむ私を慰めようとしました。第一夜警時頃、みなが眠るのを待ち受けると、私 [3] は剣を持って外に出ました。柩の上で自害するつもりでした。近くに来ると、剣を高く上げて私は言いました。

「哀れなレウキッペ、あらゆる人の中でも最も不幸な人よ。僕は君の死だけを嘆くのではなく、異国で死んだことや暴力で屠られたことだけを嘆くのでもない。この君の不幸への悪ふざけが、君が穢れた体の清め [4] となり、彼らが生きたままの、ああ、しかも自分が切り裂かれる一部始終を眺めている君を切り裂いたことが、君の腹の神秘を分配し、この呪わしい祭壇や柩に墓があることが悲しいのだ。身体はここに横たわっているのに、内臓はどこだ？　火が焼き尽くしたなら、不幸は軽かった。ところが実際は、君の内臓の葬り先

（1）勝者は敗者を自由にできるという条件で、アポロンに音楽競技を挑んだサテュロス。勝利したアポロンはマルシュアスを木に縛りつけて、生皮を剝いだ。

（2）人身御供やカニバリスムは、二世紀のロリアノス『フェニキア物語』断片にも見られる。

（3）子沢山（その数は伝承によって異なる）なことを、アポロンとアルテミスの二神しか子がないレトにまさると誇ったため怒りを買い、アポロンに男の子を、アルテミスには女の子をすべて射殺された。ニオベは衝撃のあまり石になった。

5 は盗賊たちの栄養になったのだ。[1] ああ、忌まわしい祭壇の松明！　ああ、新奇な食事の秘儀よ！　このよう
な犠牲を天から神々は眺めたのに、火は消されず、穢れは見過ごされ、火は犠牲の香りを神々に運び上げた。
さあ、レウキッペ、私からふさわしい献酒を受け取ってくれ」。

一七　こう言って剣を掲げ、自らの喉に突き刺そうとしました。すると二人の者が向こうから急いで駆け
て来るのが（月夜だったので）見えました。盗賊だと思い、彼らの手で死のうと、私は止《とど》まりました。その
2 うち近づいて二人とも大声で叫びます。メネラオスとサテュロスでした。しかし私は友人である彼らが思い
もよらず生きているのを見ても、抱き締めもせず、喜びに打たれもしませんでした。不幸への悲しみがそれ
3 ほど私を鈍らせていました。彼らは私の右手を捉え、剣を取り上げようとしました。

私は言いました。

「神々にかけて、美しい死を、いやむしろ苦しみの癒しを与えるのを惜しまないでくれ。たとえ君たちが
4 今は強要しても、もはや僕は生きていることができない。レウキッペがこのように殺されたのだから。実際、
この剣を僕から取り上げても、僕の悲しみの剣は胸の奥に突き刺さり、少しずつ心を切り裂くのだ。不死の
傷で僕が死ぬのを望むのか」。

するとメネラオスが言いました。

「そのために死ぬ気なら、剣を控えるときですよ。あなたのレウキッペは今から生き返るでしょう」。

私は彼に目を向けて言いました。

5 「まだ君はこんな不幸にある僕を嘲笑するのか。メネラオス、まったく君はよくゼウス・クセニオス[2]を忘

れないものだな」。

　しかし彼は柩を叩いて言いました。

「さて、クレイトポンが信じないから、私のために、レウキッペ、生きていたら証言してください」。
6 こう言いながら二度か三度、柩を叩きました。すると下からほんのかすかな声が聞こえました。震えがす
7 ぐに私を捉え、魔術師かと思ってメネラオスを見つめました。彼が柩を開けると同時に、レウキッペが下か
ら起き上がりました。ああ、神々よ、なんと恐ろしい戦慄すべき光景！　彼女の腹はすっかり開かれ、内臓
は空っぽでした。でも私にとびついて抱擁し、二人は抱き合ったまま倒れました。
一八　ようやく我に返って、メネラオスに言いました。
「これはどういうことなのか話してくれないんですか。私はレウキッペを見ているのではないか。彼女を
摑み、話すのを聞いているのではないか。では昨日見たものはなんだったのか。あれが夢か、それともこれ
2 が夢か。でもほら、これは本当の生きている口づけで、レウキッペのあの甘いキスのようだ」。
「さて今こそ」

とメネラオスが言いました。

「内臓は取り戻され、腹(3)は縫い合わされるでしょう。そして無傷な姿を見られるでしょう。ただ、あなた

(1) 葬り先（ταφή）と栄養（τροφή）が言葉遊びになっている。
(2) 三九頁註（2）参照。
(3) 直訳は胸。レウキッペの胸元から腹の下まで切り裂かれた部分を指す。

の顔を隠してください。ヘカテ[1]を仕事に呼び出します」。
[3] 私は信じて顔を覆いました。彼は奇跡を行ないはじめ、なにか言葉を唱えました。唱えながら、レウキッペのお腹の仕掛けを取り除いて、元の姿に戻しました。それから私に言いました。
「覆いを取りなさい」。
[4] 私は（本当にヘカテがそばにいるものと思ったので）ためらい、恐れましたが、目から両手を離すと、完
[5] 全な姿のレウキッペが見えました。いっそう驚愕してメネラオスに頼んで言いました。
「ああメネラオス、もしあなたが魔術師なら、頼むから教えてくれ、私が地上のどこにいるのか、一体なにを見ているのか」。

するとレウキッペが言いました。

「メネラオス、彼を恐がらせるのは止めて。どのように盗賊たちを欺いたのか話してください」。
一九　そこでメネラオスが言いました。
「私がエジプトの生まれなのは御存知でしょう。船ですでに話しましたからね。さて私の所有地のほとん
[2] どはこの村周辺にあり、村の役人たちも知り合いでした。それで難破に遭遇したとき、やがて波が私をエジプトの海岸に打ち上げ、その地域を監視していた盗賊たちにサテュロスと共に捕まりました。頭目のもとへ連れていかれると、すぐ私に盗賊の一部が気づき、縛めを解いて、元気を出して仲間として共に働こうと励
[3] ましました。私はサテュロスを自分の召使いとしてくれるよう求めました。彼らは『それなら俺たちにまずお前の勇敢なところを示せ』。と言いました。その頃彼らは、娘を犠牲に捧げて盗賊団を浄め、犠牲者の肝

臓を味わって、敵の軍勢が犠牲の場所を越えるよう、体の残りは柩に委ねて退くことを命じる神託を得ていました。さあ、サテュロス、あとは話しなさい。ここからはお前の話だから」。

二〇　そしてサテュロスが話しました。

「ああ、旦那様、私たちが陣営に歩いていったとき、（2）レウキッペ様のことを知って嘆き悲しみました。そ
2 してメネラオス様にいかなる手段でもお嬢様を助けるよう頼みました。どなたか善い神様が手を貸してくれ
ました。たまたま犠牲の前日、私たちが海辺に座って、こうしたことを考えていると、盗賊たちが航路を外
3 れた船を見つけ、突進しました。船の者たちは遭遇した事態に気づいて後方へ漕ぎ進めようとしました。し
4 かし、盗賊たちが先に追いついたので、防禦に転じました。彼らの中に劇場でホメロスの歌を吟唱する者が
いました。（3）彼は自らホメロス風の装備を纏い、まわりの者たちにも同じように装備させて戦おうとしました。
5 最初に襲ってきた者たちには烈しく抵抗しました。しかしさらに多くの盗賊の舟が迫って船を沈め、海に落
6 ちた者たちを殺しました。そのとき気づかないうちに箱が沈没船から離れ、私たちのもとに流れに乗って運

（1）ヘシオドス『神統紀』ではあらゆる幸を与える女神として絶讃されるが、のちに冥界と結びつけられ、魔術・呪術の女神となる。

（2）三世紀のパピルス断片の読み。写本では「私が陣営に引き立てられたとき」。

（3）アテナイオス『食卓の賢人たち』第十四巻六二〇bやアルテミドロス『夢判断の書』第四巻二、ペトロニウス『サテュリカ』五九などにもみられる。

ばれました。それをメネラオス様は拾い上げました。いくらか引き下がって私も一緒にいるところで（なに
か高価なものが中にあると思われたので）箱を開けると、マントと剣が見えました。柄は四掌尺ありますが、
7 柄についた刃はとても短く、指三本分の幅の長さしかありません。メネラオス様は剣を取り上げ、何気なく
刃の部分を下へ向けると、その短かった剣が穴から柄の長さだけ飛び出しました。また逆に向けると、刃が
また中へ沈み込みました。これをきっとあの不幸な男は劇場で見せかけの殺害のために用いたのでしょう。

二一　そこで私はメネラオス様に言いました。

『あなたが勇敢だと示したければ、神は私たちに味方するでしょう。盗賊たちに気づかれずに、娘を救う
2 ことができるでしょうから。どんな方法でか聞いてください。とても柔らかい羊の皮を手に入れ、人間の腹
ほどの大きさの袋の形に縫い合わせます。それから獣の内臓と血でいっぱいにし、簡単に内臓が破裂しない
よう見せかけの腹を縫いつけます。そしてお嬢さんにこのような方法で纏わせ、衣服を外から腹帯や腰帯で
3 巻いて、縛りつけた仕掛けを隠しましょう。神託も絶対に気づかれないための役に立ちます。衣服を身に着
けたままの彼女を、服の真ん中を貫いて刃で突き刺せと言うのですから。この剣がどんな仕掛けかはわかる
4 でしょう。誰かの体に突き立てると、鞘のように柄へ逃げ込みます。見ている者は刃が体に刺さったと思い
ますが、実際は柄の穴へ跳び込むので、見せかけの腹を切り、柄が屠られるものの皮に達するだけの尖端の
みを残します。刃を傷口から引き抜けば、ふたたび穴から剣が、柄の高さが持ち上げられただけ滑り出し、
5 同じように見ている者を欺きます。というのも仕掛けから戻ってくる分だけ、傷口から出てくるように思わ
れますから。こうすれば盗賊たちは工夫を見つけられないでしょう。皮は隠され、切ると内臓が飛び出し、

6 それを私たちが取り出して祭壇に捧げますからね。それ以後、盗賊たちはもはや死体に近づかず、私たちが
柩へ納めるでしょう。少し前に首領が彼らに勇敢なところを示さねばならない、と言ったのを聞いたでしょ
7 う。だからあなたは彼のもとへ行って、勇気を示すことを引き受けられますよ』。
　こう言って、ゼウス・クセニオスの名を呼んで、食事や難船を共に経験したことを思い出させてメネラオ
ス様に頼みました。
二三　するとこの素晴らしい方は言いました。
『大きな試練だ。だが友のためなら、たとえ死なねばならなくても、危険は美しいのだ』。

　私は言いました。
2 『クレイトポン様も生きていると思います。お嬢さんは私が訊ねたとき、縛られた旦那様を盗賊たちの捕
虜のもとに残してきたと言いましたから。また、盗賊たちの中で首領のもとへ逃がれた者たちも彼らに捕ら
えられていた者たちはすべて陣営へ逃れたと言いました。だからあなたは旦那様から感謝されるでしょうし、
同時に哀れなお嬢さんをこれほどの災いから情け深く救うでしょう』。
3 　こう言って説得し、運命の女神も協力してくれました。そこで私は道具の支度にかかりました。ちょうど
メネラオス様が盗賊たちに犠牲について話そうとすると、神のおかげか首領が先に言いました。

『俺たちには掟があって、新入りが犠牲式を司らねばならない。特に人間を犠牲に捧げねばならないとき
4 にはな。だからお前が明日の犠牲の準備をする番だ。お前の召使いも同時に入信せねばならぬ』。
　この方が言いました。

5 『もちろん私たちはあなた方の誰にも劣らないよう力を尽くしましょう。私たちは自ら切り裂くのにふさわしいよう娘を仕立てねばならないでしょう』。
『生贄もお前たちの仕事だ』。

と首領は言いました。
6 そこでお嬢さんを前に言った方法で自ら支度して、勇気を持つよう励まし、詳細を述べました。柩の中に留まるように、もし早く眠りが彼女を離れても、中でその日の間待つようにと。
『もしなにか私たちに障害が生じたら、陣営に逃げてください』。

こう言って、彼女を祭壇に連れていきました。あとのことはごらんになったでしょう」。

二三　私はこれを聞いたとき、あらゆる感情が入り交じって、メネラオスにどんなお返しをすべきかわか
りませんでした。そこで一番ありふれた方法で、足元に身を投げ出して抱き締めると、神のように崇めまし
2 た。私の胸はほとばしる喜びで満ちていました。レウキッペについてはうまくいったので、私は言いました。

「だが、クレイニアスはどうなったのだ」。

「わかりません。難破の直後に彼が帆桁を掴んでいるのを見ましたが、どこに行ったのかはわかりません」。

メネラオスが言いました。
3 喜びの最中にありながら、私は声を上げて嘆きました。すぐにどなたか神が私に純粋な喜びを与えるのを拒んだのです。私のせいで姿を消した人、レウキッペの次に私の主人、この人をあらゆる人の中から、命だけでなく埋葬も奪うように、海は捉えたのでした。

4 「ああ、無慈悲な海よ。あなたは私たちに慈悲にまつわる完璧な筋書きを与えるのを拒むのですね」。私たちは共に陣営に戻り、私の幕舎の中へ入って夜の残りを過ごしました。私たちに起こったことは多くの人に知れ渡りました。

二四　夜明けになると私は将軍のもとにメネラオスを連れていき、すべてを話しました。将軍は一緒に喜び、メネラオスを友人として扱い、敵の戦力がどれほどか訊ねました。彼は隣村全体はならず者たちで溢れ、

2 また盗賊の部隊が合流して、その数およそ一万だと言いました。そこで将軍は言いました。

「しかしわれわれの五〇〇〇は敵の二万に匹敵します。それにデルタ地帯とヘリオポリス(1)周辺に蛮人に対して配備されたもう二〇〇〇がほどなく到着するでしょう」。

3 こう彼が話していると、少年奴隷が駆け込んできて、デルタ地帯から、そこの陣営の伝令がやって来て、二〇〇〇の兵はあと五日滞在すると伝えたと言いました。なぜなら蛮人たちの侵入は阻止したが、軍隊が出発しようとしたときに神聖な鳥が父親の墓を運んで彼らのもとにやって来た。それだけの日数、出発を控える必要があるというのです。

二五　私は言いました。「それほどの尊崇に値するとは、その鳥はなんなのですか。またどんな墓を運んで来るのですか」。

(1) エジプト下流域の街。

「鳥は名を不死鳥（ポイニクス）(1)といい、エティオピアの生まれで、大きさは孔雀ほどです。色の美しさで
2 は孔雀が劣ります。羽根は金と紫が混ざっていて、太陽を主人として誇り、頭部がそれを証明しています。
3 というのも立派な輪が鳥の冠になっていて、このまるい冠は太陽の似姿なのです。薔薇に似た深い臙脂色で、
見るに美しく、［羽根の］光線で飾られ、まさに翼が昇るよう。エティオピア人は生きている鳥を、エジプト
4 人は死んだのを割り当てられています。死んだときに（長い時が経ってからそうなるのですが）、子は即席
で次のような墓をつくり、親鳥をナイル河のほとりに運びます。(2)鳥の墓に十分なほどのとても良い香りの没
5 薬の塊を、嘴で穿って中央に穴を開け、その窪みが遺体の墓になります。親鳥を柩の中に入れて嵌め込み、
口を粘土で閉じると、この細工を運んでナイル河に飛びます。ほかの鳥たちの一団も護衛のように付き従い、
不死鳥（ポイニクス）は旅に出た王のようで、太陽の街（ヘリオポリス）への道筋を外れることはありません。
6 まさに死んだ鳥の移住です。そして高い所に止まって目を配り、神に仕える者を待ちます。するとエジプト
7 の神官は書物を聖所から運んで来て、鳥を絵から確認します。鳥は疑われているのを知っていて、体の秘密
を露わにし、遺体を示し、追悼演説を語る弁論家となります。太陽神の神官たちは鳥の遺体を受け取って埋
葬します。こうして生きているときは食物でエティオピアの鳥であり、死ぬと埋葬でエジプトの鳥となるの
です(3)」。

第四巻

一　さて将軍は、敵の軍備と味方の遅れを知ったので、味方が到着するまで出発した村にふたたび戻るこ
2 とに決めました。私にはレウキッペと共に家が、将軍の宿営の少し奥に割り当てられました。中へ入ると、
私は彼女を抱いて男を行使しようとしました。しかし彼女が許さないので、言いました。
3 「一体いつまでアプロディテの秘儀[4]をしないつもりだい。想像を絶した出来事がわからないのかい。難破、
盗賊、犠牲、殺戮が。運命の女神が穏やかなうちに、僕たちがさらにひどいめにあう前に、好機を十分に利
用しようよ」。

---

(1) 驚異譚作家によく扱われた伝説の鳥。タキトゥス『年代記』第六巻二八も参照。ここでは φοῖνιξ という同じ綴りの語（鳥名とフェニキア）の言葉遊びがある。
(2) ヘロドトス『歴史』第二巻七三。
(3) 第三巻一六-4同様、食物（τροφή）埋葬（ταφή）の言葉遊びがある。
(4) 性行為のこと。

でも、彼女は言いました。
4 「もうそうなることは許されないのです。なぜなら一昨日の夜、私が殺されるだろうと泣いていたとき、
アルテミス(1)女神が夢に現われて言いました。
『もう泣くのはおやめなさい。あなたは死なないのだから。私があなたの助けになりましょう。でも乙女
のままでいなさい。私が花嫁のあなたに付き添うまでは。クレイトポン以外の誰もあなたを娶りませんよ』。
5 私はその延期に困惑しましたが、将来への希望に喜びました」。
6 この夢を聞いたとき、私もよく似た夢を見たのを思い出しました。というのは、前夜アプロディテの神殿
7 を見て、中に女神の像があるように思いました。祈ろうと近づくと、扉が閉じられました。落胆している私
に女神像のような姿をした女性が現われて、言いました。
『今お前に神殿の中へ入ることは許されません。でも少し待てば、お前のために開くだけでなく、女神の
神官にしてあげましょう』。
8 私はレウキッペにこの夢を語り、もう無理強いしようとはしませんでした。しかし、レウキッペの夢と考
え合わせて少なからず心乱されました。

二　そうこうするうちにカルミデスが（これが将軍の名前でした）レウキッペに目をとめましたが、彼女
を見たのはこのようなきっかけ(2)からでした。たまたま男たちが、見る価値がある河の獣の狩りに出かけまし
2 た。それをナイル河の馬とエジプト人たちは呼んでいます。腹と脚は、爪が割れて蹄になっていること以外、

名前が示す通り馬ですが、大きさは巨大な牛のようです。尻尾は短く、体全体がそうであるように体毛があ
3 りません。頭はまるく巨大で、頬は馬と変わりません。鼻孔は大きく開いていて、火の泉からのように燃え
さかる飛沫を吐き出します。顎は頬と同じくらい大きく、こめかみまで口は開いています。曲がった犬歯を
持っていて、形も位置も馬のようですが、大きさは三倍です。

三　そこで将軍は見物に私たちを招きました。レウキッペも同行しました。私たちは獣に目を向けていま
2 したが、将軍はレウキッペに向けていました。そしてすぐに恋に捕らわれてしまいました。彼は自らの目を
満足させられるように、私たちができるだけ長くそばに留まるのを望んで、持って回った言い方をしようと
しました。まず獣の特質、それから捕獲の仕方を詳しく話しました。非常に大食で穀物畑すべてを食い尽く
3 してしまうので、欺して捕獲するのだと。すなわち、その暮らしぶりを観察してから、溝を掘って上から藁
や土で覆います。藁の仕掛けの下には穴の屋根の方へ扉が開いた木の檻を奥に置いて、獣が落ちるのを待ち
4 伏せます。さて踏みつけるとすぐに落ちて、檻が隠れ家のように受け止めますから、猟師たちは飛び出して
すぐに覆いの扉を閉め、こうして捕獲します。力競べでは誰も力ずくで奴を抑えられませんから。
5 「ほかの点でも非常に強いのですが、特に皮がごらんのようにざらざらして硬くて、刃で傷つくのを許さ
ず、いわばエジプトの象です。実際、強さに関してはインドの象に次ぐものですからね」。

（1）狩人、出産の守り神。処女神。セレネやヘカテとしばしば混同される。

（2）河（ポタモス）の馬（ヒッポス）、すなわち河馬（ヒッポポタモス）のこと。

四　そこでメネラオスが言いました。
「それでは象もあなたはかつてごらんになったのですか」。

「その通りです」。

とカルミデスが言いました。

「よく知っている人たちから、象の驚くべき出生の特質も聞きました」。
2 私が言いました。
「私たちは今日まで絵でしか見たことがありません(1)」。

「では、あなた方にお話ししましょう」。

と彼は言いました。

「時間がありますからね。象の母親はとても長い間妊娠しています。一〇年かけて胎児を形成しますから。
3 それだけ長い年月の周期のあと、子が年を重ねたときに産みます(2)。思うに、それゆえ姿は大きく、力は打ち
4 勝ちがたく、寿命は長く、死は遅いのです。その一生はヘシオドスの烏(3)を上回るといいますからね。象の顎
は牛の頭のようです。見れば彼の口は二本の角を持っていると思うでしょう。でもこれは象の曲がった牙な
のです(4)。牙の間には見た目も大きさもラッパのような鼻が起き上がっていて、象が必要なことに応えます。
5 食物やなんであれ足元に見つけたあらゆる食糧を調達し、象の餌であれば、すぐに摑んで顎の方へ曲げて口
に食物を供します。他方、いっそう美味なものを見つけたときには、鼻で巻いて獲物のまわりをしっかり摑
6 み、すべて持ち上げて主人に贈り物として差しあげます。というのはエティオピア人(5)が象の奇妙な騎手とし

て象の上に腰掛けているからです。象は彼に追従し、恐れ、声を解し、鞭打たれても甘受します。でも、そ
7 の鞭は鉄の斧なのです。私はかつて奇妙な光景を見ました。ギリシア人が頭をこの獣の頭の真ん中に入れて
いました。[6] 象は口を開けて、中にいる人に息を吐きかけました。私はその人の大胆さと象の思いやり双方に
驚嘆しました。その人は獣に報酬を与えたのだと言いました。というのは彼に吹きかけられたものは、イン
8 ドの香料と違わないだけでなく、頭痛の薬にもなるのだと。治療法を象は知っているので、口を無償では開《ひら》
かず、もったいぶった医者のようにまず報酬を求めます。もし渡せば、了解して恩恵を施し、顎を広げ、人
間が望むだけ大きく開いて受け入れます。香りを売ることを知っているのです」。

五 「どこから」

(1) ヘロドトスの不死鳥(ポイニクス)を絵でしか見たことがないという言及の反映か。ヘロドトス『歴史』第二巻七三を参照。

(2) アリストテレス『動物誌』五四六b一〇および『動物発生論』七七七b一五によれば、妊娠期間は二年。

(3) ヘシオドス「断片」三〇四–一–二。プルタルコス『モラリア』四一五Cを参照。「金切り声を上げる鳥は九世代を人が栄える間、生きる」。

(4) アリストテレス『動物誌』五〇一b三〇–五〇二a一を参照。

(5) 字義通りには「焼かれた」、つまり「肌が黒い」の意。通常はエティオピアは漠然とアフリカ南部の地域を指すが、ここではインドの話が述べられている。インド人とエティオピア人はしばしば多くの共通点を持つように描かれる。たとえば、ピロストラトス『テュアナのアポロニオス伝』第六巻一を参照。

(6) 同様の話がピロストラトス『テュアナのアポロニオス伝』第二巻一一にもみられる。

と私が尋ねました。

「そのように醜い獣に、それほど快い芳香が？」

カルミデスが言いました。

「食物でそうなるのです。インド人の土地は太陽の隣りです。インド人は一番最初に太陽神が昇るのを見
2 ますし、彼らにはいっそう暑い日の光が腰を下ろして、体は火の色をしていますからね。ギリシア人のもとにはエティオピア人の色をした花[1]がありますが、インド人のもとでは花ではなく、われわれのもとで木の葉であるような葉っぱなのです。それは息吹を隠して匂いを出しません。よく知っている人には匂いを自慢するのをためらいますし、土地の人には出ししぶりますから。でもその土地から少し離れて境界を越えると、
3 秘匿していた喜びをあらわにして、葉から花になって、匂いを身にまといます。これがインド人の黒薔薇で、象たちにとっては、われわれの牛にとっての草のように食糧なのです。生まれたときからこれで養われているので、体全体が食物の匂いで薫り、素晴らしい芳香のする息吹を奥から吐き出して、それが息吹の源泉になるのです」。

六　さて将軍の話から私たちが解放され、ほんのしばらくすると、恋の炎に焦がされた者は苦しみで耐えられませんから、将軍はメネラオスを呼び寄せ、手を取って言いました。

「あなたの厚い友情はクレイトポンにしてやったことからわかる。私の友情も劣らないのがわかるだろう。
2 そこであなたに頼みたいのだが、あなたには簡単なことでも、同意してくれれば、私は命を救われるのだ。

レウキッペが私を破滅させてしまった。あなたが助けてくれ。彼女はあなたに命を助けられた恩がある。あなたの尽力に五〇枚の金貨と、彼女にも望むだけ与えよう」。

3 そこでメネラオスは言いました。

「金貨は持っておいて、親切を売る者たちのためにとっておきなさい。私は友人ですから、あなたの役に立つようやってみましょう」。

こう言ってから、私のところへ来てすべてを語りました。そこで私たちはどうすべきか思案しました。そして将軍を欺くことにしました。なぜなら断るのは、彼が暴力に訴えないかという危険がありますし、まわりじゅう盗賊が取り囲み、将軍の配下には大勢の兵士たちがいましたから、逃げることも不可能でした。

七　しばらくしてメネラオスはカルミデスのもとへ戻り、

「事は成し遂げられました」。

と言いました。

2 「最初女は強く拒みましたが、私が恩義を思い出させて頼むと、頷きました。しかし、もっともな願いなのですが、『アレクサンドリアに到着するまで』数日のわずかな猶予を与えてくれるよう求めています。『ここは村で、起こることは目につきますし、多くの目撃者がいますから』と」。

「ずいぶん時間をかけてあなたは恩恵をもたらすものだ」。

(1) この花は同定されていない。クローブやシナモンなどの可能性が提案されている。

とカルミデスは言いました。
3 「戦時に誰が欲望を先延ばしにするだろう。戦いにかかずらっている兵士が生き残れるかわかるだろうか。
それほど死への道はあるのだ。運命の女神から保護を求めてくれ。そうすれば待つだろう。いま私は牛飼い
（ブーコロス）たちとの戦いに出陣しようとしている。だが、私の心の中ではもう一つの戦いが腰を据えてい
4 るのだ。弓を持ち、矢を携えた兵士が私を掠奪する。私は打ち負かされ、矢で覆われている。どうか、すぐ
に癒す者を呼んでくれ。傷が圧迫する。私は敵に投げつける火を点ける。エロースは私に別の燃え木を点け
5 た。メネラオス、この火をまず消してくれ。合戦する前の恋の組み打ちは吉兆だ。アプロディテに私をアレ
スのもとへ送らせよ（1）」。

するとメネラオスが言いました。

「でも、ここで彼女が夫に、しかも恋している夫に気づかれないのが容易でないのはおわかりでしょう」。
6 するとカルミデスは、
「だが、クレイトポンを除くのは簡単だ」。
と言いました。メネラオスはカルミデスの熱心さを見て、私のことを心配し、急いでもっともらしいことを
考え出して言いました。
7 「延期の真相をお聞きになりたいですか。実は彼女は昨日、月の障りが始まり、男と交わることが許され
ないのです」。

「それでは待とう」。

とカルミデスは言いました。

8 「ここで三日か四日、それで十分だろう。だが、彼女にできることを頼もう。私の目の前に来させて言葉を交わさせよ。声を聞き、手に触れ、体を撫でたいのだ。こうしたことは恋する者たちの慰めだから。キスすることもできるだろう。腹はキスを妨げないからな」。

八　さて、このことをメネラオスがやって来て私に報せたとき、私はレウキッペの口づけがほかの男に与えられるのを見るより先に死にたいと叫びました。

2 「キス以上になにが甘美だろうか。アプロディテの行為(2)には限度と飽満があって(3)、もしそれからキスを取り除いたら、なにもないんだ。だがキスは限度も満ち足りることもなく、つねに新しい。三つの素晴らしい
3 ものが口からは出てくる。息と声と口づけが。唇でお互いキスするが、悦びの泉は魂からだ。メネラオス、（不幸の中で秘密を洩らすのだから）僕の言うことを信じてくれ。僕もキスだけをレウキッペから得ている
4 のだ。まだ処女なのだ。キスだけで僕の妻なのだ。もし誰かが僕からそれまでも奪ったら、僕はその喪失に耐えられない。僕から彼女の口づけを不義に奪わせはしない」。

「それなら」

（1）愛の女神アプロディテと軍神アレスの不倫関係については、ホメロス『オデュッセイア』第八歌二六六―三六六を参照。

（2）性行為のこと。

（3）ホメロス『イリアス』第十三歌六三六―六三七を反映している。

5 とメネラオスは言いました。
「最善の策を急いで講じなければなりません。恋する者は得られるという希望を持っているかぎりは、成
功そのもののために努力して耐えます。しかし、望みがなくなると、欲望は変化して、邪魔するものをでき
6 るだけ仕返しに苦しめようとします。さらに、なにも被害を蒙ることなく事をなすような力があるとしまし
ょう。この恐れることがない心の特性が、いっそう激情を駆り立てます。実際、状況は問題をいっそう困難
にしていますよ」。
九　さて私たちが考えていると、男が狼狽して駆け込んできて、レウキッペが歩いていて突然倒れ、目を
回していると言いました。跳び上がって彼女のもとに走っていくと、地面に横たわっているのが見えました。
2 私は近づいて、どうしたのかと尋ねました。彼女は私を見ると、跳び上がって私の顔を殴りました。目は血
走っていました。メネラオスが抑えようとしたときには、彼女は彼をも足で蹴りました。それで問題はなに
か狂気だとわかったので、力ずくで捕まえて抑えようとしました。ところが彼女は女性が見られたくないと
3 思うところを隠そうともせず[1]、私たちと取っ組み合いました。こうして幕舎のまわりでは騒ぎが大きくなっ
たので、将軍自身も駆け込んで来て起こったことを見ました。最初この病気は言い訳ではないかと疑って、
メネラオスをうさんくさそうに見ました。でも、やがて真相を知ると、彼もまた憐れみを覚えました。人々
4 は縄を持ってきて憐れな娘を縛りました。彼女の両手のまわりの縛めを見て、多くの人がすでに立ち去った
あと、私はメネラオスに頼みました。

「解いてくれ。お願いだから、解いてくれ。繊細な手は縛めには耐えられない。彼女と僕だけにしてくれ。

5 僕が抱いて彼女の縛めになろう。僕に対して狂わせろ。どうして僕はまだ生きねばならないのだろうか。レ
ウキッペは僕がそばにいてもわからない。彼女は目の前に縛られて横たわっている。だが、恥知らずな僕は、
できるのに解こうとしないのだ。運命の女神はこんなことのために僕たちを盗賊から救ったのか、君が狂気
6 の慰みものになるように。ああ、幸福になったときにはいつも、不幸な私たち。家での恐怖を逃れたのは、
難破の災難に遭うためだった。私たちは海から逃げ延びた。盗賊からも救われた。それも私たちが狂気に待
7 ち構えられていたからだ。愛しい人、たとえ君が正気になったとしても、ふたたび神がなにか君に悪いこと
を働くのではないかと僕は心配だ。幸運をも恐れるとは、一体僕たちより不幸な者が誰かいるだろうか。し
かし、ただ君が正気になって、自分を取り戻してさえくれたら、運命の女神はふたたびいたずらをするがい
い」。

一〇　こう言う私をメネラオスとまわりの人たちは慰めようとし、このような病気はいつまでもつづきは
せず、若さの盛りによく起こるのだと言いました。というのも、到るところで新鮮な血がみなぎる力で沸き
2 立つと、しばしば血管から溢れ出し、頭の中を水浸しにして理性の息吹を沈めますから(2)。そのため医者を呼
びにやって、治療を施さねばなりません。そこでメネラオスは将軍のもとへ行き、陣営の医師を呼び寄せる
3 よう頼みました。彼は喜んで聞きいれました。恋する者は恋の命令に喜びますからね。医師はやって来て言

(1) エウリピデス『ヘカベ』五七〇の模倣か。

(2) すべての病気を過剰な血のせいにする当時の医学理論のパロディ。

いました。
「さしあたり、頂点にある興奮を和らげるため、彼女に眠りを取らせましょう。眠りはあらゆる病気の薬
ですから。それから残りの治療を施します」。
4 それで彼は私たちにエンドウ豆ほどの大きさの小さな薬を渡し、オリーブ油へ溶かして頭の真ん中に塗るよ
5 う命じました。彼女のお腹を清めるためにほかの薬も用意すると言いました。私たちは命じられたことをし
ました。彼女は塗られてしばらくすると、その夜の残りは明け方まで眠りました。私は一晩中起きていて傍
らに座って泣き、縛めを見て言いました。
6 「ああ、愛しい人、君は眠っているときも縛られている。眠りも自由ではない。一体君の夢はどんなもの
なのか。眠っているときには正気なのか、それとも君の夢も狂っているのか」。
彼女は目覚めたとき、ふたたび意味不明なことを叫びました。すると医師がやって来て、ほかの治療を施
しました。

二一　そんなとき、エジプトの総督（サトラペス）(1)から使者が将軍宛の書状を持って到着しました。どうや
ら文書は彼を戦争に駆り立てたようでした。なぜなら将軍はすぐ全軍に牛飼い（ブーコロス）たちに対して武
2 装するよう命じましたから。各々直ちに飛び出して、全速力で武器のところに行き、隊長たちのもとへ馳せ
参じました。そこで将軍は彼らに合図を与え、野営するよう命じ、自らは一人残りました。翌日、夜明けと
3 ともに軍勢は敵に進軍しました。彼らの村の状況はこのようなものでした。ナイル河は上流のエジプトのテ

ーべ[2]から流れ、メンピス[3]までともう少し下流までは（ケルカソロスが大きな流れの終わりにある村の名です
4 が）同じように流れます。そこから地面で分岐し、一つの河から三つになり、二つは両側に広がり、一つは
5 分かれる前のように流れて、地面をデルタ[4]の形につくり上げます。それらの河各々が海まで流れるのではな
く、町ごとにあちこちに分岐しますが、その支流もギリシアの河よりは大きいのです。水は到るところに分
かれても力を失わず、航行され、飲まれ、耕されます。

一二　偉大なナイルは人々にとってすべてです。河であり、土地であり、海であり、沼沢でもある。目新
しい光景です。船と同時に鍬が、櫂と鋤が、舵と鎌が、水夫たちと同時に農夫たちの居住地が、魚と同時に
2 牛の生息地があります。航行したところに植え付け、植えつけるところは耕された海です。というのは、河
には滞在時期がありますから。それをエジプト人は日数を数えながらのんびり待っています。ナイルは裏切
3 らず、河は期日を守り、水量を測って、期限遅れを宣告されたがりません。河と大地の闘争も見られます。
各々争い合って、水はあれほどの大地を氾濫させ、大地はあれほどの甘美な海を吸い込もうとします。そし
4 て両者は等しく勝ち、敗者はどこにも見当たりません。水は大地と同一の広がりをもっていますから。牛飼

（1）本来はペルシアの官職名だが、アキレウス・タティオスと同時代のギリシア語作家たちは地方官吏、特にローマの属州総督を表わすのに用いた。

（2）現在のルクソール近郊。ナイル河東岸に位置し、海岸から約八〇〇キロメートル上流。

（3）現在のカイロの南方。エジプト古王国時代の都。

（4）デルタ。三角州のこと。

い（ブーコロス）たちの根城のあたりでは河はいつもいっぱいでした。大地全体を氾濫させているときには、5 そこには沼沢ができます。沼沢はナイルが引いたときも、量の減った水と泥を持って残ります。その上を彼らは歩いたり航行しますが、一人を乗せるだけの舟しか進めません。泥がその土地に合わないものすべてを襲って征服するのです。彼らには小さくて軽い舟とわずかな水で十分なのです。まったく水がなくなると、6 舟乗りは舟を背負って、水に行き当たるまで運びます。これらの沼沢の中ほどにはいくつかの島が散在しています。建物がない島には、パピルスが生えています。密生したパピルスは一人が立てるだけ間隔をおいて7 います。密生の隙間を上からパピルスの覆いが埋めています。それでそこに駆け込んでパピルスを塁壁に使い、計画を練り、待ち伏せし、身を潜めます。島のあるものは小屋を持ち、沼沢で守られて、即席の街のよ8 うでした。これらが牛飼い（ブーコロス）たちの根城です。島々の近くに大きさも小屋の多さも抜きんでた島が一つありました（人々はその島をニコキスと呼んでいたと思います）。最も堅固な場所としてそこにみな集まり、人数にも地勢にも勇気を得ていました。というのも一本の隘路だけが完全な島になるのを妨げていましたから。その長さは一スタディオン、幅は一二オルギュイア(1)でした。沼沢が到るところ街を取り巻いていました。

一三　将軍が近づくのを見て、彼らは次のような策を巡らしました。すべての老人を集めて彼らに嘆願の2 ナツメヤシの枝を与え、後方に楯と槍で武装した最強の若者たちを配しました。老人たちは嘆願の枝を掲げて、葉蔭で背後の者たちを隠し、後につづく者たちはできるだけ見られないように、槍を後ろに引きずっていました。もし将軍が老人たちの懇願に同意したら、槍勢はなにも戦闘を起こさないつもりでした。しかし

3 同意しなければ、自らを死に委ねるふりをして、将軍を街に招くつもりでした。そして隘路の真ん中まで来たとき、合図で老人たちは逃走して嘆願の枝を投げ捨て、武装した者たちが突入してできるかぎりのことを4 するでしょう。さて、彼らはこのように準備して待っていて、将軍に彼らの老年と嘆願の枝を尊重し、街を憐れむよう頼みました。将軍個人には銀一〇〇タラントン(2)を、総督のもとへは戦利品として運べるように、5 街のために自らを捧げることを望んだ一〇〇人の男を連れて行くよう申し出ました。彼らの言葉は嘘ではありませんでした。もし将軍が受け入れようとしたなら、渡したでしょう。しかし彼はその言葉を受け入れませんでした。

「では、」

と老人たちは言いました。

6 「あなたがそうお決めなら、私たちは運命に耐えましょう。ただ、この不幸の中で一つだけ情けをかけてください。門の外では、街から遠く離れたところでは殺さないでください。父祖伝来の土地に、生まれた家に連れていってください。街を私たちの墓場にしてください。さあ、死ぬためにあなたを御案内しましょう」。

これを聞くと将軍は、軍勢に戦闘準備を解き、楽な姿勢でついてくるよう命じました。

(1) 約二一・六メートル。

(2) 一タラントンが六〇〇〇ドラクマに当たるので、一〇〇タラントンは莫大な金額。

一四　遠くからこれらの出来事を偵察する者たちがいました。彼らを牛飼い（ブーコロス）たちは配して、
2 もし敵が渡るのが見えたら、河の堤を壊して水をすべて敵に解き放つよう命じていました。というのもナイ
ルの流れはこのようになっていますから。エジプト人たちは、ナイル河が必要な時期の前に溢れ出て土地を
水浸しにしないように、運河毎に堤を築いています。平野を灌漑する必要があるときには、堤を少し開き、
3 そのとき水が引き入れられます。さて、村の後方には河から派生した長くて幅広い運河がありました。それ
を、任務を負った者たちは、敵が侵入してくるのを見て、たちまち壊しました。すべては一瞬に起こりまし
た。正面にいた老人たちは突然分かれ、槍をかざした者がみな駆け出しました。水はすでに中に入り込み、
4 沼沢は到るところ膨れて溢れ出て、地峡は水浸しになり、到るところ海のようでした。牛飼い（ブーコロス）
たちは襲いかかり、態勢が整わず、思いがけず追い散らされた正面の者たちと将軍自身をも槍で突き通し
5 ました。ほかの者たちの死は筆舌に尽くしがたいものでした。ある者は最初の会戦ですぐに槍を動かすこ
ともなく殺されました。ある者は抵抗するいとまもありませんでした。気づくと同時にやられました。あ
る者は気づく前にやられました。ある者は思いがけぬことに驚愕して突っ立って死を待ちました。ある者
は動いただけで、河に足を取られて滑り落ちました。ある者は逃げようとして沼沢の深みに突っ込み、引
6 きずり込まれました。陸地に立っていた者も臍まで水が来て、彼らの楯を押し上げ、腹を傷害に晒しまし
7 た。沼沢の水は立った人の頭を越えていました。どこが沼沢でどこが平地か見分けることはできませんでし
た。陸に沿って走る者は、脇道へ逸れるのではないかと恐れて逃げるのが遅れました。陸地だと思って沼
8 沢に迷い込んだ者は沈みました。それは新奇な不幸でした。これほどの難破なのに、船はどこにもありませ

9 んでした。水中での陸戦も、陸での海戦も、どちらも目新しい思いもよらないものでした。彼らは事の成り行きに得意になってうぬぼれ、奸計によってではなく、雄々しさによって勝ったのだと思い込みました。実際、エジプト人というものは、恐れているときには臆病にも屈服し、自信を持っているときにはとても好戦的になります。どちらも節度がなく、不運なときにはとても弱々しく、勝ち誇るととても無分別になるのです。

一五　レウキッペの気が狂って一〇日が経ちました。しかし病はよくなりませんでした。あるとき一度だけ眠っている彼女が、取り憑かれてこんな言葉を発しました。

「お前のせいで私は気が触れたのだ、ゴルギアス」。

そこで明け方になってメネラオスにこの言葉を言い、村にゴルギアスという者がいるかどうか調べました。

2 私たちが外に出ると、若者がやって来て私に話しかけました。

「あなたと奥様を救いに来ました」。

驚愕して、この男は神から送られたのだと思って言いました。

「ひょっとしてゴルギアスではないか」。

彼は言いました。

3 「いいえ、私はカイレアスです。ゴルギアスがあなたを破滅させたのです」。

私はなおいっそう身震いして言いました。

「その破滅とはなんですか。ゴルギアスとは誰ですか。どなたか神様が私にその名を夜告げてくれました。あなたは神のお告げの解説者になってください」。

彼は言いました。

「ゴルギアスはエジプトの兵士でした。もうこの世にはいません。牛飼い（ブーコロス）たちの餌食になり
4 ました。彼はあなたの奥様に惚れていました。生来、薬に通じていたので、なにか恋の薬を用意し、あなた
方のエジプト人の召使いを、薬を受け取ってレウキッペの飲み物に混ぜ合わせるよう説得しました。しかし
5 気づかずに薄めていない薬を使って、媚薬が狂気に高められました。これを昨日私にゴルギアスの召使いが
語ったのです。彼も主人と共に牛飼い（ブーコロス）たちに対して出征しましたが、どうやら運命の女神が私たちのために助けたようです。癒す代わりに金貨四枚を求めています。前の薬を解毒する別の薬の支度があるから、と言うのです」。

6 私は言いました。

「どうかあなたの働きへの報いがありますように。どうかあなたが話した男を私たちのもとへ連れて来てください」。

そこで彼は立ち去りました。私はエジプト人のもとへ行くと、拳で彼の顔を二、三度殴り、怒鳴って言いました。

「言え。なにをレウキッペに与えた。どうして気が触れたのだ」。

彼は脅えて、カイレアスが私たちに述べたすべてを語りました。そこで彼を捕らえて牢に閉じ込めておきま

した。
一六　やがてカイレアスが男を連れて戻って来ました。私は二人に言いました。
「よい知らせの報酬に今この四枚の金貨を取りなさい。ただ、薬について私が思っていることを聞いてお
2 くれ。妻の現在の災難の原因が薬なのは知っているだろう。すでに薬を用いられた内臓に薬を加えるのは危
険がないわけではない。だから、さあ、この薬がどんな成分なのか言ってくれ。そして私たちのいるところ
で調合してくれ。そうすれば、君に報酬としてさらに金貨を四枚あげよう」。
3 すると男は、
「御心配はもっともです」。

と言いました。

「材料はありふれたもので、すべて食べられます。私自身も彼女が飲むのと同じだけ味わいましょう」。

同時に一つ一つ名を挙げて、誰かに買って持ってくるよう命じました。届くとすぐに、私たちがいるとこ
ろですべて一緒に磨り潰し、二つに分けて言いました。
4 「これを私が最初に飲みます。こちらを奥さんにあげましょう。飲むと、一晩中眠り込むでしょう。そし
て明け方頃、眠りと病気を脱するでしょう」。

そこで最初に自らが薬を飲むと、残りを夕方頃、飲ませるよう命じました。
5 「私は眠るために帰ります。薬が効いてきますから」。
こう言うと、彼は私から四枚の金貨を受け取って立ち去りました。

「残りの金は」

と私は言いました。

「病気から彼女が回復したらあげよう」。
一七　さて、彼女が薬を飲む時間になったとき、私は注ぎながら薬に祈りました。
「ああ、大地の子よ、薬よ、アスクレピオス[1]の賜物よ、あなたの約束を実現してくれ。私以上の幸運をもたらして、私の最愛の人を助けてくれ。あの野蛮で乱暴な薬に打ち勝ってくれ」。
2 こう薬に指示を与えると、杯に口づけしてレウキッペに飲ませました。男が言ったように、彼女はまもなく眠り込みました。私は傍らに座って、彼女が聞いているかのように話しかけました。
3 「君は本当に正気に戻るだろうか。僕が一度でもわかるだろうか。君のあの声を聞けるだろうか。今もなにか眠りながら予言しておくれ。昨日ゴルギアスのことを正しく予言したのだから。眠っている君はずっと幸せだ。目覚めていると狂気の不幸だけれど、君の夢は正気なのだから」。
4 こんなことを私は、レウキッペが聞いているかのように、話しかけていると、やっと待ち望んでいた曙が現われました。するとレウキッペが声を発しました。その言葉は、
「クレイトポン！」

でした。跳び上がって彼女に近寄り、具合はどうか尋ねました。彼女の方は自分がしたことをなにも知らな
5 いようで、縄を見ると驚いて、誰が縛ったのかと尋ねました。私は彼女が正気に戻ったのを見て、狂喜の声を上げて縛めを解き、それからすべてを彼女に語りました。彼女は聞くと恥じらいで赤くなり、そうした行

6 動をいまやっているかのように思いました。そこで私は彼女を元気づけ、喜んで薬の報酬を払いました。私
たちの旅費はすべて無事でした。それをサテュロスは、私たちが難船したとき、たまたま帯の中に入れてい
て、彼もメネラオスも盗賊たちになにも取られませんでしたから。

一八　そうこうするうちに盗賊たちに対して、はるかに強力な戦力が主都(2)から到着して屈服させ、彼らの
街をすべて壊滅させました。河が牛飼い（ブーコロス）たちの横暴から解放されたので、私たちはアレクサン
ドリアに航行する支度をしました。薬の報せからすでに友人となっていたので、カイレアスも私たちと一
2 緒に航海しました。彼はパロス島(3)の出身で、漁師を生業としていました。しかし傭兵として牛飼い（ブーコ
3 ロス）たちと戦う船での遠征に従軍し、戦争後に除隊しました。長く航行できなかった後で、到るところ航
行する者で満ち、視覚を大いに楽しませました。水夫たちの歌、船客の拍手、船の踊り(4)。河中が祭りで、浮
かれ騒ぐ河を航行するようでした。

私はナイルの水をそのときはじめて葡萄酒に混ぜずに飲みました。その飲み物の味を確かめたかったので
4 す。葡萄酒は水の本質を隠しますからね。そこで水晶の透き通った杯に汲み出すと、水は杯と透明さを競い
合い、杯は負かされました。飲むに甘く、ほどよく冷たいのでした。ギリシアの河には痛みを引き起こす

(1) ギリシアの英雄で医神。
(2) アレクサンドリアかヘリオポリスのことか。
(3) アレクサンドリアの北方にある島。大灯台で知られる。
(4) ヘロドトス『歴史』第二巻六〇を参照。

5 ［ほど冷たい］ものがあるのを知っていますから。私はこの河とそれらを比べました。それゆえエジプト人は、
ディオニュソス[1]を必要とせず、生のままの水を飲むのを恐れません。私はその飲み方にも驚嘆しました。汲
6 んで飲もうとせず、杯を甘受もせず、自前の杯を持っています。手が彼らの杯なのです。誰かが航行中に喉
が渇くと、船から身を乗り出して首を河へ突き出し、手を水中へ下ろして、［手の］窪みを浸して水で満たし、
口に浴びせかけて、的を射当てます。ぱかっと開いた口は飛んでくるのを待ち、受け取ると閉じて、水がま
た外に落ちるのを許しません。

一九　私はまた力の点では河馬以上に評される別のナイル河の獣を見ました。その名は鰐です。姿は魚と
2 獣を同時に重ね合わせたものです。頭から尾まで大きく、幅は長さの割にありません。皮は鱗で皺が寄って
います。背中の皮膚は岩のような黒で、腹は白。脚は四本で、陸亀のように側面に少し曲がっています。尾
3 は長くて太く、硬い胴体と似ています。つまり、ほかの獣のようにくっついているのではなく、一本の骨が
背骨の末端になり、体全体の一部となっているのです。上側にはノコギリの歯のように、冷酷なトゲが刻み
4 込まれています。その尾は獲物に対して鞭になります。格闘している相手に打ちつけて、一撃で多くの傷を
負わせるのです。自然が頭を隠したので、その頭は肩に織り合わされ、一本の線に真っ直ぐ走っています。
5 頭は体の残りよりもごつごつしていて、長く顎に伸べ広げられ、全体が開きます。ほかのときには、獣が開
けないかぎりは頭ですが、獲物に向かって開いたときには全体が口になります。上顎を開き、下顎をしっか
6 りと保ちます。その間の距離は大きく、肩までぱっくりと開き、すぐに腹があります[2]。歯は多く、非常に長
く延びています。神が丸一年間、輝かせる日の数だけ持っていると言われます。それほどの垣根[3]が顎の畑を

閉じ込めています。でも陸に出てくるとき体を引きずるのを見ても、それほどの力を持っているとは信じられないでしょう。

(1) 葡萄酒のこと。第二巻二を参照。
(2) このあたりの描写は第三巻七-6-7のアンドロメダの絵の海獣との類似が多い。
(3) ホメロス的表現である「歯の垣根」を反映している。『イリアス』第四歌三五〇、『オデュッセイア』第十歌三二八など。

第五巻

一　三日間航行してアレクサンドリアに到着しました。いわゆる太陽の門から入った私は、たちまち街の
2 輝く美しさに遭遇し、目は喜びで満たされました。円柱の真っ直ぐな列が太陽の門から月の門まで両側に並
3 んでいます。この二神は街の門番なのです。列柱の間には街のひらけた平地部分があります。その平地を通
る多くの道があって、街の中にいながら、遠出しているようです。街を数スタディオン[1]進むとアレクサンド
ロスの名にちなむ場所[2]にやって来ました。私はそこでもう一つの街を見ましたが、その美しさは分割されて
4 いました。というのも円柱の列が真っ直ぐに延びるだけ、同じだけの列柱が横切っていましたから。私はす
べての道に目を配りましたが、飽くことを知らぬ見物人には美しさの全容を見ることはできませんでした。
5 あるところを見ると、ほかのところを見ようとし、あるところを見ようと逸り、またあるところを見逃せな

(1) 一スタディオンは約一八〇メートル。
(2) 厳密にこれが街のどこを指すのかは不明。そもそも街全体がアレクサンドロスに因んだアレクサンドリアという名である。

いと思いました。見ているものが目を圧倒しては、また新たな期待が目を引き寄せました。こうして私はあ
らゆる道を歩きまわって見るものに恋い焦がれ、疲れて言いました。
「目よ、われわれの負けだ」。
6 私は二つの目新しい思いもよらないものを見ました。美しさに対する大きさの競争と、街に対する住民の
対抗ですが、どちらも勝者なのでした。街は大陸より大きく、住民はあらゆる民族よりも多いのですから。
私は街を眺めると、住民が満たせるのかと疑い、住民へと目をやれば、街が受け入れる余地があるのかと驚
嘆しました。このように天秤は等しく釣り合っていました。
二　たまたま神の思し召しで偉大な神の祭りがありました。その神をギリシア人はゼウス、エジプト人は
2 セラピスと呼んでいます。松明の行列がありましたが、これは私が見た最大のものでした。宵になって太陽
は沈んでいましたが、夜はどこにもなく、光を細かく分けたもう一つの太陽が昇っていました(1)。そのとき私
は街が天と美しさを競っているのを見ました。私はまたゼウス・メイリキオスと、ゼウス・ウラニオスの神
3 殿を観ました(2)。私たちは偉大な神に祈り、私たちの苦しみがいつか止むよう嘆願してから、メネラオスが私
たちのために借りた宿へ戻ってきました。しかし神は祈りに同意しなかったようで、私たちを運命の女神の
新たな試練が待ち受けていました。
三　というのはカイレアスは随分前からレウキッペに秘かに惚れていて、それで薬のことを知らせたので
2 す。親しくなるきっかけを得ると同時に、自らのために娘を救おうとしたのでした。うまくいかないとわか
ると、陰謀を企てました。彼は海の男だったので、同じ生業の者たちの海賊団を組織し、彼らとすべきこと

を申し合わせ、自分の誕生日を祝うからと言って、饗応に私たちをパロス島へ招きました。

3 そこで私たちが家から進み出たとき、私たちに悪い予兆が現われました。燕を追っていた鷹がレウキッペの頭を翼で叩きました。これに狼狽して、私は天を見上げて言いました。

「おおゼウスよ、あなたが私たちに示したこの徴はなんなのですか。実際にこの鳥があなたのものなら、ほかのもっと明らかな予兆を示してください」。

4 振り返ると（たまたま画家の仕事場のそばに立っていたので）、絵が掛かっているのが見え、それは同じようなことを暗示していました。ピロメラの強姦とテレウスの暴力と舌の切断を描いていましたから。(3)

5 絵には劇的な所業がすべて描かれていました。つづれ織り、テレウス、食卓。広げたつづれ織りを持って侍女は立っていました。ピロメラは傍らに立ってつづれ織りに指を置き、織物の絵を指し示していました。プロクネは示されたものに頷き、凶暴な目で見つめ、絵に怒っています。トラキア人のテレウスがピロメラに

6 アプロディテの格闘を挑んでいるのが織り込まれていました。女の髪は乱れ、帯は解け、下衣は引き裂かれ、胸は半ば露わになっていました。右手をテレウスの目に突き立て、左手で下衣の引き裂かれたのを胸元に抑

(1) 多くの松明が夜には太陽の代わりを果たしているということ。

(2) メイリキオス、ウラニオス共にゼウスの形容辞。ゼウス・メイリキオス（恵み深いゼウス）は供物を捧げた者への寛大さを表わし、ゼウス・ウラニオス（天空のゼウス）はその住処と先祖ウラノス（天）に由来する。しかし、ここではむしろアレクサンドリアの神セラピスの権能として述べられている。

(3) 物語の詳細は本巻五を参照。ロンゴス『ダプニスとクロエ』第三巻一一-四にも言及がある。

えようとしていました。腕の中にピロメラをテレウスは捉え、自らの方へできるだけ彼女の体を引き寄せ、
7 肌を重ねて締め付けていました。このようにつづれ織りの絵を画家は織っていました。絵のほかの部分では、女たちが籠の中の夕食の残りをテレウスに見せていました。子供の頭と手でした。彼女たちは笑うと同時に
8 脅えていました。臥台からテレウスが跳び上がるのが描かれていました。剣を女たちに抜き、脚を食卓に掛けていました。食卓は立っても倒れてもおらず、倒れかかっている様を示していました。

四　そこでメネラオスが言いました。

「私にはパロス島への旅を控える方がいいと思われます。あなたは不吉な二つの徴を、私たちめがけて飛んできた鳥の翼と絵の脅迫を見たのですから。徴の解釈者たちは、用事があって出かけようとするときに絵に出くわしたら、その絵の物語に気を配るよう言っています。物語の内容にこれから起きることが似ている
2 と言うのです。この絵がどれほどたくさんの災いに満ちているかおわかりでしょう。無法な恋、恥知らずな姦通、女たちの不幸に満ちています。私は出かけるのは控えるよう勧めますよ」。

もっともだと思われたので、私はカイレアスにその日は失礼させてもらいました。彼はひどくいらだって、明日また来ると言って立ち去りました。

五　レウキッペが私に言いました（女性という種族(1)はどういうわけか物語が好きですからね）。

「この絵の物語はなにを意味するの？　この鳥たちはなに？　そしてこの女たちは誰？　あの恥知らずな男は誰なの？」

そこで私は語りはじめました。

2 「ナイチンゲールと燕とヤツガシラで、みな人間でみな鳥なんだ。ヤツガシラは男。二人の女たちはピロ
メラが燕で、プロクネがナイチンゲール。[2]彼女たちの街はアテナイ。テレウスは男。プロクネはテレウスの
妻。野蛮人には一人の妻では愛欲を満たすのに足りなかったらしい。特に凌辱にふける機会が与えられたと
3 きにはね。このトラキア人にその本性を現わす機会がプロクネの優しい愛情から生まれた。自分の姉妹のも
とに夫のテレウスを送り出したのだ。彼はプロクネの夫のまま出かけたのに、ピロメラの愛人として戻って
4 きて、途上でピロメラを新たなプロクネにしたのだ。ピロメラの舌を恐れて、テレウスは彼女にもうしゃべ
れないことを結婚の贈り物として与え、華やかな声を切り取った。だが無駄だった。というのもピロメラの
5 技芸がもの言わぬ声[3]を見つけたのだ。つまり、つづれ織りという使者を織って事件を糸に織り込み、手が舌
をまねて、プロクネの目に耳で聞くことを示して蒙ったことを杼で語った。[4]
6 　プロクネはつづれ織りから凌辱のことを聞いて、夫に極端な復讐をしようとした。二つの怒りが、二人の
7 女が一つに息をし、暴虐に嫉妬を混ぜて、結婚よりも不幸な食事を企てた。食事はテレウスの子だ。怒る前
にはプロクネはその母親だった。だがそのときは産みの苦しみを忘れてしまった。このように嫉妬の陣痛は

(1) 第一巻八-1を参照。
(2) これはギリシア版の物語。ローマの詩人（オウィディウス『変身物語』第六巻四二五-六七四など）は逆にテレウスの妻がピロメラでナイチンゲールになり、プロクネが燕になったという。
(3) シモニデスの「絵はもの言わぬ詩、詩は語る絵」を踏まえている。プルタルコス「アテナイの栄光について」三四六Fを参照。
(4) アリストテレス『詩学』第十六章一四五四b三六「ソポクレスの『テレウス』における杼の声」。

腹［の痛み］に勝るのだ。というのは、たとえそうすることで劣らぬ災いを蒙っても、女は夫婦の床に悲しみ
8 をもたらした男を苦しめることだけを望み、蒙る災いを行なう快楽で釣り合いを取る。(1) テレウスはエリニュ
ス(2)たちの食事を食べた。彼女らは子供の残骸を籠に入れて、恐怖に嘲笑を交えて差し出した。テレウスは子
供の残骸を見て、食べたものを悼み、食事の父親だと認めた。認めると怒り狂い、剣を抜くと女たちに駆け
寄ったが、彼女たちを空が受け入れた。テレウスも彼女らと共に昇って、鳥になった。それでいまだに苦し
9 みの姿を保っているんだ。(3) 燕は逃げ、テレウスは追う。こうして翼を持ってまでも、憎しみを忘れないんだ
よ」。

六　さて、そのときはこのように陰謀を逃れましたが、一日しか免れられませんでした。翌朝カイレアス
がやって来ました。困ったことに私たちも断れませんでした。舟に乗りこんでパロス島へ行きましたが、メ
2 ネラオスは体調がよくないと言って、留まりました。まず私たちをカイレアスは灯台に連れていき、下から
3 並はずれた驚異の構造を見せてくれました。それは雲にまで触れる、海のまっただ中に置かれた山でした。
水は建造物の下に流れ込んでいました。建物は海上に浮いて立っているのでした。山の頂上には船のもう一
人の舵手(4)が昇っていました。そのあと彼は私たちを家に案内しました。家は島の最端の海際にありました。

七　宵になって、カイレアスは胃の具合を理由に退出しました。すると突然、戸のあたりで叫び声が起こ
2 りました。すぐに大勢の大男たちが短剣を抜いてなだれ込むと、全員が娘に殺到しました。私は最愛の人が
連れ去られるのを見ると、耐えられずに剣のただ中へ飛び込みました。すると一人が腿を短剣で打ったので、
3 私はうずくまりました。私は今や倒れて流れる血に染まりました。彼らは娘を船に乗せて逃げました。盗賊

のような騒ぎや叫び声が起こったので、島の司令官がやって来ました。彼は陣営から一緒だったので、知り合いでした。そこで私は傷を見せて、盗賊たちを追跡するよう頼みました。街には多くの船が停泊していました。その中の一隻に司令官は乗り込むと、その場にいた守備隊と共に追いました。私も担架で運ばれて同行しました。

4 盗賊たちは船が海戦のために近づくのを見ると、後ろ手に縛った娘を甲板に立たせました。そして彼らの一人が大きな声で

「ほら、お前たちの取り分だ」。

5 と言うと、彼女の首を切り落とし、体の残りを海中へ突き落としました。私はそれを見ると大声で叫んで、身を投じようと飛び出しました。しかしそばにいた者たちが制止したので、どうにか埋葬のためにだけでも娘の遺体を得られるよう、船を止めて誰か海に飛び込むよう頼みました。司令官は同意して船を止めたので、

6 二人の水夫が船から身を投じ、遺体を摑んで引き揚げました。その間に海賊たちはいっそう力強く漕ぎ進めました。私たちがふたたび近づいたとき、盗賊たちは別の船を見つけ、見極めると加勢に呼びました。紫染

(1) エウリピデス『メデイア』五六九－五七三や一三六一－一三六二にみられる女性の復讐の論理を反映している。

(2) 復讐の女神。

(3) ここには「保つ(τηροῦσιν)」と「テーレウス(Τηρεύς)」の語呂合わせがある。つづく文章ではテレウスが、いわば「怒りを保つ者」として述べられている。

(4) 写本伝承に従う。灯台の明かりのこと。「太陽」を補って「船の舵手としてもう一つの太陽が昇っていました」とする校訂者もいる。

7 料の貝を採る海賊たちでした。司令官は今や船が二隻になったのに恐怖を感じ、後進しました。というのは
8 海賊たちが逃げるのをやめ、戦いを挑んできたからです。陸に戻ったとき、私は船から上陸すると遺体を腕
に抱いて嘆きました。

「レウキッペ、今や君は本当に陸と海に分かれて二重に死んでしまった(1)。僕は君の体の残りを持っている
9 が、君を失ってしまった。海の陸に対する配分は等しくない。外見は大きくても、僕には君のわずかな部分
だけが残った。でも海はわずかな中に君のすべてを持っている。運命の女神は僕に顔へのキスを拒むのだか
ら、では君の喉元にキスしよう」。
八　こんなふうに嘆いて遺体を埋葬すると、ふたたびアレクサンドリアに戻ってきました。そして意に反
2 して傷も癒され、メネラオスが私を慰めて、私はなんとか生きつづけました。すでに六ヵ月が経ち、悲しみ
の大部分は弱まりはじめました。というのも時は悲しみの薬で、魂の傷を和らげますから。日光は喜びに満
ち、悲しみは、たとえ極度であっても、魂が燃えている間だけはしばらく沸き立ちますが、日々の気晴らし
で克服されて冷やされますから。私が広場を歩いていると、後ろから誰かが急に手を摑んで振り向かせ、な
3 にも言わずに私を抱き締めて何度も口づけしました。私は最初誰なのかわからず、驚愕して立ったまま、キ
スの標的のように抱擁の攻撃を受けていました。しかし少し離れたときに顔を見ると、クレイニアスでした。

喜びで叫び声を上げると、今度は私が彼を抱き締め、同じ抱擁を返しました。そのあと私の宿へ戻りました。

彼はいかにして難破から逃げのびたのか自分のことを私に、私はレウキッペのことをすべて語りました。
九　彼は言いました。

「船が破砕すると僕はすぐに桁端に突進し、すでに人が溢れていたから、なんとかてっぺんに摑まり、腕
をまわしてぶら下がって摑まっていようとした。僕たちがしばらく海にいると、大波が船材を持ち上げ、た
2 またま僕がぶら下がっていたのと反対側で海面下の岩に真っ直ぐ打ち当てた。(2) ぶつかると、ふたたび逆方向
に戦闘装置のようにすごい力で打ち返され、僕を投石器からのように投げ捨てた。それからその日の残りは
3 泳いだが、もはや助かる希望もなかった。もう疲れ果てて、運命の女神に身を委ねたとき、真正面に船が向
かってくるのが見えた。できるかぎり手を上げて、合図で嘆願した。彼らは、憐れんだからか、風が運んだ
からか、僕の方にやって来て、船がそばを通ったときに水夫の一人が綱を投げた。僕が摑まると、彼らは僕
をまさに死の入口から引き戻した。船はシドンへ航海していた。そして僕を知っている人たちが世話してく
れたのだ。

一〇　一二日間航海して街に着いたので、船のシドン人に(商人のクセノダマスと彼の義父のテオピロスだ
った)、テュロスの誰に出会っても、僕が難破から生き残ったことを知らせないよう頼んだ。僕たちが共に
2 出国したと知られないようにね。というのは、彼らが黙っていれば、僕が見えなくなって五日の間しか経っ
ていないから、気づかれないだろうと期待したんだ。家の者には、君も知ってるように、尋ねられたら田舎
3 へ丸一〇日間出かけたと言うよう、あらかじめ言いつけてあった。そして僕に関してはこの話が広まってい
たのがわかった。君のお父さんはパレスチナから帰っていなくて、さらに二日後に戻った。そしてレウキッ

(1) 第一巻一三参照。

(2) 第三巻五-2を参照。

ぺのお父さんから送られた手紙を見出した。それは僕たちの出国のちょうど一日後に届けられたのだが、そ
4 の中でソストラスは、君に娘を婚約させたのだ。それでこの手紙を読み、君たちの逃亡を聞いて、彼はあら
ゆる不幸の中にあった。手紙にあった褒美[1]を失い、運命の女神はわずかな間にこのように事を運んだのだか
ら。もし早く手紙が届けられていたら、このようなことはなにも起こらなかったのだから。
5 彼はまだ起こったことをなにも兄弟へ書くべきではないと考えて、娘の母親にも当面控えるよう頼んだ。
6 『たぶんすぐに見つかるでしょう。ソストラトスが起こった不幸を知るべきではありません。どこにいよ
うが婚約を知れば、喜んで戻ってくるでしょう。逃げた目的が正式に許されるのだから』。
7 そして君たちがどこに行ったのか全力で探していた。ほんの数日前、ディオパントスというテュロス人が
エジプトから航海してきて、彼に君をエジプトで見たと言った。僕はそれを知ると、すぐに船に乗り込み、
この八日の間中、君を探して街を歩きまわっていた。このことについて君は思案すべきだ。まもなくお父さ
んがここにやって来るんだから」。

一一　これを聞いて、運命の女神のいたずらに私は嘆き悲しみ、言いました。

2 「ああ女神よ、今やソストラトスは私にレウキッペを与え、私に戦争の真っ只中から結婚が送られる。僕
たちの逃亡に先んじないよう、その日を正確に計って。ああ、時ならぬ幸運！　ああ、一日の差で僕はなん
と幸せなことか。死のあとの結婚、挽歌のあとの祝婚歌。運命の女神は僕にどんな花嫁を与えるのか。完全
に揃わない死体を与えておいて」。

3 「今は嘆いている時ではない」。

とクレイニアスが言いました。

「今はすぐに祖国へ帰るべきか、ここでお父さんを待つべきか考えよう」。

「どちらもだめだ」。

と私は言いました。

「どんな顔で父に会えようか。特にあのように恥知らずにも逃げ出し、さらに父の兄弟から預かった人を死なせたのに。彼が来る前にここから逃げ出すことだけが残された道だ」。
4 そのとき、メネラオスが入ってきました。サテュロスも彼と一緒でした。そしてクレイニアスと抱擁し、私たちから起こったことを知りました。するとサテュロスが言いました。
「あなた様は事態をうまく収め、あなたに焦がれる魂に憐れみをかけることができますよ。クレイニアス
5 様もお聞きになってください。アプロディテがこの方に素晴らしいものを与えたのに、受け取ろうとしないのです。女神は見れば彫像かと思うようなとても美しい女性を旦那様に夢中にさせました。エペソス(2)の出で、
6 名をメリテと言います。大金持ちで、お若い。彼女の夫は最近海で亡くなりました。この方を夫とは言わず、主人とすることを望み、自らとその全財産を提供しています。旦那様のために二ヵ月(3)もここに滞在し、一緒

(1) レウキッペのこと。
(2) エペソスはエペソスのクセノポン『エペソス物語』やペトロニス『サテュリカ』のエペソスの未亡人の挿話など、古代小説とのつながりが深い。
(3) 諸写本の読みに従う。本巻二二-4に四ヵ月とあるのと矛盾するが、作者の不注意か。

に行くことを求めています。(1) でもこの方は、一体どうしたのかわかりませんが、レウキッペ様が自分のもと
に生き返ると考えて、受けつけようとしないのです」。
一二　するとクレイニアスが言いました。
「サテュロスが言うことは見当外れではないと思うよ。美と富と愛が君にまとめてやって来るなら、座り
込んでぐずぐずしている場合ではない。(2) 美は快楽を、富は逸楽を、愛は尊敬を生み出すのだから。エロース
2 はもったいぶった者を嫌う。さあ、サテュロスに従って、神を喜ばせなよ」。
私は溜息をついて言いました。

「さあ、僕をどこでも望むところへ連れていけ。クレイニアスまでいいと思うなら。ただ、エペソスへ着
3 くまではその女が私に行為を迫って面倒を起こさないように。なぜなら僕はすでにレウキッペが死んだとこ
ろでは女と関係を持たないと誓ったのだから」。
これを聞くと、サテュロスは朗報を持ってメリテのもとへ走っていきました。少し経ってまた戻ってくる
と、女は知らせを聞いて喜びで息も絶えんばかりで、結婚の序奏として、その日彼女のもとへ晩餐に来るよ
う求めていると言いました。私は承知して出かけました。
一三　彼女は私を見ると跳び上がって抱きつき、私の顔全体を口づけで満たしました。彼女は実際美しく、
2 顔は乳を塗られ、頬には薔薇が植えられていると言えるでしょう。(3) 彼女の目はアプロディテのまばゆい輝き
で燦めき、髪は長く、豊かで黄金色だったので、この女性を見るのは快く思われました。
3 晩餐は豪華でした。しかし彼女は、食べているものと思われるように並んでいるものに手をつけても、すべて

を食べることはできず、もっぱら私を見つめていました。というのは恋する者には恋する相手以外に甘美な
4 ものはありませんから。恋は魂をすべて捉え、食物に場所を与えません。見る悦びは目を通って流れ込み、胸に身を落ち着けます。しかし愛する相手の像をいつも引き寄せて魂の鏡に残し、姿を造り直します。この
5 美しさの流出は目に見えない光線によって恋する心に引き寄せられ、奥に影を押しつけるのです(4)。私は気づいて彼女へ言いました。

「あなたは自分の食事をなにも食べていませんね。絵の中で食べている人のようですよ」。

彼女は答えました。

「目に映るあなたの姿より私にとって一体どんな料理が豪華で、どんな葡萄酒が貴重でしょうか」。

こう言いながら私にキスしましたが、私はその口づけを快く受け取りました。それから離れて彼女は言いました。

「これが私の贅沢なのよ」。

一四 そのときはこのようでした。しかし夜になると、彼女は私がそこに泊まるよう引き留めようとしま

---

(1) 女性の側から結婚を求めるのは古代ギリシアにおいては一般的ではないが、ほぼ同時代のプルタルコス『愛をめぐる対話』（友人の息子バッコンに惚れた裕福な未亡人イスメノドラは、彼を攫って結婚する）や、アルテミドロス『夢判断の書』第五巻二九（女が好きな男に無理強いして結婚する）に例が出てくる。

(2) バッキュリデス「断片」一五からの諺的表現。

(3) 第一巻一九-1のレウキッペの描写を参照。

(4) 第一巻九-4を参照。

した。私はサテュロスにあらかじめ告げたことを(1)言って辞退しました。彼女は悲しみながらも渋々帰してく
2 れました。そして翌日イシスの神殿で会ってお互い話し合い、女神を証人に誓言することを約束しました。
私たちにメネラオスとサテュロスが立ち会いました。私は誠実に愛することを、彼女は私を夫とし、すべて
の主人とすることを誓いました。
3 私は言いました。
「エペソスへの到着が約束の始まりだ。なぜならここでは、言ったように、レウキッペに譲っておくれ」。

そこで豪華な晩餐が準備されました。この晩餐は婚礼の宴という名でしたが、(2)事は先送りするよう取り決
4 めました。宴会の間のメリテの気の利いた言葉を覚えています。列席者たちが結婚の祝福をしていると、私
に静かに頷いて言いました。
「目新しい経験を私だけがしたのだけど、見つからない死体のためにするようなことなのね。空の墓（ケノ
タピオン）は見たことがあるけど、空の臥所（ケノガミオン）は見たことがないわ(3)」。
こう真剣に冗談を言いました。
一五　翌日、私たちは旅に向けて支度をしました。幸い、風も私たちを招いていました。メネラオスは港
まで来て、今回は私たちが幸運な海に恵まれるようにと言って別れの抱擁をし、とても素晴らしい、神々に
2 もふさわしい若者は、涙を目に溜めながら帰ってゆきました。私たちもみな涙を流しました。クレイニアス
は私を離れず、エペソスまで共に航海してしばらく街で過ごし、私のことがうまくいっているか確認したら、
3 帰ることにしました。風は後方から吹いていました。宵になり、食事をすると、私たちは眠るために横にな

4 りました。船には私とメリテのために特別な船室が仕切られていました。彼女は私に腕をまわしてキスをし、初夜を求めて言いました。

「さあ、レウキッペの領域を出て、約束の領域に達しました。ここからは定められた日ですわ。もうどうしてエペソスまで待つ必要があるでしょう。海での巡り合わせは不確かなものです。風の変化は信頼できま
5 せん。私を信じて、クレイトポン。私は焦がれています。この火を見せることができたら！　恋の火がふつうの火と同じ性質を持っていたら、あなたを抱き締めて燃やせたのに。ところがほかの性質に加え、この炎だけは自分自身の薪を持ち、恋する者が抱擁するときには激しく燃えるにもかかわらず、抱かれた相手のこ
6 とは大目に見るのです。ああ、神秘的な炎、秘密の中で燃える炎、自分の境界を逃れようとしない炎。さあ、愛しい人、アプロディテの秘儀に入信しましょう」。

一六　私は言いました。

「私に死者との神聖な掟を無理矢理破らせないでください。ほかの土地に足を踏み入れるまでは、あの哀れな人の境界をまだ越えたわけではありません。彼女が海で死んだことを聞いていないのですか。私はまだ
2 レウキッペの墓を航海しています。たぶん彼女の亡霊はどこか船のまわりをうろついているでしょう。水中で奪われた魂は決してハデスのもとに降りていかず、ちょうどその場で水の近くをさまようと言われていま

（1）本巻一二-2-3。
（2）結婚式の意にも、性行為の意にも取れる。
（3）「空の墓（κενοτάφιον）」と「空の臥床（κενογάμιον）」という意味と音のうえでの言葉遊びがある。

す。たぶん私たちが抱擁しているとき傍らに立っているでしょう。この場所が結婚にふさわしいとあなたに
は思えるのですか。波の上の結婚、海に運ばれる結婚が？　私たちの寝室が不安定になってほしいのです
か？」
彼女が言いました。
3 「あなたはソフィストぶっていますわ、愛しい人。あらゆる場所が愛する者たちにとっては寝室なのです。
神に近づけないところはありません。エロースとアプロディテの秘儀にとって海はいっそうふさわしい場所
4 ではないでしょうか。アプロディテは海の娘ですから(1)。結婚の女神を喜ばせて、結婚で女神の母を称えまし
ょう。私にはまわりにあるものは結婚の徴に見えますわ。頭の上にぶら下がるこの軛《くびき》(2)と帆桁のまわりにぴ
んと張った綱。なんとよい前兆でしょう、御主人様。軛の下の寝台、結びつけられた綱。さらに寝台の近く
5 に舵も。ごらんなさい、私たちの結婚を運命の女神が操っています。ポセイドンとネレイスたち(3)の一団が付
き添います。ここで神御自身、アンピトリテ(4)と結婚したのですから。風は綱のまわりで澄んだ音を立ててい
6 ます。私には風の笛が祝婚歌を先導しているように思われます。身籠ったお腹のように膨らんだ帆もごらん
なさい。これも私には幸運を約束する前兆ですわ。私のおかげでやがてあなたは父親になるでしょう」。
7 彼女が強く迫るのを見て、私は言いました。
「妻よ、陸に達するまで議論しよう。この海と航海の幸運にかけて誓うよ。私自身も逸っているんだ。で
8 も海の掟がある。よく航海に長じた者たちから船はアプロディテの営みに汚れてはならないと聞く。おそら
く神聖だからか、こんな大きな危険の中で人が気ままに振る舞わないようにか。愛しい人よ、海に無礼を働

かないでおこう。結婚と恐怖を交わらせないでおこう。私たち自身のために悦びを清らかに守ろうよ」。

こう言ってキスで宥め、説得しました。そしてそのように［なにもせず］残りの夜を眠りました。
一七　さらに五日間の航海を終え、私たちはエペソスにやって来ました。大きなそこでも一流の家。大勢
2 の召使いとそのほか豪華な調度(5)。メリテはできるだけ豪華な食事を準備するよう命じました。彼女は言いました。
「私たちはそれまで地所へ行きましょう」。
3 地所は街から四スタディオン(6)離れていました。乗り物に乗り込んで私たちは出かけました。到着するとすぐに、果樹園の中をぶらつきました。すると突然、私たちの膝元に女がひれ伏しました。重い鎖で縛られ、鍬を持ち、頭を剃られ、体は汚れ、ひどくみすぼらしい服を帯びていましたが、
「お憐れみください、御主人様。女性として、自由人に生まれながら、運命の女神が定めたように、今は

(1) アプロディテは、クロノスが切断したウラノスの男性器を海に投じたときに生じた泡（アプロス）から生まれた。
(2) 結婚の象徴。メリテは帆桁のことを比喩的に軛と呼んでいる。
(3) ネレウスの五〇人の娘たちのことで、海のニンフ。
(4) ネレイスの一人で、ポセイドンの后。
(5) クセノポン『ソクラテスの思い出』第三巻一一-四のテオドテの家の描写を想起させる。
(6) 約七二〇メートル。

奴隷の女を[1]」。

4 と言うと同時に黙りました。そこでメリテが言いました。

「お立ちなさい、女よ。言いなさい、お前は誰なのか、どこから来たのか、そして誰がお前にこの鉄の枷をつけたのか。不幸の中でもお前の美しさは生まれの良さを示しているから」。

「あなた様の召使いです」。

と女は言いました。

5 「私が彼に床で仕えようとしなかったからです。名はラカイナ[2]、テッサリアの生まれです。あなた様に私のこの運命を嘆願として差し出します。私を置かれた災いから解放してください。二〇〇〇枚[3]を返済できる

6 まで、私に安全を与えてください。その額でソステネスが私を盗賊から買いましたから。わかってください、すぐに用意します。できなければ、あなた様の奴隷になりましょう。彼が多くの打擲でどのように私を切り苛んだか、ごらんください」。

7 こう言うと下衣を広げて、なお痛ましい傷だらけの背中を見せました。これを聞くと、私は心が乱されました。どこかレウキッペに似たところがあるように思われたからです。メリテは言いました。

「女よ、元気を出しなさい。こんなことからお前を解放して、祖国へ無償で送り返してあげるから。誰かソステネスを私たちのもとにお呼び」。

8 彼女はすぐ縛めから解放され、ソステネスは困惑してやって来ました。そこでメリテが言いました。

「ひどい奴め。たとえどんなに役に立たない奴隷でも、誰かかつて私たちのもとでこのように虐待された

のを見ましたか。彼女は誰ですか。嘘をつかずに言いなさい」。

9 彼は言いました。

「わかりません、御主人様。ただカリステネス(4)という名の商人が、この女を盗賊から買い、自由人の生まれだと言って私に売っただけなのです。商人は彼女をラカイナという名で呼んでいました」。

10 メリテは彼を就いていた管理の役から辞めさせ、女を侍女たちに渡して、身体を洗い、清潔な衣服を着せ、街へ連れて来るよう命じました。それから、来た目的の地所に関する問題を片付け、私と共に乗り物に乗り込んで街へ戻り、私たちは晩餐にかかりました。

一八　宴会の間にサテュロスが席を立ってくるよう合図しました。その顔は真剣でした。そこで胃の具合
2 が悪くて急ぐふりをして立ち上がりました。外に出ると彼はなにも言わず、手紙を差し出しました。手にして読む前に私はすぐに愕然としました。レウキッペの筆蹟を認めたのです。このようなことが書かれていました。

(1) この箇所はイアンビコス・トリメトロスの韻律になっている。失われた悲劇からの借用か、あるいは悲劇的な台詞を創作したものか。

(2)「スパルタ女性」の意。この名はメネラオスとパリスの妻ヘレネを想起させる。ヘレネはギリシア文学では、しばしばラカイナと呼ばれる。

(3) 通常は二〇〇〇ドラクマを指すと考えられる。

(4) 第二巻でカリゴネを誘拐したカリステネスとは別人か。ただし、Repath (2007) は両者が同一人物である可能性を指摘している。

レウキッペから御主人クレイトポン様に
3 あなたは私の女主人の夫なのですから、このようにお呼びしなくてはなりません。あなたゆえに私が
4 どれほどの目に遭ったかは御存知でしょう。今思い出していただかねばなりません。あなたのせいで私
は母をあとに残して放浪を選びました。あなたのせいで難破を経験して盗賊たちに耐えました。あなた
のせいで生贄と浄めになってすでに二度も死にました。あなたのせいで売られて鉄につながれ、鋤を持
って土を掘り返し、鞭打たれましたが、それはあなたがほかの女のものになり、私もほかの男のものに
5 なるためだったのですか。そんなわけはありません。私はこれほどの試練に耐えました。ところがあな
たは売られもせず、鞭打たれもせずに結婚している(1)。だからあなたのせいで苦しんだことへの感謝の気
持ちがいくらかでもあるなら、約束通り送り返してくれるよう、あなたの奥様に頼んでください。ソス
テネスが私のために支払った二〇〇〇枚を私に任せてくださるよう、メリテ様に私が返済することを保証し
6 てください。ビュザンティオンは近くですから。たとえあなたが返済しても、あなたゆえの数々の苦し
みへの報酬を私に与えたと考えてください。御機嫌よう、新たな結婚をお楽しみになりますように。私
はまだあなたのために処女のまま、これを書いています。

一九　これを読んで私は同時にあらゆる感情を覚えました。赤くなり、青ざめ、驚き、信じられず、喜び、
2 悲しみました。そしてサテュロスへ言いました。

「冥界からこの手紙を運んで来たのか。それともこれはどういうことなのか。レウキッペはまた生き返ったのか」。

「まさにその通りです」。

と彼は言いました。

「地所でごらんになったのがそうでした。あのときはほかの人が見てもあの方を認識できなかったでしょう。青年のようになっていましたから。髪が刈られただけでそんなに変わったのです」。
3 私は言いました。
「お前はこれほど良い知らせのさなかに耳だけを喜ばせて止め、この目には良いものを見せてくれないのかい」。

「だめです」。

とサテュロスは言いました。
4 「みなを滅ぼさないように、内に[2]抑えてください。このことについて安全な策を思案するまでは。エペソスでも一番有力な女があなたに夢中になっていて、私たちは孤立して網の中にいるのがわかるでしょう」。
「でもできないよ」。

と私は言いました。
5 「体のあらゆる道を通って喜びが押し寄せるのだから。でもごらん、手紙で彼女は僕を非難している」。
同時に、手紙を通して彼女を見るように、ふたたび手紙を読み、一語一語読んでは言いました。

---

(1) カリトン『カイレアスとカリロエ』第四巻三-一〇のカイレアスの台詞を参照。
(2) 一写本は「黙って」。

「非難して当然だ、愛しい人。すべて僕のせいで苦しみを蒙ったのだ。君にとって僕は多くの不幸の原因なのだ」。

6 ソステネスが彼女に与えた鞭や拷問の話へ来ると、彼女の拷問そのものを見ているかのように泣きだしました。思考は心の目を手紙の報告へと送り、読んでいることが目の前で行なわれているかのように見せますから。私の結婚を非難しているところでは、現行犯で捕らえられた姦通者のように、すっかり赤くなりました。このように手紙の前に私は恥じ入りました。

二〇　私は言いました。

「ああ、どう弁明しよう、サテュロス。進退窮まった。レウキッペは僕たちを非難している。おそらく僕たちは嫌われただろう。だがどのように助かったのか話しておくれ。そして誰の遺体を僕たちは埋葬したのか」。

「御自身がしかるべき時にあなたに話すでしょう。今は」

とサテュロスが言いました。

2 「返事を書いてあの方を宥めなければなりません。私もあなた様は不承不承メリテ様を娶ったのだ、と誓いましたから」。

私は言いました。

「では、僕が結婚したことも言ったのか。ぶち壊しだ」。

「無邪気なことを。街中が結婚を知っているじゃありませんか」。

「サテュロスよ、ヘラクレスと目の前の運命にかけて、私は結婚してないんだ」。
3 「御冗談を。一緒に寝たでしょう」。
「信じられないことを言っているのはわかっている。でもなにも起こらなかったのだ。この日までクレイ
4 トポンはメリテから純潔なのだ。しかしなにを書こう。言ってくれ。起こったことが私をあまりに愕然とさ
せたので、途方に暮れているんだ」。

「私も旦那様ほど利口ではありません」。

とサテュロスは言いました。

「むしろエロース様自身が口述するでしょう。ただ、急いで！」

そこで私は書きはじめました。
5 わが女主人レウキッペ、ごきげんよう。
幸運の中で私は不幸です。手紙を通じてそばにいるあなたの近くにいるのに、離れているのを知って
いるから。君が早まって僕を告発せず、真相を待てば、君の操を僕が見習ったのがわかるでしょう。男
にも操というものがあればですが。でも弁明も聞かずに僕をすでに憎んでいるなら、私は君を救った
神々にかけて、いずれ君にこの行動を弁明することを誓います。さようなら、愛しい人よ、好意的でい
てください。
二一 そこでサテュロスに手紙を渡し、彼女に私についてうまいこと言うよう頼みました。私はまた喜び
と同時に悲しみで満たされて、宴会に戻りました。というのも、その夜私たちの結婚が成就しないことはメ

リテが許さないだろうとわかりましたから。しかしレウキッペを取り戻した私には、ほかの女を見ることす
2 ら不可能でした。私は以前と変わらぬ顔を無理に見せようとしました。しかし、完全に抑えることはできま
せんでした。抑えられなくなったとき、私は震えが走ったふりをしました。彼女は約束に対する時間稼ぎだ
3 と気づきましたが、その一時しのぎを問い質すことはできませんでした。そこで私は食事を摂らないで寝る
ために立ち上がりました。彼女もすぐあとに食事半ばのまま一緒に立ち上がりました。寝室へやって来ると、
私はなおいっそう病気のふりをしました。彼女はせがんで、言いました。
「どうしてそんなことをするのですか。いつまで私を生殺しにするのですか。ほら、海を私たちは渡りま
4 した。ほら、エペソスです。結婚の期日の。どんな日をまだ待つのでしょう。いつまで神殿の中のように
[なにもせずに]一緒に寝るのでしょう。あなたは大河を見せながら、飲ませません。私はこの間ずっと水を
持ちながら渇いています。まさにその源泉で寝ているのに。タンタロス(1)の食物のような寝台を私は持ってい
るのですわ」。
5 このようなことを言うと泣きました。私の胸にとても哀れに頭をもたせかけるので、私も心の中でいくら
6 か同情しました。私はどうすべきかわかりませんでした。非難するのは正しいと思われましたから。それで
私は彼女へ言いました。
「愛しい人よ、父祖伝来の神々にかけて誓うが、本当に私自身も君の熱意に応えようととても逸っている
のだ。ところが、」
と私は言いました。

7 「どうしたのかわからないが、病気が突然私に降りかかったのだ。健康でないアプロディテが無意味なの
はわかるだろう」。

こう言いながら彼女の涙を拭い取り、遠からず望んでいるものを得られるだろうと新たな誓願を立てました。それでようやく彼女もなんとか我慢しました。

二三　翌日、レウキッペの世話を託した侍女たちを呼び、きちんと世話したかをまず尋ねました。彼女に
必要なことはなにもないがしろにしていないと言明したので、自分のもとへ彼女を連れてくるよう命じまし
2 た。レウキッペが来ると、メリテは言いました。
「あなたへの私の慈悲がどのようなものか、あなたはわかっているから、言うのは余計だわ。あなたは当
然のものを得たのです。でも、あなたにできることで同じような恩恵を私に返してよ。あなたたちテッサリ
アの女たちは手に入れたいと望む男に、もうほかの女になびかず、魔法をかけた女が彼にとってすべてだと
3 思わせるように、魔法を使うと聞いています(2)。ねえあなた、恋い焦がれている私にその薬をおくれ。私と一
緒に昨日歩いていた若者を見たでしょう？」

「あなたの御主人のことですか」。

---

(1) 五九頁註(3)参照。

(2) テッサリア人は魔術で有名。たとえば、アプレイウス『変身物語』第二巻一を参照。

とレウキッペは冷淡な調子で答えて言いました。

「そう家の人たちから聞きましたわ」。

「主人だって？」

とメリテが言いました。
4 「石と変わらないわ。誰か死人が私を凌駕しているの。食べるときも、寝るときもレウキッペの名を忘れ
られないのよ。こうその女を呼んでいるのだけど。私は、ねえあなた、彼のためにアレクサンドリアに四ヵ
月[1]滞在して、懇願し、せがみました。なにを私が言わなかったでしょう。彼を喜ばせるなにをしなかったで
5 しょう。でも彼は私の願いに対して鉄か、木か、なにか感覚のないものでした。時が経っていやいやながら
納得しましたが、それも見た目まででした。アプロディテ様自身にかけて誓うけど、すでに五夜一緒に寝た
のに、宦官のそばからのように私は起きたのです[2]。まるで彫像を愛しているみたいよ。目だけの恋人ですか
6 らね。私は女として女のあなたに、あなたが昨日私に頼んだのと同じようにお願いします。私になにかあの
思い上がった人に効くものをおくれ。あなたはすでに憔悴した私の魂を救うことでしょう」。
7 レウキッペはこれを聞くと、彼女と私になにもなかったことを喜んだようです。そして、許されるなら、
地所へ行って薬草を探しましょうと言って出ていきました。［魔術を］知らないと言っても、信じてもらえな
8 いと思ったのです。それで、彼女はすすんで約束したのだと思います。メリテは希望を持っただけでも楽に
なりました。というのも喜びは、たとえまだそばになくても、希望によって楽しませますから。
二三　私はといえば、このようなことは知らず、つぎの夜にどのように女をはぐらかせるか、どうしたら

2 レウキッペに会うことができるかを考えて意気沮喪していました。レウキッペもメリテのために地所へ出か
け、夕方頃戻ることに同じように熱心だったと思われます。レウキッペには乗り物が提供されることになっ
3 ていました。私たちの方は酒宴に行きました。ちょうど私たちが横になったとき、男部屋で大きな騒ぎと
人々の駆けまわる音が聞こえました。召使いの一人が駆け込んできて、喘ぎながら言いました。

「テルサンドロス様が生きてここにおられます」。
4 このテルサンドロスこそメリテの夫で、彼女は彼が海で死んだと思っていました。一緒にいた召使いた
ちの一部が、船がひっくり返ったとき助かり、彼が死んだと考えて、そう報せたのです。さて、召使いが言
うと同時に、テルサンドロスがすぐあとに駆け込んできました。彼は途中で私のことをすべて聞いて、早く
私を捕らえようと逸っていました。
5 メリテは思いもよらない出来事に仰天して跳び上がり、夫を抱擁しようとしました。ところが彼は烈しく
彼女を押しのけ、私を見て言いました。

「ああ、この姦通者め」。

彼は跳びかかって怒りに満ちた拳で私のこめかみを殴りました。それから髪を引っ張って床に倒し、襲いか
6 かると私を乱打しました。私は秘儀の場におけるように、男が誰なのか、なんのために殴るのかわからず、
7 なにか悪いことを疑い、防禦できたものの、恐れて防ぎませんでした。彼が殴り疲れたとき、私は静かに、

---

(1) 一一三頁註(3)を参照。

(2) プラトン『饗宴』二一九C－Dの模倣。

自制して立ち上がると彼に言いました。

「一体あなたは誰ですか。どうして私にこのように乱暴するのですか」。

すると彼は私が口答えしたので、いっそう怒ってふたたび殴ると、鎖と足枷を持ってこいと言いました。私は縛られ、小部屋へ連れていかれました。

二四　こうしたことが起きている間に、私の知らぬ間にレウキッペの手紙が滑り落ちました。実はそれを
私は下衣の内側に、肌着の房べりに結んで持っていました。メリテがそれをこっそり拾い上げました。私へ
2 の自分の手紙の一つではないかと恐れたのです。一人になって読み、レウキッペの名を見つけ、その名を認
めるやいなや彼女の胸は衝撃を受けました。それでも何度も死んだと聞いていたので、彼女が生きていると
3 は思いませんでした。しかし読みすすめて手紙の残りを読み通し、すっかり真実を知ると、彼女の心は恥や
怒り、恋、嫉妬といったさまざまな感情に同時に引き裂かれました。夫には恥じ入り、手紙には怒り、恋が
怒りを萎ませ、恋を嫉妬が燃え上がらせ、最後に恋が勝ちました。

二五　夕刻近くでした。テルサンドロスは最初の怒りから、地元の友人のもとへ飛び出しました。メリテ
は私の見張りを託された男と話し合い、ほかの者たちに知られずに私のもとへやって来て、二人の召使いを
2 小部屋の前に配しました。そして地面に横たわっている私を見出しました。彼女は傍らに立つと、すべてを
いっぺんに言いたくなりました。

「ああ、哀れな私。あなたを見るのさえ自分の不幸のためだとは。まず甲斐もなく、愚かにも愛しました。そして嫌われながら嫌っている者を愛し、傷つけられながら傷つける者を憐れみ、[受けた] 侮辱さえ恋を止

3 めません。ああ、私に逆らう男と女の魔術師のペア。男はこれほど長い間私を嘲笑し、女は私のために媚薬を取りに出かけた。私は不運にも一番の敵から自分に使う薬を求めたのを知らなかったのよ」。

4 同時にレウキッペの手紙を私に投げつけました。それを見てなにか認めると、私は身震いし、有罪を証明された者のように地面を見つめました。彼女はふたたび悲劇風に話しました。

「ああ、不幸な私。あなたのせいで夫を失ったのに、今後はたとえ空しい目でさえ（あなたはそれ以上許
5 さなかったのですが）、あなたを得られないとは。夫が私を憎んで、あなたとの姦通を非難するのはわかっていますが、実りのない姦通、愛のない姦通でした。そこから誹謗だけを私は得たのです。ほかの女たちは
6 恥の代償として情欲の悦びを得ますが、私は不運にも恥を受けても、悦びはまったくありませんでした。不実な野蛮人。このように恋する女を敢えて憔悴させるのですか。神の秘儀を敬わないのですか。あなたもエロースの奴隷なのに。神の怒りを畏れないのですか。神の火を畏れないのですか。涙を流すこの目もあなた
7 を砕かないのですか。ああ、盗賊たちよりも冷酷な人。涙には盗賊も恥じ入りますからね。懇願も、時間も、体の抱擁も、あなたを愛欲（アプロディテ）へと一度も掻き立てませんでした。それどころかすべての中で最
8 も侮辱的なのは、私に触れ、キスしながら、もう一人の女のように起き上がったことです(1)。この結婚の影はなんなのですか。年老いた女やあなたの抱擁を拒む女と一緒に寝たのではなく、若くて愛らしく、ほかの人が美しいとも言うような女なのに。宦官で、両性具有で、美しさを嫉む人。私はあなたに最も適当な呪いを

（1）第八巻五-2を参照。

かけましょう。同じように、エロースがあなたの恋に報復しますように」。

　こう言うと同時に彼女は泣き出しました。

二六　黙って私はうつむき、しばらくすると彼女は語調を変えて言いました。

「私が言ったことは、愛しい人、怒りと悲しみが言ったのですよ。でも今、言おうとすることは、エロー
2 スが言うのです。怒っていても、燃えています。侮辱されても、愛しています。たとえ今だけでも講和を結
んでください。憐れんでください。もう多くの日々や長い結婚を求めません。それを哀れな私はあなたに夢
見ていましたが。私にはただ一度の交わりで十分です。こんなに大きな病に、小さな薬を求めます。私の火
3 を少し消してください。もしなにかあなたに無分別に罵ったなら、許してください、愛しい人。不運な恋は
狂うものです。無遠慮なのはわかっています。でもエロースの秘儀を洩らすのが恥ずかしいとは思いません。
入信している男に私は話しているのです。私がどんな目に遭っているか御存知でしょう。ほかの人たちには
神の矢は見えず、誰もその矢傷を示すことはできませんが、恋する者たちだけは同じような傷がわかります。
4 私にはもう今日しかありません。約束を果たしてください。イシス女神を思い出してください(1)。あそこでの
誓いを尊重してください。もしあなたが誓ったように、一緒に暮らす気があるなら、私は一万人のテルサン
ドロスも気にかけなかったでしょう。でもレウキッペを見つけたあなたにほかの女との結婚は不可能ですか
5 ら、これもすすんで譲りましょう。負けたのはわかっています。私は得られるものしか求めません。私に対
して起こるのは目新しいことばかり。死んだ人さえ生き返るのだから。ああ、海よ。あなたは航海している
私を助け、助けることでいっそう破滅させました。二人の死人を私に返したのです。レウキッペだけで十分

だったのに（彼女は生きるがよい、クレイトポンがもう苦しまないように）。ところが今や粗暴なテルサン
6 ドロスまで私たちのそばにいます。私が見ている前であなたは打たれたのに、不幸な私は助けられませんで
した。この顔に打撃が振り下ろされたのでしょうか、神々よ。テルサンドロスは目が見えなかったのだと思
7 いますわ。でもお願いします、私の御主人クレイトポン様（あなたは私の心の主人ですから）、今日を最初
で最後に私に身を任せてください。私にとってはその短い時間が多くの日々になります。もうあなたがレウ
8 キッペを失ったり、レウキッペが見せかけで死なないように。私の恋をないがしろにしないでください。こ
れゆえにあなたは最大の幸福を得るのです。この恋があなたにレウキッペを返したのです。もしあなたに私
が恋しなかったら、もしあなたをここへ連れてこなかったら、まだレウキッペはあなたにとって死人だった
9 のですから。ねえ、クレイトポン、運命の女神の贈り物もあるのです。人は宝物に出くわしたら、発見場所
を称えて祭壇を建て、犠牲を捧げ、地面を花冠で飾ります。あなたは私のもとで恋の宝を見つけたのに、そ
10 の親切をないがしろにしています。あなたにエロースが私を通して語っていると考えてください。
『クレイトポン、お前を秘儀に入信させた私にこの恩恵を与えなさい。メリテを入信させずにあとに残し
て立ち去るな。彼女の火も私の火なのだ』。
11 あなたについてほかのことも私がいかに気にかけているか聞いてください。たとえテルサンドロスが望ま
なくても、やがてあなたは縛めから解かれるでしょう。私の乳兄弟のもとへ望む日数だけ隠れられましょう。

（1）本巻一四-2を参照。

12 明け方にレウキッペがやって来るのを待ちなさい。月光のもとで草を摘むために地所で夜を過ごすと言いましたから。そのように私をばかにしたのです。テッサリア人だと思って彼女から、あなたに対する媚薬を求めたのです。思った通りにいかない私が、草や薬を探す以外になにができたでしょうか。それは恋において
13 不幸な者たちの避難所ですから。テルサンドロスについても安心してください、友達のもとへ飛び出し、怒って家から出ていきました。どなたか神様が彼を追い出したのだと私には思えますわ。あなたから私が最後のものを得られるように。さあ、私に身を任せてください」。

二七　このように恋愛哲学を論じると（エロースは雄弁も教えますからね(1)）、縛めを解いて両手に口づけし、私の手を両目と胸に置いて言いました。

「苦しみと希望に満ちて、どれほど胸がドキドキし、激しく鼓動を打っているかがわかるでしょう。悦びでそうなら！　動悸であなたに嘆願しているようだわ」。

2 彼女が私を解き、泣きながら抱きついたので、私は情にほだされ、エロースからの怒りを蒙るのではないかと本当に恐れました。特にレウキッペを取り戻し、このあとはメリテから逃れられ、行なわれることは結
3 婚でもなく、いわば病んだ心の治療だと考えました(2)。それで私は彼女が腕に抱いても許し、抱き締めても抱擁に逆らいませんでした。それでエロースが望んだことが起こりましたが、私たちは寝具もほかのアプロデ
4 ィテの支度も要りませんでした。というのもエロースは他人の助けを借りない即興のソフィストで、あらゆる場所を自らの秘儀の場にします。性愛（アプロディテ）は素朴な方が念入りに準備するよりいっそう愉しいのです。悦びが自然に生じますからね。

第六巻

一　メリテを癒したとき、私は彼女に言いました。「さあ、私を安全に逃してください。レウキッペについても約束したようにね」。

メリテは言いました。

2 「彼女のことは心配しないで。すでにレウキッペを手にしていると考えてください。あなたは私の服を着て、顔をヴェールで隠して。戸口までメラントが案内します。若者が戸口で待ち受けていて、私からあなたを家へ送り届けるよう指示されています。その家であなたはクレイニアスとサテュロスを見出し、レウキッペもあなたのもとに戻るでしょう」。

3 こう言いながら自分自身のように私の身支度を調え、キスをして言いました。

---

(1) ロンゴス『ダプニスとクロエ』第四巻一八-一を参照。「エロースは偉大なソフィストたちを作り出す」。

(2) 第五巻二六-2と対応。

「この服を着るとあなたはなんていっそう美しくなったことでしょう。こんなアキレウス[1]をかつて絵で見
たことがありますわ。愛するお方、お気をつけて。この服を思い出として持っていてください。私にはあな
たのを残してくださいね。それを着てあなたに抱かれることができるように」。
4 彼女は私に一〇〇枚の金貨を渡し、メラントを呼びました。彼女は忠実な侍女の一人で、戸口を見張って
いました。彼女が入ってくると、メリテは私についていて取り決めたことを話し、私が戸外に出たら自分のもと
へふたたび戻ってくるよう命じました。
二　私はこのようにして逃げ出しました。小部屋の見張りは、メラントが頷いて合図すると、女主人だと
思って道をあけました。私は家の人気のない場所を通って、通りに面していない戸口に来ました。そして私
2 をメリテに差し向けられた男が迎えました。彼は私たちと一緒に航海した解放奴隷で、そのうえ私に気に入
られていました。メラントが戻ってくると、見張りがちょうど小部屋を閉じたのを捉まえ、ふたたび開ける
3 よう命じました。扉を開けて中に入ると、メリテに私の脱出を告げ、見張りを呼びました。彼は、当然なが
ら、乙女が牝鹿に変わった諺[2]のような思いもよらない光景を見て、茫然として言葉を失って立っていました。
4 そこでメリテは彼に言いました。
「こんなごまかしが必要だったのは、お前がクレイトポンを解放したがらないのではないかと信用しない
5 からではなく、関わっていないので、テルサンドロスの前で咎から放免されるようになのだよ。この一〇枚
の金貨はお前への贈り物です。もしここに留まりたければ、クレイトポンからの贈り物だし、逃げる方がよ
いと思うなら旅費です」。

するとパシオン（これが見張りの名でした）は言いました。「まったく、御主人様、あなたがよいと思われることが私にとってもよいことなので」。
6 メリテにはさしあたり彼は身を退いて、夫とのことがうまく収まり、怒りも鎮まったときに戻るのがよいと思われました。それで彼はそのようにしました。

三　お馴染みの運命の女神はまた攻撃をしかけ、私に対して新たな筋書きを企てました。というのも私のもとに戻ってくるテルサンドロスをすぐに連れてきたのです。彼は訪ねた友人に外泊しないよう説得されて、
2 夕食が終わるとふたたび家に帰ってきました。アルテミスの祭日で、到るところ酔っ払いで溢れていて、そのため一晩中広場全体を群衆が埋めていました。私はこれだけが危険だと思っていましたが、思いもかけず別のもっとひどいことが私に起こりました。
3 レウキッペを買ったソステネスは（彼をメリテが地所の管理から退くよう命じたわけですが）、主人が戻
4 ったのを知ると地所を離れず、メリテに復讐しようと思いました。まず最初に私のことをテルサンドロスへ
知らせました（彼が中傷したのでした）。それからレウキッペについて、もっともらしい作り話をしました。というのも、自ら彼女を手に入れるのを諦め、メリテから引き離すために、主人に取り持ったのです。

（1）息子アキレウスをトロイア戦争に行かせないため、女神テティスは女装させてスキュロス王リュコメデスの娘たちとともに住まわせた。

（2）アルテミス女神の怒りを買ったアガメムノンがやむなく娘イピゲネイアを犠牲に供したとき、女神は憐れんで牝鹿を身代わりにして彼女を連れ去った。

5 「美しい娘を私は買いました、御主人様。信じられないほど美しいものですよ。このように彼女のことを聞いて、御自分で見たかのように信じてください。その娘をあなたのために見張っていました。あなたが生きていると聞きましたし、そう望んで信じていましたから。でも私が明かさなかったのは、奥様を現行犯で
6 捕らえ、あなたを取るに足らない異国の姦通者が嘲笑しないようにです。しかし彼女を昨日、奥様は取り上げて、追い払おうとしました。でも運命はあなたのために守りました。あれほど美しいものを得られるように。どうして奥様の指示で派遣されたのかは知りませんが、彼女は地所にいます。戻る前に、お望みなら、あなたのものになるよう閉じ込めて見張っておきましょう」。

四　テルサンドロスは同意し、そうするよう命じました。大急ぎでソステネスは地所へ赴き、レウキッペが夜を過ごすことになっている小屋を見ると、二人の農夫を使ってレウキッペと一緒にいた侍女たちを欺し
2 て引き離し、呼び出してできるだけ遠くで集って時を稼ぐよう命じました。それから別の二人を連れて、レウキッペが一人なのを見ると跳びかかり、口をふさいで攫うと、侍女たちが連れていかれたのと逆方向に向かいました。秘密の小屋へ運び、降ろすと彼女に言いました。
3 「お前に幸運の山を持ってきた。幸せになっても俺を忘れないようにしろよ。この誘拐を恐れることはない。お前の不幸になると思うな。俺の主人をお前の愛人に取り持つんだから」。

レウキッペは思いがけない災難に愕然として黙り込みました。ソステネスはテルサンドロスのもとに行き、
4 起こったことを話しました。テルサンドロスはちょうど家へ戻ろうとしていました。ソステネスは彼にレウキッペのことを明らかにし、彼女の美しさを劇的に話したので、語られたことから彼はいわば美しさの幻影

に、生まれつきの美しさに満たされ、夜を通してのお祭りで地所との間は四スタディオンほどだったので、案内するよう命じ、彼女のもとに行くことにしました。

五　そのとき、私はメリテの衣服を身に着けて、うっかり彼らの正面に突っ込みました。私をソステネスが最初に認めて、言いました。

「ごらんなさい。ここに姦夫がバッコス信女[1]のように振る舞い、あなたの奥様からの戦利品を持って私たちの方にやって来ますよ」。

2 若者は先導していましたが、先に気づくと恐怖で私に警告する間もなく逃げました。私を見ると、彼らは
3 捕らえました。テルサンドロスは大声で叫び、徹夜で祭りに出かけている群衆が押し寄せました。それでいっそうテルサンドロスは激しく抗議し、言っていいことも悪いことも[2]叫びました。「姦夫だ」「追い剝ぎだ」
4 と。彼は私を牢獄へ連れてゆき、姦通の廉で訴えて引き渡しました。私をこれらのなにも、縛めの侮辱も、言葉の虐待も苦しめませんでした。姦夫ではなく、公に結婚したのだと弁論で勝利をおさめられるだろうと確信していましたから。しかしレウキッペのことでは恐れが私を捉えました。たしかにまだ彼女を取り戻し
5 ていませんでしたからね。心は不幸の予言者に生まれついています。予言から吉報がもたらされることはほとんどありませんから。それでレウキッペについて安心して考えられず、私にはすべてが疑念で、恐れに満

（1）エウリピデス『バッカイ』でテーバイ王ペンテウスはディオニュソスの儀式を見るために女性信者に変装した。

（2）ソポクレス『コロノスのオイディプス』一〇〇一を参照。

ちていました。私はこのように心を痛めていました。
六　テルサンドロスは私を牢獄へ放り込むと、できるだけ速くレウキッペのもとに行きました。彼らが小
屋にやって来ると、彼女が地面に横たわって、ソステネスが言ったことをじっと考え、顔には悲しみと同時
2 に恐怖を見せているのを見出しました。実際、心はまったく目に見えないと言われるのは[1]、私には正しいと
は思えません。なぜなら鏡のようにはっきりと顔に現われますから。喜んでいると目に喜びの像を輝かせま
3 すし、悲しんでいると災難の様に顔をしかめます。さてレウキッペは扉が開くのを聞いたとき、中に燭台が
あったので、少し頭を上げ、ふたたび目を伏せました。テルサンドロスは一閃の稲妻のように走り抜けた美
しさを見て（とりわけ目の中に美しさは宿りますから）、心を彼女に捧げ、その光景に囚われて立ち尽くし
4 たまま、もう一度彼の方を見上げるのを待ち受けました。しかし彼女はうつむいているので、言いました。
「どうして下を見つめるのだ、娘よ。どうしてあなたの目の美しさを地面へ注ぐのだ。むしろ私の目に注
いでおくれ」。
七　これを聞くと彼女は涙にくれました[2]。その涙でさえ独特の美しさを持っていました。涙は目を浮き上
がらせ、いっそう際立たせますから。もし目が醜く粗野ならば、目は醜悪さに寄与します。しかし目が好ま
しく、黒く染まった瞳を持ち、やさしく白さで囲まれているなら、涙で濡れたときには泉の膨れた乳房に似
2 ています。涙の塩水が目のまわりに流れると、白目は豊かに輝やき、黒目は紫になり、後者は菫のようで、
3 前者は水仙のようです。そして目の中で転がる涙は、微笑んでいます。レウキッペの涙はそのようで、悲し
みを圧倒して美しさへと変えました。もし落ちた涙が固まることができたなら、大地は新たな琥珀[3]を持った

4 ことでしょう。テルサンドロスはその美しさにあっけにとられ、悲しみにのぼせあがり、目を涙で溢れさせ
ました。というのも本来涙はなにより見る者に憐れみをもたらしますから。女性の涙はいっそうそうで、溢
れば溢れるほど、それだけ魅了します。もし泣いている女が美しく、見ている男が恋しているなら、その目
5 も動かされ、涙をまねます。なぜなら目にこそ美人の美しさは備わっているので、そこから見る者の目に流
れて留まり、涙の泉を引き出しますから。恋する者は［美しさと涙の］双方を受け取ると、美しさは魂へと攫
いますが、涙は目に保ち、見られるよう祈ります。たとえ拭き取れても、そうしようとせず、涙をできるか
6 ぎり抑え、時宜を得ず逃げないかと恐れます。愛する人が見る前に早く落ちたがらないように、目の動きさ
7 え押し止めます。それが愛している証明だと思っているのです。このようなことがテルサンドロスに起こり
ました。彼は見せるために涙を流しました。当然情に駆られましたが、彼女が涙を流しているから自分も涙
8 を流しているのだとレウキッペへひけらかしました。そこでソステネスへ囁きました。
「今は彼女の面倒をみてくれ。どれほど悲しんでいるかわかるだろう。だからそっと退散するよ。まった
9 く残念だが、煩わさないように。もっと落ち着いたら、そのとき彼女と話そう。娘さん、元気を出しなさい。

(1) たとえば、エウリピデス『ヒッポリュトス』九二五―九二七など。

(2) カリトン『カイレアスとカリロエ』第二巻二・六を参照。

(3) 太陽神ヘリオスの子パエトンは父神に頼んでその戦車を駆ったが御しきれず、ゼウスに雷電で打ち落とされた。琥珀はパエトンの死を嘆いた姉妹たちの涙が固まってできたといわれる。

すぐに私がお前のその涙を癒してやるからね」。

それから出てゆきながら、ソステネスへふたたび言いました。

「俺についていいことを言うように。うまくやってのけたら明朝俺のもとへ来い」。

こう言うと立ち去りました。

八　このようなことが起きている間に、メリテは私との逢瀬のあとすぐ地所へ若者を、もう媚薬は必要な
2 いから急いで帰るようレウキッペに知らせに遣わしました。この者が地所に着くと、レウキッペを探してひ
どく動揺した侍女たちを見つけました。しかし彼女がどこにもいなかったので、彼は先に状況を報告しまし
3 た。メリテは私が牢獄に入れられたこと、それからレウキッペが行方不明になったことを聞いて、悲しみの
4 雲に覆われました。真相は摑めませんでしたが、ソステネスを疑いました。彼女はレウキッペの探索をテル
サンドロスを通じて公然と行ないたいと思い、詭弁に真実を混ぜ合わせて言葉の策略を考え出しました。

九　テルサンドロスは家へ入ると、ふたたび大声で叫びました。
「あの姦夫をこっそり逃がしたな。お前が縛めから解放して家から送り出したな。お前の仕業だ。どうして奴について行かなかった。どうしてここに留まっている。さあ、愛人のもとへ行かないのか、奴がもっと頑丈な鎖で繋がれているのを見に」。

そこでメリテは言いました。

「姦夫ですって。どうしたのですか。逆上するのをやめて、すべてを聞いてくださるなら、あっさり真実

2 がわかるでしょう。一つだけあなたにお願いします。公平な裁判官になって。あなたの耳を中傷から浄めて、
心から怒りを追い出し、純粋な審判者として理性を持って聞いてください。あの若者は私の姦夫でも夫でも
ありません。フェニキアの生まれで、テュロス人の中で並ぶもののないお方です。あの方も不運な航海をし、
3 荷物はすべて海の藻屑になりました。私は不幸を聞いて憐れみ、あなたを思い出して、客としてもてなしま
した。『おそらく』私は言いました。『テルサンドロスもどこかでこのようにさまよっているでしょう。おそ
らく』私は言いました、『誰か女性があの人のことも憐れむでしょう。もし本当に、噂のように、海で死ん
だのなら、すべての難船を彼の難船のように大切にしましょう』。
4 どれほどほかの難船者を世話したでしょう。難破の木材が岸に打ち上げられているのを見つければ、どれ
ほど海の死体を葬ったでしょう。『おそらく』私は言いました、『テルサンドロスはこの船で航海していたの
だろうか』。
5 あの人は海から救った最後の人でした。私はあの人を大切にして、あなたを喜ばそうとしていました。彼
はあなたのように航海しました。私は、愛しい人、あなたの不幸の似姿を大切にしました。ではどうしてこ
6 こに連れてきたのでしょうか。この話は本当です。彼は妻のことを嘆いていました。でも彼女が死んでいな
いのを知りませんでした。それをある人が知らせ、ここの私たちの管理人のもとにいると話し、ソステネス
7 だと言いました。そうでした。戻ってくると、彼女を見つけました。それで彼は私について来ました。あな
たにはソステネスがいますし、女は地所にいます。私が言ったことを一つ一つ調べてください。もしなにか
嘘を言ったのなら、私は姦通したのですわ」。

一〇　彼女はレウキッペが姿を消したのを知らないふりをして、こう言いました。また、もしテルサンド
ロスが真実を見出そうとするなら、レウキッペと一緒に出かけた侍女たちを連れてきて、レウキッペが明け
方にも現われなければ、どこにも娘が見えないと（それは本当だったのですが）言うよう取っておきました。
2 こうすれば彼女は公然と捜索に没頭することができ、テルサンドロスにも［協力を］強いることができますか
ら。こんなことをもっともらしく演じてから、彼女は付け加えました。

「信じてください、あなた。一緒に暮らした間、あなたは私を非難しませんでした。今もそんなことを疑
3 わないでください。噂は若者への私の尊重から広まり、交流の理由を多くの人は知りませんでした。あなた
4 だって噂では死んだのですから。噂と中傷は二つの血縁の災厄で、噂は中傷の娘です。中傷は剣より鋭く、
火より激しく、セイレンたちより説得力があり、噂は水より流動的で、風よりすばやく、翼より速いのです。
5 中傷が言葉を射るときには、言葉は矢のように飛び出し、投げつけられた相手がいなくても傷つけます。聞
く者はすぐに信用し、怒りの炎を燃え上がらせ、投げつけられた者に猛り狂います。噂は射られた［言葉の］
矢によって生じ、すぐに大量に流れ、出会った者の耳に氾濫して、言葉の風によって嵐のように突き進んで
6 遠くまで吹き抜け、舌の翼によって持ち上げられて飛びます。この二つが私と戦っています。こんなものが
あなたの心を捉え、言葉であなたの耳の扉を閉ざしたのです」。

一一　こう言いながら、彼女は彼の手に触れ、キスしようとしました。テルサンドロスは態度を和らげました。彼を話のもっともらしさが欺き、レウキッペのこともソステネスの話との一致がいくぶん疑いを取り除きました。しかし完全には信じませんでした。嫉妬は一度心に襲いかかったら、逃れがたいものですから。

2 さて娘が私の妻だと聞いて彼は困惑し、いっそう私を憎みました。さしあたり彼は語られたことについてよく調べてみようと言って、ひとりで寝に行きました。メリテは私への約束を果たせなかったので、心を痛めていました。

3 ソステネスはしばらくテルサンドロスに同行し、レウキッペについて固く約束すると、ふたたび彼女のもとへ戻り、嬉しそうな顔をつくって言いました。

「成功したぞ、ラカイナ。テルサンドロス様はお前に恋して夢中だから、じきにお前を妻にするだろうよ。
4 この成功は俺のものだ。俺がお前の美しさについてさんざん信じられないようなことを言って、彼の心を妄想で満たしたのだから。どうして泣く？　立ちあがって、アプロディテに幸運を感謝する犠牲を捧げろ。俺のことも忘れるなよ(1)」。

二三　するとレウキッペは言いました。

「あなたにも、私にもたらしたような幸運がありますように」。

ソステネスは皮肉がわからず、彼女が本気で言っているのだと思って、機嫌よく付け加えました。

「いっそう喜ぶように、テルサンドロス様がどんな人か言っておこう。お前が地所で見たメリテの夫だ。
2 すべてのイオニア人の中でも一流の生まれだ。生まれより裕福だし、裕福以上に誠実だ。齢は、どんな御方か見たと思うが、若くて美男。それが特に女を喜ばせるんだ」。

(1) カリトン『カイレアスとカリロエ』第六巻五－七を参照。

3 これに対してレウキッペは、ソステネスがくだらないことを言うのに耐えられずに、
「ああ、ひどい獣め、いつまで私の耳を汚すのですか。私とテルサンドロスにどんな関係があるでしょう。
4 彼はメリテにとって美しく、街にとって裕福で、必要とする人にとって誠実で寛大であればいいでしょう。
5 コドロス[1]より生まれがよく、クロイソス[2]より裕福だとしても、私にはそんなことは関心がありません。どうして私に無関係な賞賛の山を数え上げるのですか。他人の妻に悪ふざけをしないときに、はじめてテルサンドロスを立派な人だと認めましょう」。

一三　ソステネスは真剣に言いました。
「冗談を言っているのか」。

彼女は言いました。

「どうして冗談を言うでしょう。私を運命や抑えつける神霊に打ちひしがれるままにして。海賊の巣窟にいるのはわかっていますから」。

彼が言いました。
2 「どうしようもなく狂っているようだ。これがお前には海賊の巣窟に思えるのか。富と結婚と贅沢、神々が死の入口から連れ戻したほど愛するような夫を運命の女神から受け取るのに」。
それから難破のことを語り、救われたのを神がかり的だと語り、アリオンのイルカ[3]以上に信じられないこ
3 とのように言いました。レウキッペがつくり話をしている彼へもはやなにも言わないので、ソステネスは言いました。

「自分にとって一番いいことを考えろ。そんなことはなにもテルサンドロス様に言わないよう気をつけろ
4 よ。誠実な人を苛立たせないようにな。怒ったら我慢できないんだから。誠実さは感謝されるといっそう増
すが、侮辱されると怒りへと掻き立てられる。並外れた優しさは報復にも同様の激情を持つからな」。

レウキッペの状況はこのようなものでした。

一四　クレイニアスとサテュロスは（メリテが知らせましたので）私が牢獄に閉じ込められたのを知ると、
夜でしたが急いですぐに監房にやって来ました。彼らはそこに私と共に留まりたがりましたが、看守は許さ
2 ず、すぐに立ち去るよう命じました。看守はいやがる彼らを追い出しましたが、私は彼らにレウキッペにつ
いて、もし彼女が現われたら、翌朝すぐに私に会いに来るよう言いつけて、メリテの約束について述べまし
た。私は心を希望と不安の天秤の上に保っていました。私の期待している部分は恐れ、恐れている部分は期
待していました。

一五　夜が明けると、ソステネスはテルサンドロスのもとに、サテュロスらは私のもとに急ぎました。テ

（1）コドロスは伝説のアテナイ王。その子アンドロクロスがエペソスを建設したといわれる。
（2）クロイソスはその莫大な富で有名なリュディアの僭主。ヘロドトス『歴史』第一巻参照。
（3）ヘロドトス『歴史』第一巻二三―二四によると、詩人アリオンは、彼を殺して賞金を奪おうと謀った船員たちに最後の一曲を奏することを乞い、歌い終えて海に身を投げたが、歌を愛するイルカに救われた。

2 ルサンドロスはソステネスを見ると、娘を彼に従わせる首尾はどうか訊ねました。ソステネスは本当のこと
を言わず、いかにももっともらしく理屈をこねて言いました。
「たしかに拒んでいます。しかし彼女の拒絶はそれほど純粋なものではなく、あなたが一度関係をもって
見捨てるのを疑っていて、そんな侮辱を嫌がっているように私には思われます」。
3 テルサンドロスが言いました。
「そのことに関しては心配することはない。俺の彼女への気持ちはいつまでも変わらないほどなんだから。
娘について一つだけ不安で知りたくてたまらないのは、メリテが俺に話したように、本当にあの若者の妻な
のかどうかだ」。
4 こんなことを話し合いながら、レウキッペの小屋にやって来ました。扉に近づくと、彼女が嘆いているの
が聞こえました。そこで彼らは扉の背後に音を立てずに立ち止まりました。
一六 「ああ、クレイトポン（こう何度も彼女は言いました）。あなたは私がどこにいるのか、どこに閉じ
込められているのか知らない。私もどんな運命があなたを捉えたのか知らないし、私たちは同じ無知に苦し
2 んでいるのだから。まさか、あなたをテルサンドロスが家で捕まえたのではないでしょうか。まさか、あな
たもなにか横暴を受けたのではないでしょうか。何度もソステネスから訊きたかったのですが、どう尋ねれ
ばいいかわかりませんでした。もし私の夫についてのように尋ねたなら、テルサンドロスのあなたへの怒り
を駆り立て、なにかあなたに災いを引き起こすのではないかと恐れました。またもし他人についてのように
3 尋ねたなら、それも疑われたでしょう。どうして女が自分に関係のない人について気にかけるでしょう。ど

れほど自分に強いたことでしょう。でも舌に言わせることはできませんでした。ただこう言うだけでした。

『私の夫クレイトポン、レウキッペだけの夫、誠実で信頼できる人。あなたを別の女は一緒に寝たのに口
4 説き落とせなかった。無情な私は〔裏切られたと〕思い込んだけれど。あれほど時を経て地所で会ったのに口
づけもしなかった』。

今もしテルサンドロスが尋ねに来たら、どう彼に言いましょう。芝居の役柄を投げ捨てて真実を述べまし
5 ょうか。『私を奴隷だと思ってはならぬ、テルサンドロス。私はビュザンティオンの将軍の娘、テュロス人
の中でも一流の者の妻。テッサリア人ではない。ラカイナという名でもない。それは海賊の横暴で、私は名
6 前まで奪われた。私の夫はクレイトポン、祖国はビュザンティオン、父はソストラトス、母はパンテイア』。
私がそう言っても信じないでしょう。またもしクレイトポンについて信じたら、私の時宜を得ない正直さ
が最愛の人を滅さないかと心配です。さあふたたび私の芝居の役を身につけましょう。ふたたびラカイナを
身に纏いましょう」。

一七　これを聞いてテルサンドロスは少し後ずさってソステネスへ言いました。
2 「あの愛に満ちた信じられない言葉を聞いたか。なんということを言ったことか。どれほど嘆いたことか。
なんと自らを責めたことか。あの姦夫は到るところで俺に勝る。思うに、奴は盗賊で魔術師だ。メリテが愛
し、レウキッペが愛する。ああゼウス、クレイトポンになれたなら！」
ソステネスが言いました。
3 「さあ弱気になるべきではありません、御主人様、事に当たるときには。娘自身に向かうべきです。たと

え今あのいまいましい姦夫を愛していても、彼だけを知っていてほかの男と寝たことがなく、心を奴にとど
めているうちですよ。いったん御主人様が同じ立場になれば（実際、はるかに彼を美しさで凌ぐのですか
4 ら）、すっかり忘れてしまうでしょう。新たな恋は古い恋を萎れさせますから。女はとりわけ手許にあるも
のを愛し、なくなったものは新たなものが見つからないかぎりは覚えています。でも別のものを手に入れた
ら、前のものを心から拭い去るのです」。
5 これを聞いてテルサンドロスは鼓舞されました。実際、恋の成就への希望を与える言葉は簡単に説得する
ものです。欲望は手に入れたいものを味方として、希望を呼び起こしますからね。
一八　さてレウキッペが語ったことを盗み聞きしたと思われないように、彼女が独り言をいってから少し
間をおいて、いっそう優しくみえる（と彼が思った）顔をつくって中へ入りました。レウキッペを見たとき、
2 心は燃え上がり、彼にはそのとき彼女がさらに美しくなったように思われました。というのも彼は一晩中、
娘から離れていた間、恋の炎を抱いていたので、その炎に彼女の姿という薪を得ると突然燃え上がり、すん
でのところで娘に身を投げかけて抱き締めるところでした。でも自制して傍らに座り、あれこれ意味のない
3 言葉をつなげて語りました。恋する者が惚れた女に話そうとするのはそのようなものです。言葉に意味を置
かず、心をただ恋する相手に向けて、思慮を御する者もなく舌だけで喋りますから。
4 話しながら、彼は手を彼女の首に触れ、キスしようと腕をまわしました。彼女は手の道筋を予測すると、
5 下を向いて懐に顔を沈めました。彼はますます腕をまわして、顔を上げさせようとしました。彼女は逆らっ
て顔を沈め、キスを避けようとしました。手での格闘がつづくと、愛の競争心がテルサンドロスを捉え、彼

西洋古典叢書

月報 75

第Ⅳ期＊第12回配本

コス島のアスクレピオス神殿

目　次

2008 年 9 月
京都大学学術出版会

古代ギリシャ小説における絵筆と文筆

引地正俊

アキレウス・タティオスの小説『レウキッペとクレイトポン』の中で、エジプトのナイル河口のペルシオンに辿りついた主人公はある神話を扱った絵画を目にする。それはギリシャ神話の中でも夜空の星座になった姿でわれわれにも最もおなじみのアンドロメダの話で、乙女が生けにえとして岩に繋がれ海から怪獣が近づいてくるのを、ペルセウスが舞いおりてきて、まさに退治しようとする場面が描かれている。ジョルジョーネあたりから始まり、ルーベンス、レンブラントなど、近代にもあまりにも多くの巨匠が手がけた画題であるが、二世紀後半と考えられているこの古代の小説の中でも、絵にはエウアンテスと画家の署名が入っている。

われわれが今日実際にお目にかかれる同じ神話の古代の絵は、ポンペイの遺跡から出土した第四スタイルに属するフレスコ画であろう。「ディオスクロイの家」にあったもので、現在はナポリの考古美術館に収められているが、ここで右手を乙女にさし出すペルセウスの左手にゴルゴンの首とともに握られた剣はすでに鞘に戻っていて、海獣が退治された後の情景を描いたものである。

いわゆる第二次ソフィストの時代に属し、小説家と同じ二世紀に活躍した多くのジャンルにまたがる特異な作家ルキアノスにも、同じ神話を扱った絵に言及した文章がある。入ってゆくと右側にアルゴスの地の神話とエチオピアの事件が組み合わせになって描かれている。ペルセウスはアンドロメダを救出すべく海の怪物を退治しているところで、やがて乙女を伴って行って夫婦になるはずである。これは英雄がゴルゴンたちの所まで飛んで行ったついでの冒険で、画家は限られた画面に多くのことを描き出している。乙女の恥じらいと恐怖（というのも乙女は上の岩から戦いを見おろしている）、また若者の愛にあふれた勇敢さと、抗い難い獣の様子など。つまり、怪物が背びれを逆立て、ぞっとするような顎を開いて脅しながら向かってくるのを、ペルセウスは左手でゴルゴンの首を見せつけ、右手では剣で攻めたてる。そこで海獣の体のうち、メドゥサの首を目にしたあたりはすでに石と化していて、いまだ息のある残りも、まさに剣の刃にかかるところである。

これはルキアノスの『広間について』に出てくるもので、広間とは作者が行なったある講演の会場であり、作者は講演に際して聴衆にまず会場について語っているという設定になっている。ここでは画像について語ること自体が目的なのではない。しかし聴衆は作家の話よりも、会場を飾る見事な壁画が気になっている様子なので、それも無理からぬことと思った作者は、自分のほうに目を向けさせるべく、画家に対抗して眼前の絵について語ろうとする。

現代的な意味での芸術批評からはほど遠いものではあるが、芸術作品について論じることはこの時代盛んになっていた。そもそも文学作品の中で美術品が語られる〝エクプラシス〟と呼ばれるものの歴史は長く、ホメロスの叙事詩の中の有名な「アキレウスの楯」から始まってギリシャ悲劇や後期の叙事詩などにも見られるが、ルキアノスよりは少し後になるものの、ほぼ同時代にはピロストラトスが独立した作品として『エイコネス』という詳細な絵画の解説集を書いている。

ピロストラトスも「ペルセウス」の絵を論じているが、この場合はルキアノスよりさらに一瞬後の時点を描いたものらしく、海は赤く染まり海獣は流血の中にのたうち回っている。英雄はまだ荒い息づかいで身を休めているが、そこで乙女の縛めを解くのは、英雄の祈願に応えて飛んできたエロスの神で、この絵ではいわゆるキューピッドの幼児の姿ではなく、青年の姿に描かれている。この絵画の解説集にも一つの設定がなされていて、作者が客となっていた邸に描かれた絵を、十歳になったばかりの主の息子の少年にせがまれて説明してゆくという全体の前提があるのは興味深い。

二世紀の後半、遅くとも二〇〇年ごろと考えられる小説、ロンゴスの『ダプニスとクロエ』ではその序文にはっきりと一つの絵が関係していることが述べられている。それによれば、一人称で語っている私なる作者が、レスボス島で狩りをしていたおり、ニュンペの女神たちを祀った森の中で、一幅の絵を目にする。その絵には出産、生まれた赤ん坊たちの捨て子、それに乳を与える羊、拾い上げる牧人たち、若者同士の縁組み、盗賊の侵入、軍勢の攻撃といった場面が描かれているが、このような愛にまつわる画像を見て感動した作者は、自分も「その絵にかなうものを書いてみたい」願望にとらわれたという。ここでギリシャ語の〝アンティグラポー〟という動詞が用いられているのは注目に値する。この動詞には、その絵に応えて見合った、ふさわしい文章を書くという意味もあれば、匹敵する、あるいは対抗できるものを書くという気持ちも含まれよう。法廷用語としては抗弁書を提出するという意味があるからである。

そこで思い合わされるのは、さきに挙げたルキアノスの例で、作家は広間の絵について述べるに先立って、絵画を自分の「競争相手」と呼び、聴衆が賞賛の目で見るものを耳で聞いたら喜ぶに違いないと考え、目の前の絵を描写したことで聴衆が彼ら自身の喜びを倍増してくれたといって「競争相手」よりも作家のほうを尊重してくれるはずだと語っている。絵画についての記述をルキアノスは〝言葉の絵〟と呼び、絵画に対して色も形も画面もないまま言語を用いて描き出す難しさを充分認識しながらも、自分の役目はあくまでも聴衆のため全力を尽くして「言葉を用いて絵を描く」ことにあると言うのである。ロンゴスの場合も、すでに大勢の人が見に訪れるという絵をもとに小説を書き上げようとするのには、絵画すなわち画家に向けた並々ならぬ対抗心があったと見るべきであろう。かくてロンゴスはエロス、ニュンペたち、パーンの神々への捧げものとして、また万人のための楽しみとして全四巻の物語を作り上げたわけであるが、そのさい見落としならないのは絵の「解説者」(ないし解読者)を探し出して書いたという言葉であろう。

『レウキッペとクレイトポン』の場合も、物語の巻頭に作者(と見なされる人物)と一つの絵との出会いが置かれている。ここでは舞台はシドンで、嵐に遭ってようやくこの地まで辿りついた作者なる私が、アスタルテの女神に感謝のお詣りをしたところ、奉献されている絵に出会ったことになっている。これも神話を扱ったもので、牛に化けたゼウスの背に乗って海をゆくエウロペが描かれているが、やはり海の描写が出てくるピロストラトスの「ボスポロス」などと比較してみても、この絵は高度な技術で描かれており、小説家の説明も詳細にわたっている。絵の中でも、とりわけ先導の恋の神エロスの力に感心した作家が思わず声を発した時、近くにいた一人の若者がこれに答えて言葉を返し、こうして若者から聞いた身の上話が一人称で語られる物語の内容となるという設定である。

このように一枚の絵が物語を産み出す発端はロンゴスと近似しており、またロンゴスでも、エロスの神を遁れ得た者はかつてなく将来もないであろうと、その支配力が強調されているが、ロンゴスの場合は画像がまとまって冒頭に出てくるのに対して、アキレウス・タティオスでは合計四枚の絵が物語のあちこちに置かれ、ほかにもゼウスの像やいくつかの美術品が登場して、それらが主人公たちの未来の運命を暗示し、あるいは謎解きの鍵に仕組まれている。ここでは絵の「解説者」は、物語を書くために作家が探し求めたものではない。作家はほかならぬ読者に芸術作品の「解読者」となることを期待し、小説の進行に参加するよう読者の前に画像を示すのである。

現在にまで伝わっている五つの古代ギリシャの小説のうち最も新しいものは、三世紀ないし四世紀の作と考えられるヘリオドロスの『エチオピア物語』であるが、この長大な小説の冒頭にはもはや絵画は置かれていない。ナイルの河口の丘の上に盗賊の一隊が現われ、眼下にひろがる海を見渡す。沖には何もないが、近くの浜辺に目を移すと無人の商船が一隻停泊している。ところが肝心の海岸には屍体が散乱し、中にはまだ死にきらず手足の動いている者もいる。何かの戦闘が終わったばかりの惨劇の造り出した光景が、ありありと描出され、「ただ船だけが、ぽつんと人げもなく、それでも大勢の者に護られてでもいるかのごとく無疵で、何事もなかったかのように静かに揺れているのだった」という筆づかいは、まさに絵筆によらぬ〝言葉の絵〟であり、それどころか、沖のほうから手前へと移してゆく撮影カメラのごとき動き、物語の筋の途中から始めて読者を謎解きにひき込む手法は、動かぬ絵になぞらえるより、むしろ映画芸術に通じるといえるものであろう。こうして、古代ギリシャの小説も結局は、あの時間の進行の途中から歌い始める元祖ホメロスの叙事詩の世界へと回帰してゆくのである。そのさい、小説に出てくる美術品が実在したものか否かはさほど問題になるまい。目標はあくまでも、文筆で芸術を造り出すところにあった筈なのだから。

（西洋古典学・早稲田大学名誉教授）

連載

西洋古典ミニ事典 (29)

古代ギリシアの奴隷制

奴隷はギリシア語でドゥーロス、ラテン語でセルウスというが、古代社会が奴隷制で成り立っていたのは周知の事実である。「完全な家は奴隷と自由市民とからなる」と言ったのはアリストテレスであるが、奴隷は家の所有財産とみなされているわけで、実際アリストテレスの『政治学』第一巻では、奴隷は「生きた家財」と定義されている。このように奴隷を家財や道具として扱うことに表立って批判した者もいたようである。『政治学』には、自由市民が奴隷を支配するのは自然本性に反したことであり、一方が自由市民、他方が奴隷というのはただ慣習によるのみで、自然本性には両者にはなんの違いもないという論が紹介されている。これはいわゆる「ノモス（慣習）」と「ピュシス（自然）」の区別を論拠にしているから、ソフィストのだれかかもしれないが、よくは分からない。これに対して、アリストテレスの『政治学』では、自然本性において支配する者、支配される者があって、男性が自然本性において女性に勝るように、自由市民は自然本性において奴隷よりも勝っているという議論が展開されている。プラトンのほうは、もう少し穏やかに、ギリシア人がギリシア人を奴隷にするのはふさわしくないと言っている。しかし、これは非ギリシア人（バルバロイ）なら奴隷にするのはかまわないという主張でもあるわけで、奴隷制全面肯定論と全面否定論の極端を避けた、ある種の妥協案であり、また当時のギリシアの実情にも即した考えであった。

ヘロドトスは古い時代には奴隷はいなかったと書いているが、これは真実かどうか疑わしい。ホメロスにはすでに奴隷が登場しているからである。ホメロスでは男奴隷、女奴隷をそれぞれドモース、ドモーエーと言ったが、アルキノオスの館、オデュッセウスの館には多くの奴隷がいる。もちろんこれは富裕な家庭に限られていたのであろうが、オデュッセウスに仕えた豚飼いのエウマイオスも、フェニキア人の手から主人によって買われた奴隷である。

奴隷はたいてい戦争などによって征服された民であるが、ひとくちに奴隷と言っても、二つの種類に分けられる。ひとつは、農奴の身分で働かされ、また戦争が起こると主人とともに従軍しなければならなかったが、普通は売買されることはなく、一定の財産をもつことも許されていた。このような農奴でよく知られているのはスパルタのいわゆるヘロット（ヘイロータイ）である。もうひとつは本来の意味での奴隷で、奴隷市で買われて家庭で奉仕する奴隷である。彼らは主人の財産の一部でもある。奴隷市はキュクロスと呼ばれた。文字通りは円、輪の意味であるが、競売に掛けるときに丸く並べて立たされたことからこの名がある。哲学者のシノペのディオゲネスが奴隷に売られたときに、座るなと言われると、「なんの違いもないさ。魚だってどんなふうに置かれても売られていくのだから」と言い返したという話は有名である。とにかく奴隷市はきまった日に、たいていは月の終わりの日に開かれた。

家で奉仕する奴隷はオイケテースと呼ばれたが、主人の家で生まれた奴隷は、これと区別して、オイコトリプス、また男奴隷と女奴隷の間に生まれた奴隷はアンピドゥーロス（アンピは「両方」の意）と言った。奴隷の値段は、一～一〇ムナくらいで、その年齢、強さ、技量などで異なるが、銀山の管理をする奴隷を一タラントン（すなわち六〇ムナ）で買ったという例を、クセノポンが紹介している。奴隷の人口は都市によって異なり、貧しい都市は奴隷人口も少ないが、アテナイのような大都市には多くの奴隷がいた。例えば前五世紀半ばのアテナイでは、自由市民（成年男子）が約四万人に対して、奴隷は約一〇万人いたとされる。一方、宿敵のスパルタでは、完全な意味での市民（成年男子）は二〇〇〇人ほどで、残りは参政権をもたぬ約二万人の半市民（ペリオイコイ）と約五万人の農奴であるヘイロータイであったと言われている。

（文／國方栄二）

●月報表紙写真——「医聖」ヒッポクラテス（前五世紀半ば—四世紀前半）の活動によって、コスは科学的医術の中心地となり、この島のアスクレピオスの聖域は、ヒッポクラテス医学派の研究と治療の場として、ローマ時代まで長く栄えた。聖域は三段に整備された広大なテラスからなり、その最上段に「聖なる森」に囲まれたアスクレピオス神殿（前四世紀後半）の跡がある。有名な「ヒッポクラテスの木」は、ここから見はるかされるコスの町の港に近い一郭に数百年の樹齢を誇っている。言い伝えのとおり彼自身がこのプラタナスの木陰で医学を講じたとしても、現在のものはその何代目かの後裔ということになろう。

（一九八九年七月撮影　高野義郎氏提供）

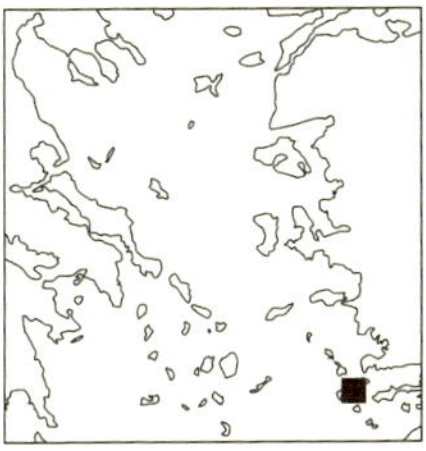

西洋古典叢書

［第Ⅳ期］全25冊

★印既刊　☆印次回配本

●ギリシア古典篇

アキレウス・タティオス　レウキッペとクレイトポン★　中谷彩一郎 訳
アラトス他　ギリシア教訓叙事詩集★　伊藤照夫 訳
アリストクセノス他　古代音楽論集★　山本建郎 訳
アリストテレス　トピカ★　池田康男 訳
アルビノス他　プラトン哲学入門　中畑正志 編
ガレノス　ヒッポクラテスとプラトンの学説　2　内山勝利・木原志乃 訳
クイントス・スミュルナイオス　ホメロス後日譚　森岡紀子 訳
クセノポン　ソクラテス言行録　内山勝利 訳
セクストス・エンペイリコス　学者たちへの論駁　3　金山弥平・金山万里子 訳
テオプラストス　植物誌　1★　小川洋子 訳
デモステネス　弁論集　2　北嶋美雪・木曽明子 訳
ピロストラトス　ギリシア図像解説集　羽田康一 訳
ピロストラトス　テュアナのアポロニオス伝　1　平山晃司 訳
ピロストラトス　テュアナのアポロニオス伝　2　平山晃司 訳
プラトン　饗宴／パイドン★　朴　一功 訳
プルタルコス　英雄伝　1★　柳沼重剛 訳
プルタルコス　英雄伝　2★　柳沼重剛 訳
プルタルコス　モラリア　1★　瀬口昌久 訳
プルタルコス　モラリア　5　丸橋　裕 訳
プルタルコス　モラリア　7★　田中龍山 訳
ポリュビオス　歴史　2★　城江良和 訳

●ラテン古典篇

クインティリアヌス　弁論家の教育　2　森谷宇一他 訳
スパルティアヌス他　ローマ皇帝群像　3　桑山由文・井上文則 訳
リウィウス　ローマ建国以来の歴史　1☆　岩谷　智 訳
リウィウス　ローマ建国以来の歴史　3★　毛利　晶 訳

は左手を彼女の顔の下にあてがい、右手で髪を摑み、一方で後ろへ引き、他方で顎を支えて押し上げようと
6 しました。成功したからか、しなかったからか、それとも疲れたからか、彼がやっと暴力をやめたので、レ
ウキッペは彼に言いました。

「あなたの振る舞いは自由人のようでも生まれのよい者のようでもありません。あなたはソステネスのまねをしています。この主人にふさわしい奴隷だわ。これからは控えなさい。あなたがクレイトポンにならないかぎり、成功は期待できないわ」。

一九　これを聞いてテルサンドロスはどうすべきかわかりませんでした。彼は恋い焦がれ、怒りました。
2 怒りと恋は二つの松明です。怒りも別の炎で、恋と正反対の性質を持っていますが、同じ強さなのです。一
方は憎しみを駆り立て、他方は恋を無理に従わせますが、火の源泉はお互いのそばにあって、一方は肝臓に
3 あり、他方は心臓に包み込まれています(1)。両者が人を捉えると、魂は天秤になり、各々の火が釣り合いを取
ります。両者は天秤を傾けようと争います。たいていは欲望を満たせば、恋が勝ちます。ところがもし恋す
4 る相手がはねつければ、恋は怒りを味方に呼び出します。怒りも隣人として従い、一緒に火をつけるのです。
しかしいったん怒りが恋を傍らに従え、いつもの居場所から遠ざけると、本来和解しがたいので、友として
欲望を達するために味方はせず、欲望の奴隷として束縛して征服します。そして恋が恋する相手と協定を結
5 ぶことを望んだとしても、許しません。恋は怒りにはまって沈み込み、自分の力の場所へ飛び出そうと望ん

（1）心臓と肝臓は伝統的にそれぞれ怒りと欲望の座とされた。

でももはや自由ではなく、愛する相手を憎むよう強いられます。しかし怒りが泡立って満たされ、いっぱいの力を使って噴出すると、飽満から疲れ、ぐったりします。すると恋が報復して欲望を武装させ、すでに眠[6]っている怒りを圧倒します。恋は最愛の人に酔っぱらって働いた乱暴を見て苦しみ、恋する相手に弁明して、[7]交わってくれるよう誘い、怒りを喜びで宥めることを約します。こうして恋は求めたものを手に入れれば、穏やかになりますが、軽蔑されれば、ふたたび怒りへ身を沈めます。眠っていた怒りは目覚め、昔のことを繰り返します。怒りは軽蔑された恋の味方なのです。

二〇　さてテルサンドロスは最初は恋が成就するのを期待して、すっかりレウキッペの奴隷でした。しかし、望んだものが得られないと、怒りの手綱を放しました。彼は彼女のこめかみを殴って言いました。

「みじめな奴隷よ、ほんとの恋煩いめ。お前が言ったことをすべて聞いたぞ。俺がお前に話しているのに[2]満足せず、自分の主人がキスするのを大きな幸せだと思わずに、もったいぶって絶望したふりをするのか。[3]俺はお前が娼婦だと思うぞ。姦夫を愛してるんだから。俺を恋人として試そうとしないのだから、主人として試すがよい」。

すると、レウキッペが言いました。

「あなたが僭主のように振る舞いたければ、私はその横暴を受けねばなりませんが、それでも強いることはできませんよ」。

そしてソステネスの方を見て、彼に言いました。

「どのように私が非道に耐えたか、証人になりなさい。あなたは私にもっとひどいことをしたのだから」。

4 ソステネスは告発されて恥をかかされ、言いました。
「こいつは、旦那様、鞭で痛めつけて、主人を軽んじないことを覚えるよう何千回も拷問にあわせるべきですよ」。


二二 「ソステネスに従いなさい」。

レウキッペが言いました。

「立派な忠告をしていますから。拷問の準備をしなさい。車輪を運びなさい。さあ、手です。引っ張るが
2 よい。鞭も運びなさい。さあ、背中です。打つがよい。火を運びなさい。さあ、体です。焼くがよい。刀も
運びなさい。さあ、喉です。切るがよい。目新しい闘いを眺めなさい。あらゆる拷問に一人の女が挑んで、
すべてに打ち勝つのです。それにクレイトポンを姦夫と呼べるのですか、あなた自身が姦夫なのに。言いな
さい、自らのアルテミス(1)を畏れずに、処女の街で処女に乱暴するのですか。女神よ、あなたの矢はどこにあ
るのですか」。

3 「処女だって?」
テルサンドロスが言いました。

「ああ、なんと図太く、笑わせてくれることか。あれほどたくさんの海賊と夜を過ごしたのに処女だとい

(1) アルテミスはエペソスの守護女神。神話では美しい処女の狩人として描かれる(第八巻一二を参照)。九一頁註(1)も参照。

うのか。お前のために盗賊たちは去勢されたのか。それとも哲学者の巣窟だったのか。彼らの誰も目がなかったのか」。

二三　するとレウキッペが言いました。
「処女です。ソステネスのあとでさえ。ソステネスに訊いてごらんなさい。この男こそ、私にとっては盗
賊でした。かの賊たちはあなた方よりもずっと節度があって、誰もこんな無法者じゃありませんでしたから。
2 あなた方がそのようなことをするなら、ここが本当の海賊の巣窟です。賊たちもやろうとしなかったことを
するとは、恥ずかしくないのですか。あなたのこのような恥知らずな行ないのおかげで、私へいっそうの讃
辞を与えているのがわからないでしょう。もし今、怒り狂って私を殺しても人は言うでしょう。『牛飼い
（ブーコロス）たちのあとでさえ処女だったレウキッペ、カイレアスのあとでさえ処女、ソステネスのあとで
3 さえ処女』。これでも控えめだわ。さらに大きな讃辞は、『海賊よりも淫らなテルサンドロスのあとでさえ処
女。彼は乱暴できないと殺してしまうのだ』。
4 さあ、武装しなさい。私に対して鞭を、車輪を、火を、刀を取りなさい。相談相手のソステネスも一緒に
戦わせるがいい。私は丸腰で、一人で、女だけど、自由という唯一の武器を持っています。自由は打撃でも
叩き潰されないし、刀でも切り裂けず、火でも焼かれません。これを私は決して手放しません。焼き尽くそ
うとしても、それほど熱い火を見つけられないでしょう」。

第七巻

一　これを聞いてテルサンドロスは、あらゆる感情を覚えました。彼は悲しみ、怒り、思案しました。侮
辱されたので怒り、思った通りにならなかったので悲しみ、恋しているので思案しました。彼の心は引き裂
2 かれ、レウキッペになにも言わずに飛び出しました。怒りで走り出したようでしたが、実は心に感情の三重
の波[1]を溶かす余裕を与えました。
3 ソステネスと相談して看守のもとへ行き、私を毒薬で殺すよう頼みました。しかし彼は従わなかったので
（市民を恐れたのです。彼の前の看守がそのような毒を使って捕らえられ、死刑になりましたから）、テルサ
ンドロスは彼に第二の頼みを、私がしたことを知るのを望んでいるふりをして、私が繋がれている監房に人
を、囚人の一人であるかのように送り込むことを提案しました。
4 看守は同意して男を受け入れました。この者はテルサンドロスから教えられてレウキッペに関する話を、

（1）プラトン『エウテュデモス』二九三A、『国家』四七二Aに同じ語が使われている。

5 彼女は殺され、メリテがその殺害を計画したのだと、とても巧妙に話すことになっていました。この企みは、
私が愛する人はもはや生きていないと諦めて、たとえ釈放されても、もう彼女を捜そうとしないようテルサ
6 ンドロスが発案したものでした。この殺害事件にはメリテが巻き込まれていて、その結果、私がレウキッペ
は死んだと思って、愛してくれるからとメリテと結婚してかの地に留まり、そのため安心してレウキッペを
楽しめないのではないかという心配をテルサンドロスに与えることなく、むしろ愛する人を殺したというの
で当然私がメリテを憎み、街から立ち去るよう仕組まれていました。

二　さて、男は私のそばにくると、役割を演じはじめました。まったく悪党らしく、大声で嘆いて言いました。

「どんな人生をこれから送るのだろう。誰を避ければいいのだろう、危険のない暮らしのためには。正しい生き方も十分じゃないのだから。不運が俺たちを襲って沈めるんだ。俺は旅の連れが誰なのか、なにをしでかしたのか見通すべきだったんだ」。

2 一人でこんなことを言っては、私に作り話をするきっかけを探していました。どうしたのか私が尋ねるよ
3 うに。でも私は自分の思案で頭がいっぱいで、彼が嘆いているのをほとんど気にかけませんでした。しかし、
囚人の一人が言いました（不幸にある人間は、他人の災厄を聞きたがります。他人の蒙ったことを共有する
のは、自分が蒙った苦しみの薬ですから）。

4 「どんな不幸があんたにふりかかったんだね？　あんたはなにも悪いことをしていないのに、悪運に遭遇
したようだね。経験から判断するんだが」。

そうして繋がれるに到った自らのことを語りました。私はそんな話を気に留めてもいませんでした。

三　語り終えると、彼は不幸の話の交換を求めて言いました。
「あんたにも自分の話をしてほしいんだが」。

彼は言いました。
2 「私は昨日たまたま街から出かけて、スミュルナ(1)へ向かっていました。四スタディオン(2)も進んだ頃、田舎
から来た若者が話しかけてきてしばらく一緒に歩き、『どこに向かっているのだ』と訊くので、

『スミュルナに』と答えました。

『俺も同じだ、幸運がありますように』と彼は言いました。
3 それから一緒に進んで、道中しそうな会話をしました。ある宿屋に着いて、昼食を一緒に食べました。同
じ宿で私たちの傍らに四人の男が座って、昼食をとるふりをしながら、私たちを何度も観察して互いに頷き
4 合っていました。彼らが私たちになにか企んでいるのではないかと疑いましたが、彼らの合図がなにを意味
しているのかはわかりませんでした。でも連れは少しずつ青ざめ、いっそうゆっくり食べるようになり、と
5 うとう震え出しました。これを見ると、彼らは跳び上がって私たちを捕らえ、革紐で瞬く間に縛り上げまし
た。一人が連れのこめかみを打ちました。殴られると、まるで一万回拷問を受けたかのように、誰も彼に尋
ねていないのに白状しました。

(1) 小アジアの裕福な都市。現在のイズミール。

(2) 七〇〇メートル強。

『俺が娘を殺した。そして金貨を一〇〇枚、テルサンドロスの妻メリテからもらった。彼女が俺を殺害に
6 雇ったのだ。さあ、一〇〇枚の金貨をお前たちにやろう。これでどうして俺を殺して自らの利益を拒むのか』」。

私はそれまでは気にかけてもいなかったのですが、テルサンドロスとメリテの名を聞くと、その言葉にまるで虻に刺されたように呼び覚まされ、彼の方に向き直って言いました。

「メリテとは誰だ」。

彼は言いました。

7 「メリテはここの女たちの中の有力者だ。彼女がある若者に惚れた。テュロス人だと言っていたと思う。
彼にもたまたま愛する人がいて、彼女がメリテの家中に売られているのを見つけた。メリテは嫉妬に燃えて、その女が出歩いているのを捕らえ、今話した、運悪く私が一緒に旅した男に、殺すよう命じて引き渡した。
8 彼がその神をも恐れぬ所業をしでかしたのだ。私は哀れにも、彼を見たことも、いかなる所業や相談にも加担していないのに、共犯者のように縛られて一緒に連行された。さらにひどいことに、宿屋からしばらく進むと、一〇〇枚の金を彼から受け取って逃がし、私を行政官のもとへ連れてきたのだ」。

四　この不幸の作り話を聞いたとき、私は嘆きも泣きもしませんでした。声も涙もありませんでしたから。
2 すぐに震えが私の身体を包み、心臓は砕け、ほとんど魂も残っていませんでした。やがて話に酔った状態から回復すると、私は尋ねました。

「どのように娘を、雇われた奴は殺したのか。そして死体はどうしたのか」。

3 しかし彼は一度私に虻を放ち、[1] 目的の仕事を果たしたので、黙ってなにも言いませんでした。ふたたび私が尋ねると、こう言いました。
「私が殺人に加担したと思うのか。あの人殺しから聞いたのは、娘を殺したということだけだ。どこで、どのようにかは言わなかった」。
4 そのとき涙が込み上げ、目に悲しみを引き渡しました。なぜなら、身体への打撃のように直ちに腫れは生
じず、傷はすぐには色づかないで、しばらくして飛び出します。猪の牙で突かれた人はすぐに傷を探しても
見つからず、潜んで隠れています。打撃の傷はじわじわと目的を達成するので、そのあと突然、血の先駆け
5 である白い筋が浮かび上がり、やがて[血も]出てどっと流れ出します。このように魂も言葉が放った悲し
みの矢で打たれると、すでに傷つけられ切り口があっても、射った速さがまだ傷口を開かず、涙を目から遠
くに追い払います。涙は魂の傷から出る血ですからね。悲しみの牙が少しずつ心臓を蝕んだあと、魂の傷は
6 引き裂かれ、目には涙の扉が開き、開いたあとすぐに飛び出します。そのように私の場合は、最初に聞いた
ことが矢のように魂を襲って黙らせ、涙の源泉を塞ぎましたが、そのあと魂が不幸に身を委ねると、涙が流
れ出しました。

五　それで私は言いました。
「どの神が私をわずかな喜びだけで欺したのか。誰が私にレウキッペを見せたのか、新たな不幸の始まり

(1) ルキアノス『中傷を容易に信じないことについて』一四に似た表現がある。

のために。私は幸せにしてくれる唯一のものだった目も満足させられなかったし、眺めても満たされなかっ
2 た。実際は夢の悦びだったのだ。ああ、レウキッペ、君は僕にとって何度死んだのか。僕が哀悼するのをや
めたことがあったろうか。死が次々と追いかけてきて、いつも君を嘆いている。でも、あの死はみな運命が
僕をからかったのだけど、今度は運命のいたずらではないよね。レウキッペ、君は一体どのように死んだの。
3 あの偽りの死では少しは慰めがあった。最初は君の体全部が、二度目も、埋葬のために頭がないと思われた
とはいえ、体があった。でも今や君は魂と体の二重に死んでしまった[1]。二度盗賊を逃れたのに、メリテの盗
4 賊行為が君を殺したのだ。ところがこの不埒で罰当たりな僕は、君の殺害者に何度もキスをし、穢れた抱擁
を交わして、君より先にアプロディテの悦びを彼女に与えたのだ」。

六　私が嘆いている間に、クレイニアスが入ってきました。私は彼にすべてを語り、なんとしても死ぬ決
意だと言いました。彼は宥めました。
2 「生き返らないかどうか誰にわかる？　実際彼女は何度も死ななかったか。何度も生き返らなかったか。
どうしてすぐにも死のうとするんだ。死ぬのは彼女の死がはっきりわかったときにでも、ゆっくりできるだろ」。
3 「ばかげているよ。これ以上はっきりどうしてわかるんだ。僕は最高の死に方を見つけたと思うよ。それ
で神々の敵メリテも罰せられずにはすまない。その方法を聞いてくれ。君も知ってるように、法廷が割り振
られたら、僕は姦通への弁明の準備をしていた。でも今はまったく正反対に、姦通を認めて互いに愛し合っ
4 ていたから、僕とメリテが一緒にレウキッペを殺したと言うつもりだ。これであの女も罰を受けるだろうし、
僕もこの呪われた人生を捨てられるだろう」。

「言葉を慎め」。

とクレイニアスが言いました。

「そんな恥ずべき状況で死ぬつもりなのか。人殺し、それもレウキッペの殺害者だと思われて」。

「恥じゃないよ」と私は言いました。

「敵を苦しめることは」。

5 私たちがこんな遣り取りをしていると、しばらくして看守の一人が、あの男を、嘘の殺人の通報者を、罪
に問われている件の説明をさせるために行政官が連れてくるよう命じたと言って、鎖から解き放ちました。
6 クレイニアスとサテュロスは、私が裁判のために言うつもりのことをなにも言わないよう、なんとか説得で
きないかと宥めました。しかしうまくいきませんでした。そこで彼らは、もうメリテの乳兄弟のところには
泊まらずにすむように、その日のうちに宿を借りて住みつきました。

七　翌日私は法廷に連れていかれました。テルサンドロスは私に対してたくさんの準備をしていて、弁護
2 人の数は一〇人を下りませんでした。メリテの方の準備も急いで弁明に向けて行なわれました。彼らが語り
終えたとき、私も発言を求めました。私は言いました。

「この人たちはみなばかげたことを言っています。テルサンドロスの側の主張もメリテの側も。私があな
3 た方にすべての真実を話しましょう。私には以前、恋人がいました。ビュザンティオンの生まれで、レウキ

(1) 第一巻一三を参照。

ッペという名でした。私は彼女が死んだと思い（エジプトで海賊に攫われましたから）、メリテに出会いま
した。互いに親しくなり、エジプトから一緒にこの地へやって来ました。そしてテルサンドロスの領地の管
4 理人であるソステネスの奴隷になっていたレウキッペを見つけました。どうして自由人の女性をソステネス
は奴隷として手に入れたのか、海賊と彼の関係がどうなのかは、あなた方に吟味を委ねます。メリテは私が
前の恋人を見つけたことを知ったとき、私の心が彼女に転じるのではないかと恐れ、彼女を殺そうと企て
5 ました。私も賛成でした（どうして真実を隠さねばならないでしょう）。メリテは私を彼女の財産の主人に
すると約束していたのですから。そこで殺しのために一人の男を雇いました。殺しの報酬は一〇〇枚の金で
6 した。犯行後、彼は逃走し、それ以降姿を消しました。ところが私に恋がたちまち報復しました。というの
はレウキッペが殺されたのを知ったとき、私は後悔し、嘆きました。彼女を愛していましたし、今も愛して
います。それゆえ、あなた方が私を愛する人のもとへ送れるように、自分を告発しました。私は血に汚れ、
殺した女を愛していて、もう生きることに耐えられません」。

八　こう私が言うと、思いがけない事態にみなは、とりわけメリテは驚愕しました。テルサンドロスの弁
護人たちは喜んで勝利の叫びを上げ、メリテの弁護人たちはこうして語られたことがどういうことなのか問
2 い訊しました。彼女は時には当惑し、時には否定し、時にはとても早口でまとまりなく述べました。レウキ
ッペを知っていると言い、私が言ったことを認めましたが、殺害は否定しました。その結果、彼らはほとん
どの点で私の言ったことに一致するのでメリテに疑念を持ち、どう弁護したらいいのか途方に暮れました。

九　そのとき、法廷は大騒ぎでしたが、クレイニアスが登壇して言いました。

「私にも発言を認めてください。この係争には人の命がかかっていますから」。
2 許可を得ると、涙を溢れさせて言いました。
「エペソスの人々よ、さまざまな不幸の薬として当然のごとく死ぬことを願っている男に、性急に死刑を
宣告しないでください。彼は不運な巡り合わせの罰を受けようと、自らに犯罪者たちの罪を犯したという嘘
3 の告発をしたのですから。彼が蒙った不幸を手短に話しましょう。彼が言ったように、彼には恋人がいまし
た。この点では彼は嘘を言っていません。海賊が彼女を掠奪したことも、ソステネスに関することも、殺害
4 の前まで彼が述べたことはすべてそのように起こりました。レウキッペは突然消えました。どのようにか、
誰かが彼女を殺したのか、それとも攫われて生きているのか、私は知りません。ただ、このことだけはわか
っています。ソステネスはレウキッペに惚れましたが、物にできなかったために彼女を多くの拷問で責め苛
んだということ。また海賊を友としているということです。
このクレイトポンは女が殺されたと思って、もう生きていたくないと考え、それで自分が殺したと嘘を証
5 言しました。彼は死を願っているのを自ら認めました。でもそれは女に対する悲しみのためなのです。考え
てもみてください、人が誰かを殺してから、嘆きのために生きるのに耐えられず、被害者のあとを追って死
6 のうと本当に願うかを。誰がそんなに愛情に満ちた人殺しでしょうか。そんなに愛されるどんな憎しみがあ
るでしょうか。否、神々にかけて、彼の言うことを信じないでください。罰よりむしろ憐れみが必要な人を
殺さないでください。彼が言うように、自ら殺人を企んだのなら、雇われたのが誰か言わせなさい、殺され
た女を示させなさい。

7 だが殺した者も殺された者もいないならば、誰がこのような殺人を聞いたことがあるでしょうか。『メリ
テを愛していた』と彼は言います。『それでレウキッペを殺した』と。ではどうして愛していたメリテを殺
8 人で告発したのでしょうか。どうして殺したレウキッペのために今は死ぬことを望むのでしょうか。このよ
うに愛する者を憎み、憎む者を愛せるでしょうか。いやむしろ、取り調べられても、愛する人を助け、殺さ
れた者のために無駄に死なないように、殺人を否定したはずではないでしょうか。
9 ではなにゆえメリテを告発したのでしょうか、彼女によってこのようなことがなにも行われなかったのな
ら。私はこのこともあなた方にお話しましょう。そして神々にかけて言いますが、私がこの女性を中傷する
10 ために話しているとは考えないでください。どのようにすべてが起こったかを話します。メリテはこの男に
恋愛感情を持ち、この海の屍[1]が生き返る前ですが、結婚について話し合いました。しかし彼は同意せず、烈
しく[2]結婚を拒みました。そしてその頃、死んだと思っていた恋人がソステネスのもとで生きているのを見つ
11 け、さらにいっそうメリテによそよそしくなったのです。彼女はソステネスのもとにいる女奴隷がクレイト
ポンの恋人だと知る前に、彼女を憐れんでソステネスによって縛られた鎖から解き放ちました。そして家へ
迎えると、不幸になった自由人の女に対するようにあらゆる思いやりを示しました。［彼女がクレイトポンの
恋人だと］知ったとき、自分のための用事をさせるため、地所へ送りました。そのあとレウキッペが消えた
12 と言われています。これが嘘でないことは、メリテも二人の侍女も（その二人と共にレウキッペを地所に送
ったわけですが、）同意するでしょう。この一つのことがレウキッペを彼女が嫉妬のために殺したのではな
いかという疑惑へとこの男を導きました。

13 牢獄で起こったもう一つのことが彼にとって疑いの確証となり、自らとメリテに対して荒れ狂いました。囚人の一人が自らの不幸を嘆いて、道中で知らずに人殺しの男と一緒になったことを、またその男が雇われて女殺しをしでかしたことを語りました。そして彼は名前を挙げました。雇ったのがメリテで、殺されたの
14 がレウキッペだと。これらのことが実際に起こったのか、私は知りません。しかしあなた方には知ることができます。その囚人は捕らえています。侍女たちがいます。ソステネスがいます。彼はどこからレウキッペを奴隷として手に入れたのか、侍女たちはどのようにして彼女が消えたかを話すでしょう。また囚人は雇われた人殺しについて明かすでしょう。こうした事情の一つ一つを知る前に、取り乱した言葉を信じて、哀れな若者を処刑するのは公正でも敬虔でもありません。彼は悲しみで取り乱しているのですから」。

一〇　こうクレイニアスが言ったとき、多くの人にはこの話は信用できるように思われました。しかしテルサンドロスの弁護人たちと、居合わせた仲間たちは、神の配慮で自らを告発した人殺しの処刑を呼びかけ
2 ました。メリテは侍女たちを差し出し、テルサンドロスにソステネスを差し出すよう要求しました。おそらく彼がレウキッペを殺したのだからと。彼女の弁護人たちはとりわけこの公式提案(3)を前面に押し出しました。

(1) 海で溺れ死んだと思われていたテルサンドロスのこと。
(2) この「烈しく（ἐρρωμένως）」には「愛される者（ἐρωμένην）」との言葉遊びがある。プラトン『パイドロス』二三八Cを参照。
(3) プロクレーシス。裁判で争われている主張について、拷問による奴隷の証言や真実であるという誓言を相手方に提案する手続き。第八巻一一以下も参照。なお、公式提案という訳語は、高畠純夫訳アンティポン／アンドキデス『弁論集』（西洋古典叢書）から拝借した。

3 テルサンドロスは不安になってこっそり仲間の一人を地所のソステネスのもとへ派遣し、彼のもとに送られた者たちが着く前に、できるだけ早く姿を隠すよう命じました。その者は馬に乗ると全速力でソステネスの
4 もとへ来て危険を告げ、もしそこにいて捕らえられたら、拷問に連行されるだろうと伝えました。彼はちょうどレウキッペの小屋にいて、彼女を誘惑していました。やって来た人に大声で呼ばれ、邪魔をされて出て
5 きました。事情を聞くと、恐怖で満たされ、役人がすでに自分のもとにやってきたと思い、馬に乗ると全速力でスミュルナに駆けていきました。使者もテルサンドロスのもとへ戻りました。「恐怖は記憶を茫然とさせる(1)」という諺は本当のようです。ソステネスはわが身の心配をして、驚愕から身近なこともすっかり忘れ、レウキッペの小屋の扉を閉じませんでした。特に奴隷というものは、恐怖を感じたときにはひどく臆病ですからね。

一一　そのときテルサンドロスは、メリテから最初の公式提案がこのように行なわれたので、進み出て言いました。

「この男は、彼が誰であろうと、十分に作り話をでっちあげた。私はあなた方の鈍感さに驚く。人殺しを現行犯で捕らえたのに(彼が自らを告発したことは現行犯逮捕よりも決定的なのだ)刑吏に命じないで、もっともらしく演じ、涙を流すペテン師の言うことを座って聞いている。私は彼も殺人の共犯で、自分のことを心配しているのだと思う。だから事件について、このように明確に証明されたのに、どうして拷問がなお
2 必要なのか私にはわからない。さらに私はほかの殺人もしでかしたのだと思っている。なぜなら私から彼らが求めているそのソステネスは、この三日姿が消えているのだ。彼らの企みの犠牲になったのでないかと疑

うのは難しくない。彼が私に姦通を密告したのだから。だからおそらく彼らはソステネスを殺し、私がこの
3 男を差し出せないのを知って、ずる賢くも彼について公式提案を行なったのだ。しかし彼が死なずに、現わ
れたとしたらどうだろう。彼がいたとしても、なにを彼から知るべきだろうか。娘を買ったか。買ったとし
よう。彼女をメリテが所有していたか。そうだと私を通して言うだろう。ソステネスはこれを言えば、退廷
4 するのだ。ここから私の弁論はメリテとクレイトポンに向けられる。私の女奴隷を取ってどうしたのか。ソ
ステネスが彼女を買ったのだから、私の奴隷だ。そしてもし彼女が生きていて、彼らに殺されていなくても、
確かに私に奴隷として仕えるだろう」。
5 この言葉をテルサンドロスは、ひどい悪意から差し挟みました。あとでレウキッペが生きて見つかっても、
彼女を自分の奴隷にできるように。それから付け加えました。

「クレイトポンは殺したことを認めたのだから、罰を受ける。だがメリテは否認している。彼女に対して
6 は侍女たちの拷問ができるだろう。彼女たちがメリテから娘を受け取り、それから連れ戻らなかったのなら、
なにが起こったのだろうか。まったくどうして送られたのか。誰のもとへ。彼女を殺すために誰かを手配し
7 たのは明らかではないか。侍女たちは当然、彼らを知らなかったのだ。証人が増えて、事がいっそう大きな
危険を孕まないように。知らずに彼女たちはレウキッペを盗賊たちが待ち伏せているところに置き去りにし
た。こうして彼女たちは起こったことを目撃せずにすんだ。また彼は殺人について語ったという囚人につい

（1）トゥキュディデス『歴史』第二巻八七‐四を参照。

8 て、ばかげたことを言った。この囚人は誰か。行政官にはなにも言わず、クレイトポンだけに人殺しの秘密
を述べたとは。共犯者を認めたのでなければ［そんなことをするはずはない］。空しい戯言を許し、これほど重
要なことを戯れにするのはやめないか。神の思し召しなく、この者が自らを告発したと思うのか」。

二一　こうテルサンドロスは言い、ソステネスについてどうなったのかは知らないと誓いました。それか
ら法廷の議長が決定しました（彼は王族の出で[1]、殺人事件を裁きました。法に従って判決の監察者として長
老の中から助言者を得ました）。それで補佐官たちと吟味してから、議長は判決を下しました。自ら殺人を
白状した者には死罪を命ずる法に従って、私には死刑を宣告すること。メリテについては二回目の裁定が侍
女たちの拷問で行なわれること。テルサンドロスはソステネスについてどうなったのか知らないと文書で誓
うこと。そして私も、すでに有罪なので[2]、メリテについて殺人に加担したか拷問されること。

2 私は直ちに鎖に繋がれ、身体は衣服を脱がされ、縄で吊り下げられました。そしてある者は鞭を、ある者
は火を、ある者は車輪を持ってきました。クレイニアスが大声で嘆いて神々の名を呼ぶと、月桂冠をつけた
3 アルテミスの神官が近づいてくるのが見えました。これは女神への使節が到着した徴です。こうしたことが
起きたときには、使節が犠牲を完了しない間は、すべての処罰は停止せねばなりませんでした[3]。こうしてそ
のとき私も鎖から解かれました。

4 使節を率いているのはレウキッペの父親ソストラトスでした。というのはビュザンティオン人は、アルテ
ミスがトラキアとの戦争中に顕われたので、勝利したとき、女神に援軍への勝利の犠牲を送るべきだと考え
ました。ソストラトス個人にも夜、女神が枕辺に立ちました。夢はエペソスで娘と兄弟の息子を見出すだろ

うと告げました。
一三　同じ頃、レウキッペは小屋の戸が開いており、ソステネスがいないのに気づいて、戸の前に彼がい
ないか、見まわしました。どこにもいなかったので、いつもの勇気と希望が彼女に戻りました。というのは、
何度も思いがけず救われた記憶が、目の前の危険にも運命の女神をあてにする希望を彼女に与えましたから。
2 地所のそばにアルテミスの聖域がありました。彼女はそこに走り出し、神殿にすがりつきました。古来この
3 神殿には自由人の既婚女性が入ることは禁じられており、男性と処女だけが許されていました。もし誰か処
女でない女性が中に入ったら、主人を告発する女奴隷でないかぎり、その罰は死刑でした(4)。女奴隷には女神
に嘆願することが許されていて、役人たちが彼女と主人を裁定しました。もし主人が悪いことをしていない
のがわかれば、主人は逃亡を責めないと誓ったうえで、侍女を連れ帰りました。逆に侍女が正当な主張をし
4 ていると思われたら、彼女はそこに女神に仕える者として留まりました。ちょうどソストラトスが神官を連
れて、刑の執行を止めるため法廷に向かっていたとき、レウキッペが神殿にやって来ました。そのためわず
かの差で父親に会いそこねました。

(1) ここで王族出身者が殺人を裁くのは、アテナイでアルコン・バシレウス（直訳すれば、「王のアルコン」）が殺人事件の裁判を司ったことに比せられていると思われる。
(2) ふつう自由人は拷問にかけられない。
(3) デロス島への使節派遣のため、ソクラテスの死刑執行が延期されたことを思い起こさせる。プラトン『パイドン』五八A－Cを参照。
(4) アルテミドロス『夢判断の書』第四巻四参照。

一四　私が拷問から解放されたとき、法廷は解散され、私のまわりでは群衆が騒ぎ立てました。ある者は
憐れみ、ある者は神々の名を呼び、ある者は問い糾《ただ》しました。そのときソストラトスがそばに立って私を見
2 て、誰なのか認めました。というのも、この物語のはじめに言ったように、かつてテュロスにヘラクレスの
祭りのときに来て、私たちの逃亡のずっと前に長い間過ごしましたから(1)。それですぐに私の姿を認めると、
3 夢のおかげで私たちを見つけることを当然期待していました。彼は私に近づいて、
「クレイトポンがここにいる。レウキッペはどこだ」。
私は彼を認めると地面へうつむきました。居合わせた人々は彼に私が自らに対して告発したことを語りま
した。彼は大声で嘆いて、頭を打ち、私の両目に跳びかかってえぐり取らんばかりでした。私は防ごうとも
4 せず、顔を暴行に任せました。クレイニアスが進み出て、彼を宥めようとして遮り、言いました。
「なにをするのです、あなたは。どうしてあなた以上にレウキッペを愛している男に対して、無意味に猛
り狂うのですか。彼は彼女が死んだと思ったので、死を甘受したのです」。
5 彼はほかにもいろいろ言って、ソストラトスを宥めようとしました。しかしソストラトスは嘆いてアルテ
ミスに訴えました。
「このために私を、女神よ、ここに連れてきたのですか。あなたの夢の予言はこのようなものだったので
すか。私はあなたの夢を信じ、あなたのそばで娘を見つけられるだろうと期待していました。けっこうな贈
り物をくださったものだ。彼女の殺人者をあなたのそばで見つけたとは」。
6 クレイニアスはアルテミスの夢のことを聞くと、とても喜んで言いました。

「元気を出してください、お父さん。アルテミスは嘘をつきません。あなたのレウキッペは生きています。私の予言を信じてください。このクレイトポンも、すでに吊り下げられていたのを拷問から女神が救い出したのがわからないのですか」。

一五　このとき、神殿の侍者の一人が神官のところへ大急ぎで駆けてきて、みなが聞いているところで言いました。

「異国の女性がアルテミス様のもとに駆け込みました」。

これを聞くと私は胸を躍らせ、目を上げて、生気を取り戻しました。クレイニアスはソストラトスに言いました。

「父上、私の予言は本当でしょう」。

同時に使者に訊きました。

「美しくはないか？」

彼は言いました。

2

（1）テクスト中にあるとすれば、第二巻一四以下を指すと思われるが、ソストラトスはテュロスに使節を送るよう提唱したものの、使節の一人だったとは述べられていない。また、それがクレイトポンとレウキッペが駆け落ちする随分前で、長期滞在したという記述も矛盾している。

「アルテミス様をのぞいて(1)、ほかにあれほど美しい人を見たことがありません」。

この言葉に私は跳び上がって叫びました。

「君はレウキッペのことを話している！」

「その通りです」。

と使者は言いました。

「彼女はそう名乗り、祖国はビュザンティオン、父はソストラトスだと言っています」。
3 クレイニアスは手を叩いて凱歌を挙げ、ソストラスは喜びでくずおれました。私は鎖をつけたまま宙へ飛び出すと、神殿に弩から放たれたかのように飛んでいきました。見張っている者たちは逃げるのだと思って、
4 居合わせた人たちに捕まえろと叫びながら追いかけました。しかし、私の足はそのとき翼を持っていました。そのため、狂ったように私が走っているのを人々は辛うじて捕まえました。見張りが追いついて、私を殴ろうとしました。すでに勇気を取り戻していたので、私は防ぎました。彼らは私を牢獄へ引いていこうとしました。
一六　そのとき、クレイニアスとソストラトスがやって来ました。クレイニアスが叫びました。
「どこへその男を連れていくのだ。有罪とされた殺人を彼は犯していないんだぞ」。

今度はソストラトスが同じことを言う番で、自分が殺されたと思われた女の父親だと言いました。居合わせた人々はすべてを知って、アルテミスを讃え、私を取り囲み、牢獄へ連れていくのを許しませんでした。
2 見張りたちは死罪を宣告された者を釈放する権限を持っていないと言いましたが、とうとう神官がソストラ

トスに頼まれて、「彼を見張り、必要なときにはいつでも民衆に引き渡す」と保証しました。
こうして束縛から解放されると、神殿に全速力で急ぎました。ソストラトスもすぐあとにつづきましたが、
3
彼が私と同じくらい喜んでいたかどうかはわかりません。噂の翼が先を越せないほど、足の速い人はいませ
ん。このときも噂は私たちに先んじてレウキッペに達し、ソストラトスと私のことをすべて知らせました。
4
彼女は私たちを見て神殿から飛び出し、父親に抱きつきましたが、目は私をとらえていました。私はソスト
ラトスへの恥じらいから、自分を抑えて(ずっと彼女の顔を見つめてはいましたが)彼女に飛びつきません
でした。そういうわけで、私たちはお互い目で挨拶を交わしました。

(1)アルテミス神官の侍者がアルテミスの美しさを讃えるのは当然であるが、ここでは同時にホメロス『オデュッセイア』第六歌一〇二―一〇九、一五一で、ナウシカアの美しさがアルテミスに比されているのが念頭にあると思われる。

第八巻

一　ちょうど私たちが座って、これまでのことについて語り合おうとしたとき、テルサンドロスが大急ぎ
で証人たちを連れて神殿へとやって来て、大声で神官に言いました。

「私はこの者たちを証人として抗議するぞ。法に則って死刑を宣告された者を鎖と死から不当にお前が解放
2 したことを。しかもお前は私の女奴隷も連れている。放埒で男狂い(1)の女を。私のためにその女を保護するよ
うにしろ」。
私は「奴隷で放埒な女」という言葉に心を痛め、その言葉の傷に耐えられませんでした。彼がまだ話しつ
づけているとき、私は言いました。
「お前こそ三代つづいた奴隷で、女狂いで放埒だ。彼女は自由人で処女で女神にもふさわしいのに」。
3 それを聞いて彼は、

(1) ホメロス『イリアス』第三歌三九では、ヘクトルはパリスを「女狂い」と罵る。

「よくも罵ったな、有罪の囚人が」
と言って、私の顔を烈しく殴り、さらにもう一度殴りました。鼻から血の泉がほとばしりました。殴打には
4 彼の激情がこもっていましたから。確認もせず三たび殴ったので、うっかり私の口の歯のあたりに手をぶつ
けて指を痛め、彼は叫び声をあげてなんとか手を引きました。こうして歯が鼻が受けた狼藉に報復しました。
5 歯は打ちつけた指を傷つけ、手はしたことの報いを受けました。彼は殴って心ならずも叫び声をあげて手を
引き、こうして攻撃をやめました。私の方は彼がどのようにその災難を蒙ったかを見なかったふりをして、
乱暴されたことをおおげさに演じました。そして神殿を大声で満たしました。

二 「一体乱暴な男からどこへ免れるべきだろう。どこへ駆け込めばいいんだろう。アルテミスに次いで
どの神のもとへ。まさにその神殿で殴られたのだ。その不可侵の聖域で打たれたのだ。そんなことは目撃者
も誰もいない荒野でのみ起きることなのに。お前はまさに神々の目の前で僭主のように暴力をふるっている。
2 悪人にすら神殿の保護は避難所を与えるのに、私は罪も犯さず、アルテミスに保護を求めたのに、その祭壇
3 の傍らで、ああ、女神の見ているところで殴られるとは。アルテミスへの殴打だ。この酔った挙げ句の狼藉
は殴打に留まらず、戦争や戦闘でのように、顔に傷を受けるまでして床を人間の血で穢したのだ。誰が女神に
そのような酒を献げるだろう。こんなことは野蛮なタウロイ人が、スキュティア人のアルテミス(1)がすること
ではないか。彼らの神殿だけがこのように血塗られるのだ。お前はイオニアをスキュティアに変え、エペソ
4 スでタウロイ人のもとで流れる血が流れている。私に向かって剣も取れ。だが、どうして鉄の必要があろう
か。その手が剣の役目を果たしたのだ。その人殺しの血に汚れた右手が殺人から起きるようなことをしでか

したのだ」。

三　こう私が叫ぶと、神殿にいた群衆がどっと集まりました。彼らと神官自らも、そんなことを公然と、しかも神殿で行なって恥ずかしくはないのかとテルサンドロスを非難しました。私も勇気づけられて言いました。

「みなさん、私は自由人で、名もある街の者なのに、こんな目に遭いました。こいつに命を狙われました
2 が、アルテミスに助けられ、女神は彼が提訴常習者(2)だと明らかにしてくれました。さて、私は出ていって、外で顔を洗い清めなければなりません。私は中でそんなことはできませんし、神聖な水が暴力による血で穢されないように」。

3 それから人々はやっとテルサンドロスを引っ張っていって神殿から追い出しました。彼は立ち去りながら、このようなことを言いました。

「お前の件はもう裁かれたのだ。ほどなく刑を受けるだろう。この偽の処女の娼婦の方はシュリンクスが罰するだろう」。

---

(1) エウリピデス『タウリケのイピゲネイア』で知られるように、タウリケ（現在のクリミア半島南西部）のスキュティア人は、古代ギリシアではアルテミス女神への人身御供で有名であった。

(2) 古代ギリシアの法廷では公訴は第三者でも可能だったので、報奨金や礼金を目当てに常習的に訴追行為をおこなう者がいた。

四　ようやく彼が立ち去ったので、私も外に出て顔を清めました。夕食の時間だったので、神官が私たち
をとても親切に迎え入れてくれました。私は自分がソストラトスをどのように扱ったかわかっているので、
彼を直視できませんでした。ソストラトスの方も、自分から受けた私の目のあたりのひっかき傷を見て、私
を見るのを恥じていました。レウキッペもほとんどうつむいていました。饗宴はすっかり恥じらいの場とな
2 りました。酒がすすむと、ディオニュソスが（この神は自由の父ですからね）恥じらいを少しずつ和らげて
くれたので、まず神官がソストラトスに語りかけました。
「お客人、あなたがたの物語がどのようなものか、どうして話してくれないのですか。どうやら魅力的な
紆余曲折があるようですが。葡萄酒にはとりわけそのような話がふさわしいですからね」。
3 ソストラトスはきっかけを得て喜んで言いました。
「私に関する話は簡単ですよ。名はソストラトス、生まれはビュザンティオン、この若者の叔父で、この
4 娘の父親です。あとは、クレイトポン、恥ずかしがらずに話しなさい。たとえ私が悲しい思いをするとして
も、まったくお前のせいではなく、運命のせいなのだから。それに過ぎ去った苦労について述べるのは、も
う苦しんでいない人を悲しませるよりもむしろ和ませるのだから(1)」。
五　そこで私はテュロス以来の旅をすべて話しました。航海、難破、エジプト、牛飼い（ブーコロス）、レ
ウキッペの誘拐、祭壇での偽の内臓、メネラオスの工夫、将軍の横恋慕、カイレアスの薬、海賊の略奪、腿
2 の傷。そして私はその傷痕を見せました(2)。メリテに関することになると、私の行動を慎み深く変えて誇張し
ましたが、嘘はつきませんでした(3)。メリテの恋と私の慎しみ、どれほど彼女が何度も懇願し、失敗に終わり、

3 約束し、涙したか。私は船のこと、エペソスへの航海について述べ、二人がどのように一緒に寝たか、ここのアルテミス女神に誓って、私は女が女の横から起きあがったような[4]ものだと言いました。唯一、私の行動の中で、そのあとメリテへかけた情けにだけは触れませんでした。それから宴会[5]やいかに自分を偽って告発したかを語り、使節のことまで話を終え、

「私の話はこのようなものですが」

と私は言いました。

4 「レウキッペの話は私よりはるかにすごいのです。売られ、奴隷にされ、土地を耕し、頭から美しさは奪われました。刈り取られた髪を見てください」。

5 それから私はどんなことがあったのか、一つずつ詳しく述べました。そしてソステネスとテルサンドロス

（1）話すことが慰めや癒しになるという考えはよくみられる。ヘリオドロス『エティオピア物語』第一巻九‐一など。

（2）ホメロス『オデュッセイア』第十九歌三八六‐四七五で、乳母エウリュクレイアがオデュッセウスの足を洗うときに気づく腿の傷痕のパロディー。解説も参照のこと。

（3）ホメロス『オデュッセイア』第二十三歌三一〇以下でオデュッセウスがペネロペイアに自らの冒険を語るときも、カリュプソやキルケとの性的関係については省略しているようである。

（4）第五巻二二‐5、二五‐7のメリテの台詞を参照

（5）クレイトポンの語る順序から、写本伝承の「宴会（δεῖπνον）」よりも第六、七巻のクレイトポンの拘禁を示す「牢獄（δέσμιον）」が本来の読みではないかという説もあるが、必ずしも語られる順序にこだわる必要はなく、また作者の単なる不注意かもしれない。

の段になると、父親が聞いているので恋する者として彼女を喜ばせるために、彼女の話を自分のよりもいっ
そう誇張しました。身に起こったあらゆる無法と横暴を彼女がいかに耐えたかを、一つを除いて語りました。
それを守るために彼女はほかのすべてに耐えたわけですが。

「そして彼女は、父上、今日に到るまで、あなたがビュザンティオンから送り出された身体のままなので
6 す。これは逃亡を選んだものの、目的の行為を行なわなかった私への賞賛ではなく、盗賊たちの中でも処女
でいつづけ、最大の盗賊（テルサンドロスのことですが）、あの恥知らずな乱暴者にも打ち勝った彼女への
7 賞賛です。私たちは、父上、旅の間、思慮深さを保ちました。というのは、私たちを恋が追いかけ、愛する
男と愛される女の逃亡でしたが、旅しながら私たちはお互い兄妹になりましたから。もし男の操というもの
があるのなら、私も今日までレウキッペのためにそれを守っています。レウキッペはといえば、長い間アル
8 テミスの神殿を求めてきました。アプロディテ様、侮辱されたと思って私たちにお怒りにならないでくださ
い。私たちは結婚が父親不在になることを望みませんでした。今や父はそばにいます。あなたもいらしてく
ださい。私たちに恵み深くなってください」。

9 これを聞いて、神官は話の一つ一つに驚嘆してあっけにとられ、ソストラトスはレウキッペに関する段に
なると、涙を流しました。話し終えたとき、私は言いました。

「あなた方は私たちの話をお聞きになりました。神官様、私はあなたから一つだけ知りたいことがありま
す。テルサンドロスが立ち去りながら最後にレウキッペについて付け加えて、シュリンクスのことを言った
のは一体なんなのですか」。

神官が言いました。

「まったくあなたはいいことを訊かれました。シュリンクスのことを知っているわれわれが、居合わせる客人たちをこうして喜ばせるのはふさわしいことです。では私はあなたの話に物語でお返ししましょう」。

六　神殿の裏に森が見えるでしょう。そこに洞窟があり、既婚の女性には入ることが禁じられていますが、
2 穢れのない処女が入るのは許されています。洞窟の扉から少し奥にシュリンクス(1)がかかっています。さて、
もしこの楽器があなた方ビュザンティオン人のもとでも使われているなら、私の話すことを知っているでし
ょう。でも、もしあなた方のうち誰かこの音楽にさほど馴染みがないのなら、ではどのようなものか、パー
3 ンのシュリンクスにまつわる物語をすべてお話ししましょう。シュリンクスは多くの笛からなり、その笛の
一本一本は葦でできています。すべての葦はまるで一本の笛のように奏でられます。次々と繋がれて一列に
4 並んでいます。前も後ろもまったく同じです。葦は徐々に短くなり、あとにつづくものが大きく、二番目よ
りもそのあとの三番目が大きいだけ、二番目は一番目よりも大きくなります。このような比率で葦の残った
5 一群も各々その前の葦と同じ比率を保ちます。中央の葦は奇数のおかげで中間の長さです(2)。このような配列
の理由は音の調和の配分です。実際、一番上の葦が最も高い音であるように、下でも一番目が最も音が低く、
端の一番外側の笛にはどちらかの音が割り当てられます。両端の間の拍子の音程はといえば、間にある葦は

(1) 牧人の用いる葦笛。その形状や縁起譚は以下を参照。

(2) この節は伝承テクストが大きく崩れているため、訳は大意による。

6 すべて、各々が次につづく葦よりも音の高さを、最低音に繋ぎ合わされるまで下げていきます。「アテナの
笛（アウロス）が内部で鳴るように、パーンの笛は口の中で奏でられます。アウロスでは指が曲を操りますが、
シュリンクスでは演奏者の口が指をまねます。前者では奏者はほかの穴を閉じて、息吹が流れ出す一つだけ
を開き、後者ではほかの葦を放っておいて、唇を沈黙させたくない穴だけに置き、音の調和が美しいところ
7 にはどこでも、あちこち跳びはねます。このように彼の口は笛から笛へと巡って踊るのです。しかし、シュ
リンクスは始めから笛でも葦でもなく、欲望を引き起こすほど見目麗しい乙女でした[1]。それでパーンが彼女
を恋の競争で追いかけましたが、とある繁った森が逃げる彼女を受け入れました。パーンはすぐあとに跳び
8 込んで彼女の方に手を伸ばしました。彼は彼女を捕らえ、髪を摑んだと思いましたが、手は葦の房を握って
9 いました。彼女は地面に沈み込み、大地は彼女の代わりに葦を生んだのだと言われています。欲望の対象を
隠したのでパーンは怒って葦を刈り取りました。その後、見つけられなかったので、娘が葦に溶け込んだの
10 だと思い、愛する人は死んだと考えて刈ったことを嘆きました。それで切り取った葦を体の部分のように集
め、一体に組み合わせました。手で切った葦を持って乙女の傷口であるかのようにキスをしました。恋の吐
息をついて唇を触れてキスすると同時に上から笛へ息を吹き込みました。すると息吹は葦の狭い管を通って
11 流れ落ちて曲を作り、シュリンクスは声を持ちました。その葦笛（シュリンクス）をパーンはここに奉献し、
洞窟に仕舞い込んで、よく訪れてはいつもシュリンクスを吹いたと言われています。やがてこの場所をアル
12 テミスに贈り、女神とそこには［処女でない］女は誰も入れないと取り決めました。それで、誰かが処女では
ないと告発されたときには、人々は彼女を洞窟の扉まで送り届け、シュリンクスが事を裁きます。実際、娘

13 は一人で定められた衣裳を身につけて中に入り、他の者が洞窟の扉を閉じるのです。処女なら、その場所がシュリンクスに貯えられた音の息吹を持っているからか、あるいはおそらくパーン自身が奏するために、澄んだ神的な音色が聞こえます。やがて洞窟の扉が自然に開かれて、頭に松葉の冠を被った乙女が姿を現わします。

14 しかし、処女を騙っていたならば、シュリンクスは沈黙し、洞窟から音楽の代わりに哀泣が聞こえます。すると人々はすぐに立ち去り、女を洞窟に取り残します。三日目にそこの処女の巫女が入ると、地面に

15 シュリンクスを見つけ、女はどこにもいないのです。この試練に向けて準備をしなさい。あなた方が事情を心得て幸運を掴むように。レウキッペが、私が望むように、処女ならば、シュリンクスの祝福を受けて安らかに帰れるでしょう。そうでなければ、それほど多くの陰謀にいやいやながらも巻き込まれた女性にありそうなことは、あなた方自身がご存じだとは思いますが……」。

七　するとレウキッペは（私にはそう思われたのですが）、神官が次の言葉を言う前に言いました。

「もう言わないでください。私はシュリンクスの洞窟へ、たとえ召喚がなくても閉じ込められる準備はできていますから」。

「よく言われました」。

と神官が言いました。

「私はあなたの貞節と巡り合わせを喜びますよ」。

（1）ロンゴス『ダプニスとクロエ』第二巻三四－三参照。

2 さて宵になったので、私たちは各々神官が用意してくれたところに寝に行きました。クレイニアスは、私
3 たちが主人に重荷と思われないように、一緒に食事をせず、前日いたところにその日も留まりました。しか
しソストラトスがシュリンクスの話に、ひそかに心乱れているのに私は気づきました。自分への恥じらいゆ
4 えに純潔について私たちが嘘をついたのではないかと。私はレウキッペにそっとうなずいて、父親の恐れを
取り除くよう合図しました。彼女が一番どうすれば説得できるか知っていそうでしたから。彼女は私と同じ
ことを疑っていたようで、すぐに理解しました。私から合図がある前にも、どうすれば一番うまく信じても
5 らえるよう振る舞えるか考えていたのです。寝に行くとき、彼女は父親を抱き締めて静かに言いました。
「私のことは心配しないで、お父様。そして言ったことを信じてください。アルテミスにかけて、私たち
の誰も嘘をついていませんから」。
6 翌日、使節の務めにソストラトスと神官は携わり、犠牲式が行なわれました。評議会員たちも犠牲に参加
するため居合わせました。女神に多くの祈りが捧げられました。するとテルサンドロスが（彼もたまたま居
合わせたので）議長に近づいて言いました。
「われわれの訴訟が明日行なわれるよう公示してください。あなたに昨日有罪を宣告された者をすでにあ
る者たちが解放し、ソステネスもどこにもいませんから」。
それで訴訟は翌日だと公示されました。私たちもしっかり準備に取りかかりました。

八　定められた日が来ると、テルサンドロスはこう言いました。

「私はどの言葉から、あるいはどこからはじめるべきか、誰を最初に、次に誰を告訴すべきかわからない。

というのは、たくさんの悪事が大勢によってしでかされ、誰も極悪さでは劣らないから。また、すべての悪
2 事は互いに別々なので、告発する際に触れ忘れるものもあるだろう。感情が勝っているので、私の弁論が不
完全になるのではないかと恐れる。ほかの悪事を思い出して、言葉が次から次へと引っ張られるのだ。まだ
3 語られていないことへ言葉が急ぐと、すでに話したことはすべて効果がなくなる。姦通者がほかの者の奴隷
を殺したとき、殺人者がほかの者の妻と不義を働いたとき、ぽん引きがわれわれの使節団を中断させたとき、
淫売が神殿の中で一番神聖なものを穢し、奴隷と主人に公判の日を定めたとき、まだなにを人はできるだろ
4 うか。無法と姦通、冒瀆、殺人が混ぜ合わせられたときに。あなた方はなんらかの咎で（それがなにかは重
要ではない）男に死刑を宣告した。そして鎖をつけた彼を牢獄へ処刑日まで見張られるよう移送した。とこ
ろが、この男は鎖の代わりに白い衣服を身にまとって、あなた方のそばにいる。自由人の階層に囚人が立っ
ているのだ。おそらく厚かましくも発言して、私とあなた方の判決に対して弁論家のように演説するだろう。
5 さあ、議長と監察の裁決を読み上げよ。［裁決が読み上げられる。］この男に対して私のために判決がどのよう
に下されたか聞いたか。クレイトポンは死刑に処すべしと決議された。では、処刑吏はどこか？　この男を
6 捕らえて連行させよ。さあ、毒人参[1]を与えよ。法では彼はすでに死んでいる。有罪人の期日は過ぎた。あな
たはなにを言うのか、尊敬すべき、慎み深い神官よ。どんな神聖な法に書かれているのか。評議会と評議会

（1）アテナイで死刑執行に使われた毒。ソクラテスの例が有名。

員たちによって断罪された者たちを、死と鎖に委ねられた者たちを有罪から救い出し、鎖から解放し、自ら
7 を議長や法廷よりも権威づけるとは！　席から立ちなさい、議長、彼のために地位と法廷から退きなさい。
もはやあなたの権威はどこにもない。悪人たちを断罪することもできず、今日決議したことは無効にされる。
8 神官よ、どうして大衆の一人のように私たちと共に立っているのか。登壇して議長の座につけ。そして今後
はあなたがわれわれのために裁け、いやむしろ僭主のように命令せよ。いかなる法も法廷での裁決も読ませ
るな。まったく自分を人間とみなすな。アルテミスと共に崇められよ。女神の権威をお前は奪ったのだから。
9 女神だけに自分のもとに逃げ込んだ者たちを救うことが許されている。それでさえ法廷の裁決前のことだ。
女神は囚人を解放しないし、死に委ねられた者を罰から自由にもしない。その祭壇は不幸な者たちのもので
10 あって、不正を犯した者たちのものではない。ところがお前は囚われ人を自由にし、有罪者を解放する。こ
うしてアルテミスをも凌駕したのだ。牢獄の代わりに神殿にいたのは誰か。人殺しの姦通者が清らかな女神
11 のもとにいるとは。ああ、処女神のもとに姦通者。彼と共に主人から逃げた放埓な女がいた。私たちはお前
が彼女をも受け入れ、お前のもとで彼らが歓待と饗宴を共有したのを知っている。おそらく一緒に寝たのだ
ろう、神官よ。お前は神殿を売春宿に変えた。アルテミスの住まいが姦通者と売春婦の寝室になったのだ。
12 こんなことは女郎屋でも滅多に起こらない。私の最初の弁論は二人の男に対してだ。私は一方には思い上が
りへの罰を、もう一方には有罪判決に委ねられるよう命ずることを要求する。次にメリテへの姦通の訴訟だ
13 が、彼女に対しては弁論する必要はない。侍女たちへの拷問で調査されることが決まっているから。したが
って彼女たちを私は要求する。その侍女たちが拷問されても、この罪人が長い間メリテと付き合い、私の家

で姦通者だけでなく、夫の座をも占めていたことを知らないと述べたなら、すべての罪から彼女を解き放と
う。しかし、逆だったなら、法に従って私に婚資を返し、彼は姦通者が負うべき罰を受けるべきだと主張す
る。それは死だ。その結果、姦通者だろうが人殺しだろうが、いずれかでこの男は死んでも、両方の罪があ
るのだから、罰せられても罰せられないのだろう。死んでもまだもう一つの死を負っているのだから。私の
14 三つ目の告発は私の女奴隷と父親を演じているこのご立派なお方に対してだが、私はこれを、この者たちを
断罪したあとに取っておこう」。

こう言ってテルサンドロスは弁論を終えました。

九 神官が進み出て（有能な語り手で、とりわけアリストパネスの喜劇の向こうを張っていました）、話
し始めました。テルサンドロスの売春を咎めて言いました(1)。

「女神の前で、このように無秩序にも、きちんと生きて来た人たちを侮辱するのは、不浄な口の仕業だ。
2 これはここだけのことではなく、彼は到るところで侮辱に満ちた舌を持っている。若いときにはたくさんの
立派な人たちと交わり、このことに若さのすべてを費やした。彼は控えめに見え、自制心のあるふりをした。
3 教育を熱望するふりをして、彼のために教育に取り組む人たちに、いつもあらゆる意味で従い、屈した。と
いうのは、父親の家を離れると、自らのために小さな狭い小屋を借りて、そこに家を持ち、たいていホメロ

（1）前四世紀のアテナイの法廷では、係争案件だけでなく、相手の人生全体を攻撃するのは常套手段であった。この演説では、表面上はふつうのことを言いながら、多くの性的な含意がある。

[1]スにのめり込み、彼が望むことに役立つ者たちをすべて迎えては親しく交わった。彼はこうして心を修練し
4 ていると考えていたが、実際には悪行を隠す偽善だった。それから体育場でも、彼がどのように体に油を塗
ったか、どのように棒に跨がったか、格闘する若者たちも、とりわけ男らしい者たちと取っ組み合うのをわ
れわれは見た。このように彼は自らの体を使ったのだ[2]。
5 これが彼の若さの盛りだった。成人に達すると、それまで隠されていたものがすべて明らかになった。盛
りを過ぎた彼は体のほかの部分を顧みず、舌だけを傲慢に研ぎ、口を恥知らずな所行に用いた。みなを侮辱
し、顔に厚顔をさらした。彼はあなた方によって神官職の栄に浴している者を、その面前でこのように粗野
6 にも冒瀆して恥じないのだ。もし私があなた方のもとではなく、どこかほかの場所で暮らしていたなら、自
らと生き様について弁論が必要だったろうが、あなた方は私がこの男の中傷からはかけ離れた生活を送って
7 いるのを知っているから、私が告発されていることについて話そう。『お前は死を宣告された者を解放し
た』と彼は言う。このことでまったくひどく不平を言い、私を僭主呼ばわりし、大げさに非難できるかぎり
のことを言った。だが、僭主は誤って告訴された人を救う者ではなく、評議会や民衆の決定なく無実の人を
8 閉じ込める者だ。言いなさい、どんな法にしたがって、この異国の若者をまず牢獄に閉じ込めたのか。どの
議長が決めたのか。どの法廷がこの男を束縛するよう命じたのか。お前が言ったような罪がすべてであるとし
ても、まずは裁きを受けさせよ。詮議させよ。発言させよ。お前とすべての人の上にある法に彼を束縛させ
9 よ。誰も判決なくして誰かに力を及ぼすことはない。ならば閉廷せよ。評議会を取り払え。将軍を放逐せよ。
なぜなら、お前が議長に言ったことは、すべて本当はお前に対して言う方が正しいように思われるから。議

10 長よ、テルサンドロスのために席を立て。あなたは名のみの議長でしかない。この男はあなたがすることを
していている。いやむしろあなたもしないことを。あなたには監察がいて、彼らなくしてはなにもできない。ま
たこの座につくより前に権力を行使しはしないだろう。あなたの家で人を鎖に繋ぐよう宣告したこともない
11 だろう。ところがこの素晴らしい男は自ら民衆、評議会、議長、将軍すべてなのだ。家で罰し、裁き、束縛
するよう命じる。裁判の時間は夕方なのだ。まったくご立派な夜の裁判官だ(3)。彼はいま繰り返し叫んでいる。
12 『死刑に委ねられた有罪者をお前は解放した』と。どんな死刑だ。どんな判決だ。死刑の理由を話せ。『彼に
は人殺しの罪がある』とテルサンドロスは言う。なら、クレイトポンは人を殺したのだな。殺されたのは誰
か言え。彼が殺したと、お前が殺されたと言った女は生きてここにいる。お前はなお彼に人殺しの罪を帰す
ことはできないだろう。これは娘の亡霊ではないのだから。アイドネウスは殺された女をお前に対して送り
13 出したのではない。お前こそ二つの死の責任がある。彼女を言葉のうえで殺し、彼を実際に殺そうとしたの
14 だから。いや、むしろ彼女をも殺そうとしたのだ。私は地所でのお前の行為を聞いているぞ。そして発覚し
ないよう、ソステネスをお前は攫ったのだ。この二人の異国人を告発し、誹謗していると宣告されて恥ずか
しくはないのか。私についてはこの者の冒瀆に対しては十分に答えられた。異国の方々のために、彼ら自身

(1) 詩人のホメーロスと普通名詞のホ・メーロス(太腿)をかけて、同性愛を暗示している。
(2) この節は表面上は学問や体育訓練のことを書きながら、性的なほのめかしを含んだ両義語句にあふれている。
(3) 法廷は夜には開かれなかった。テルサンドロスの夜の放蕩のこともあてこすっている。

に弁論を譲ろう」。

一〇　私とメリテのために少なからぬ名声をもった評議会員の弁論家が話そうとしたとき、別の弁論家で、名をソパトロスというテルサンドロスの弁護人が先を越して言いました。

「ニコストラトスよ（それが私の弁論家の名前でした）、今からこの姦通者たちに対して私が告発する番だ。それからあなたの番だ。なぜならテルサンドロスが言ったことは神官にのみ向けられ、囚人に対する件につ
2 いては表面をなぞる程度にわずかしか触れていないのだから。さて、私が彼は二つの死の責任があることを
明らかにしたとき、そのとき罪状に反論する機会があなたにはあるだろう」。

こう言うと物々しい様子で、顔をこすって言いました[1]。

「われわれは神官の茶番劇を聞いた。テルサンドロスに対するすべての当てこすりは破廉恥かつ恥知らず
3 にも行われた。彼の弁論の序幕は、テルサンドロスへの非難だが、それはまさに自らがテルサンドロスに非
難されたことだ。だが、テルサンドロスがこの男に言ったいかなることも嘘ではない。実際、彼は囚人を解
放し、娼婦を迎え入れ、姦通者と結託したのだから。テルサンドロスの半生をけなして、彼自身がむしろ恥
4 知らずにもした告訴は、いかなる誹謗も控えなかった。しかし、神官にはなにより侮辱に関わらない舌を持
つことこそふさわしい（私は彼に彼自身の言葉を使おう）。喜劇のあと、われわれが姦通者を捕らえて束縛
したことにひどく不平を言って、今やはっきりと謎めかすこともなく悲劇風に語ったことは、これほどの熱
5 心さへ神官を買収するにはどれほどの力がいるのかと私は驚く。真相を推量することはできる。彼はこの放
縦な姦通者と娼婦の顔を見た。女は若さの盛りで、この若者も適齢で見苦しくなく、まだ神官の快楽に役立

った。このどちらをお前は買ったのか。あなたたちはみな一緒に寝、一緒に酔い、夜の目撃者は誰もいないのだ。私はあなた方がアルテミスの神殿をアプロディテの神殿に変えたのではないかと恐れる。われわれは神官職についてあなたがこの栄誉を持つべきかどうか判断せねばならない。他方、テルサンドロスの半生はみなが知っている。若い頃から節度があって折目正しく、成人したときには法に従って結婚した。妻の選択を誤ったが（彼が望んだような女ではなかったのだから）、彼女の生まれと財産を信用したのだ。実際、彼女がほかの男たちともかつて間違いを犯し、立派な夫の目を逃れていたことはありそうなことだ。だが、とうとう恥じらいの仮面を脱ぎ捨て、すっかり恥知らずになった。というのは、夫が長旅に出かけたとき、これを密通の好機だと考え、若い男娼を見つけた（彼女が女のために男をまね、男のために女になるような愛人を見つけたのは、いっそう不幸だったが）。それで恐れ知らずにも異国で彼と公然と交わることに満足せず、長い船旅の間一緒に寝、船でもみなが見ている前で勝手な振る舞いをして、ここに連れて来た。ああ、陸と海で共有された密通！　エジプトからイオニアまで広がった密通！　人が不義を働くのは一日だけだ。二度目の不正が起こったなら、事を隠して皆を欺く。ところがこの女は喇叭ばかりか、布告によって不義密通を働いたのだ。エペソス中が姦通者を知っている。彼女は恥じることなく、この荷を異国から運んだ。美しい積荷を買い、姦通者を輸入して帰国したかのように。『でも、夫は死んだと思ったのだ』と彼女は言う。たしかに、もし彼が死んでいれば、罪から解放されるだろう。なぜなら、姦通の被害を受けた男がおらず、

（1）アイスキネスによるライバル、デモステネスの描写の模倣（アイスキネス『弁論集』第二弁論四九）。

夫のいない結婚は侮辱されないのだから。(1) しかし、夫が生きていて結婚が無効にならず、妻を別の男が誘惑したならば、結婚は掠奪されたことになる。つまり、結婚が無効ならクレイトポンは姦通者ではないが、有効なら姦通者である」。

二一　まだソパトロスが話しているとき、その言葉を遮ってテルサンドロスが言いました。

「もう話す必要はない。私は二つの公式提案をする。ここにいるメリテと、神聖な使節の娘のふりをしているが（さきほど言ったような拷問にはもうかけないが(2)）本当は私の女奴隷に」。

そして読み上げました。

2 「テルサンドロスはメリテとレウキッペ（その娼婦はそう呼ばれていると聞くが）に公式提案をする。メリテは、私が故郷を離れている間に、このよそ者とアプロディテの快楽を分かち合っていないかどうか、神聖なるステュクスの水に浸かって誓言をたてて、告発から放免されるべし。もう一人は、もし［処女ではない］女ならば、主人に隷属すべし（なぜなら女奴隷だけがアルテミスの神殿に入ることが許されるのだから）。だが、処女だと言うのなら、シュリンクスの洞窟に閉じ込められるべし」。

3 私たちはすぐにこの提案を受けました。そうくることがわかっていましたから。メリテもテルサンドロスが故郷を離れている間、私と言葉以外なにも分かち合っていないことに勇気を得て言いました。

「私もその提案を受けましょう。私自身はさらに付け加えましょう。一番重要なのは、あなたが言う期間に(3)、市民でもよそ者でも私と関係を持とうと近づくのをまったく許さなかったということです。あなたこそどんな罰を受けるつもりですか。もし提訴常習者だと宣告されたなら」。

4 彼は言いました。
「裁判官たちが課すと決めたどんな罰でも」。

そこで法廷は解散され、翌日に私たちへの公式提案に関することが行われることになりました。
二　ところで、ステュクスの水の話はこのようなものでした。美しい乙女がいました。ロドピスという
名で、狩猟を好みました。速い足、狙いを過たない手、帯とヘアバンド、膝まで引きあげられた下衣、男並
みに刈られた髪。彼女をアルテミスが見て賞賛し、呼び寄せて狩猟仲間にしました。そしてたいてい一緒に
2 狩りをしました。さらにロドピスは、いつも女神のそばにいて、男との交わりを避け、アプロディテの暴力
に屈しないと誓いました。ロドピスはこう誓いましたが、アプロディテが聞いて怒り、娘の軽視への報復を
しようと思いました。
3 エペソス人の若者がいました。青年たちの中で、乙女たちの中のロドピスのように、美男でした。エウテ
ユニコスと彼を人は呼びました。彼自身もロドピスのように狩りをし、アプロディテを知ることを同様に望
4 みませんでした。そこで両者に女神は立ち向かって、彼らの狩りを一箇所に集めました。それまで二人は離

(1) カリトン『カイレアスとカリロエ』第六巻四-七参照。
(2) 現存するテクストにこの拷問についての記述はない。奴隷だけが拷問にかけられるので、テルサンドロスは結果としてレウキッペを自分の女奴隷としてではなく、自由人として扱うよう譲歩したことになる。
(3) メリテはテルサンドロスの帰国後に一度だけクレイトポンと交わったため、「テルサンドロスが故郷を離れている間」というこの条件が彼女にとって実は最も重要な点になる。

れていましたから。アルテミスはそのときそばにいませんでした。そこで射手の息子[1]をアプロディテはそばに連れてきて言いました。

「息子よ、愛の恵みをはねつけるこの一組の男女が見えるでしょう。私たちやその秘儀の敵が。娘はさら
5 に不遜にも私に反する誓いまで立てたのだよ。彼らが牝鹿に駆け寄っているのが見えるだろう。あなたもまず大胆な娘から狩りをはじめなさい。絶対あなたの矢の方が狙いを過たないから」。

両者は弓を引き絞りました。娘は牝鹿に、エロースは乙女に。どちらも射当て、女狩人は狩っている間に
6 狩られました。牝鹿の方は背に、乙女の方は胸に矢を受けました。その矢は、エウテュニコスを愛するもの
7 でした。次に彼にも矢を放ちました。エウテュニコスとロドピスは互いを見ました。両者はまず目を釘付けにし、どちらもよそに逸らそうとはしませんでした。やがて両者の傷は燃え上がり、彼らをエロースがいま
8 泉がある洞窟へと駆り立て、そこで誓いを破らせました。アルテミスはアプロディテが笑っているのを見て、起こったことを知り、処女を失った場所で娘を水に変えました。

こういうわけで、誰か女性がアプロディテに関する罪[2]を帰せられたときには、この泉に入って浸かります。
9 泉は浅く、脛のなかほどまでです。裁定は次のようです。誓いを書板に書きこんで、紐で結んで頸に掛けます。もし誓いを偽っていなければ、泉はそのままの位置を保っています。しかし偽っていたら、水は怒って頸まで上昇して書板を覆います。こんなことを話していると、宵も深くなったので、私たちは各々別に寝に行きました。

一三　翌日、民衆はみな居合わせました。テルサンドロスが嬉しそうな顔で先導し、私たちの方を笑いな
がら見やっていました。レウキッペは神聖な衣裳を身につけていました。足までとどく衣、衣は亜麻、衣の
[2] 中央に帯、頭には紫に染めたリボン、裸足。彼女は落ち着いて入りましたが、私はそれを震えながら立って
見つつ、ひとりごとを言いました。
[3] 「レウキッペ、君が処女であることは信じているけど、ああ愛しい人、パーンを恐れているんだ。乙女が
好きな神様だから、僕は君が第二のシュリンクスにならないかと不安なんだ。彼女は平原を追いかける彼を
逃れて、広々としたところで追われた。でも君は、街の包囲のように僕たちが扉の中へ閉じ込めたから、追
[4] いかけられても、逃げられないだろう。ああ、パーン様、寛大な心をもって、この場所の掟に背かないでく
ださい。私たちは守ったのだから。ふたたび私たちにレウキッペを処女のまま帰したまえ。これをあなたは
アルテミスと約束したのだから。処女神を欺かないように」。
一四　こんなことを一人で言っていると、美しい音色が聞こえました。いまだかつてこれほど甘美な音が
[2] 聞こえたことはないということでした。すぐに私たちは扉が開くのを見ました。レウキッペが出てきて、民
衆はみな喜んで叫び声をあげ、テルサンドロスを非難しました。私がどんな気持ちだったか、言葉では言い
表わせません。この素晴らしい勝利をひとつおさめて、私たちは立ち去りました。そして第二の裁定、ステ

（1）エロースのこと。
（2）姦通罪のこと。

3 ユクスの水へとやって来ました。民衆もさきほどのようにその光景を見に移動しました。すべてがそこでも
執り行われました。メリテは文字板をかけました。泉は透き通っていて浅く、彼女はそこへ入ってゆくと、
4 晴れやかな顔で立っていました。水はそのままの位置に留まり、いつもの水位からほんのわずかも上がりま
せんでした。泉で過ごすよう定められた時間が経過したとき、議長は彼女の手を取って水から出してやりま
した。二つの争いにテルサンドロスは敗れました。彼は三度負けそうになったので、群衆が自分を石打ちに
5 するのではないかと恐れ、抜け出して家へ逃げ帰りました。というのはソステネスを四人の若者が引いて、
連れてきたからです。二人はメリテの親族で、二人は召使いでした。ソステネスを探しに彼らをメリテが送
ったのでした。テルサンドロスは遠くから気づいて、拷問にかけられれば、ソステネスが事の次第を明らか
6 にするのを悟って、いちはやく逃げ出し、夜がくると街からこっそり退去しました。テルサンドロスが逃げ
たので、ソステネスを牢に放り込むよう役人たちは命じました。それで私たちはとうとう勝利をおさめ、
みなから歓呼されて立ち去りました。

一五　翌日、ソステネスを委ねられた者たちが役人たちのところに彼を連れてきました。彼は自分が拷問
に連れてこられたのを見て、すべてをはっきりと語りました。テルサンドロスが大胆にも行なった行為や自
らが協力したことを。レウキッペの戸の前で互いに彼女についてひそかに話し合ったことも省きませんでし
2 た[1]。そして彼はまた牢に放り込まれ、量刑を待つことになり、テルサンドロスは不在のまま、追放が宣告さ
れました。
3 私たちを神官はいつものように迎え入れました。食事の間、私たちは前日話したこと、とりわけ私た

ちが蒙ったことでまだ話していないことを語りました。レウキッペは、処女であることがはっきりとわかっ
4 たので、もはや父親の前でそれほど恥ずかしがらず、身に振りかかったことを喜んで語りました。パロス島
と海賊に関することになったので、私は彼女に言いました。
「パロス島の海賊の話と切り落とされた首の謎を話してくれないか。君のお父さんも聞けるようにね。す
べての筋のなかでそこだけ聞いてないんだ」。
一六　彼女は言いました。
「不幸な女性を、金のためにアプロディテの快楽を売る人を、船で船主と寝れば妻になれると海賊たちは
2 欺して船に乗せ、真相を知らないまま、彼女は海賊の一人と静かに飲んでいました。口では恋人だとその海
賊は言っていました。彼らが私を攫って、あなたが見たように、船に乗せ、櫂で船を飛ばして逃げたとき、
追ってくる船を見ると、哀れな女性の装身具と衣類を剝ぎ取って私に着せ、私の衣服を彼女に着せました。
そして追ってくるあなた方に見えるように、彼女を船尾に立たせ、その首を切り落としました。身体は、ご
3 らんになったように、海に投げ棄てましたが、首は、落ちたときには、そのまま船に取っておきました。少
しあとで、もはや追ってくる者がいなくなったので、これも片付けて同様に投げ棄てました。このために女

(1) この文を挿入することで、語り手クレイトポンがどうして第六巻一七で語ったテルサンドロスとソステネスの会話内容を知ることができたかという説明になっている。

をあらかじめ用意したのか、それともあとで私も売ったように、奴隷として売るつもりだったのかはわかり
ません。とにかく追われたとき、追っている者たちを欺くために私の代わりに殺しました。彼女より私を売
4 ったほうがずっと儲かると思ったのです。このためにカイレアスがふさわしい罰を受けるのを私は見ました。
5 というのも私の代わりにあの女性を殺して投げ棄てようと助言したのは彼でしたから。ほかの海賊団は私を
彼だけには渡さないと言いました。なぜなら彼はすでにほかの人をまず取って、それを売れば彼らに利益を
得る機会を与えたはずでしたから。死んだ女の代わりに私が売られて、彼一人よりむしろ全員に共通の利益
6 になるべきだというのです。彼は反対しました。自らの正当性を主張し、彼らのために売る目的ではなく、
自分の愛人にする目的で攫ったという取り決めを示し、いっそう図々しいことを言ったので、海賊の一人が
7 (よくやりました!)背後に立って彼の首を切り落としました。こうして彼は掠奪への非の打ちどころのな
い罰を受けて、自分も海に投げ棄てられました。海賊たちは二日間航海して、私をどこか知らないところに
連れてきて、馴染みの商人に売り、その者がソステネスに売りました」。

一七　それからソストラトスが言いました。

「さあ、子供たち、お前たちは自分の物語を話したのだから、私からも、クレイトポン、君の妹カリゴネ
に関して故郷で起こったことを聞きなさい。私がまったく物語に貢献できないことがないように」。
2 私は妹の名を聞いて注意を向け、言いました。
「さあ、父上、話してください。ただどうか生きている人について話されますように」。

そこで彼は私がすでに話したことをすべて、つまりカリステネス、神託、使節、舟、誘拐のことを話し出

3 しました。それからつけ加えました。

「彼は航海中に私の娘ではないことと自分の計画が完全に失敗したことを知ったが、それでもカリゴネに激しく恋したのだ。彼女の膝に身を投げてこう言った。

『御主人様、私を海賊や悪人と思わないでください。私は生まれが良く、ビュザンティオンの出で、誰にも劣らぬ家柄です。エロースが私に海賊の役をさせ、あなたに対するこのような策略を編ませました。私を今日からあなたの奴隷と考えてください。私はあなたに婚資としてまず私自身を、それからあなたの父上があなたに与える以上の額を差し上げましょう。また、あなたがよいと思われるまであなたを処女のまま守ります』。

4 こう言って、さらにこれ以上の魅力的な言葉を並べて、娘を彼の側につけた。そのうえ彼は見るに美しく、雄弁で、とても説得力があった。さてビュザンティオンに到着したとき、莫大な婚資を取り決め、そのほか衣裳や黄金、裕福な女性が身につけるあらゆるものを贅沢に準備して、優しく鄭重に扱い、約束したように
5 彼女を汚れのないまま守った。その結果、今や彼は娘自身の心をも奪ったのだ。ほかにもあらゆる点で非常に慎み深く、適切に、節度をもって振る舞った。突然この若者には驚くべき変化が起こったのだ。実際、年長者には席を立って譲るし、出会った人には先に挨拶しようと配慮していた。それまでの見境のない浪費は以前の放埓さから思慮深さに変わって、貧困のために受け取る必要がある人々に対しては寛大さを保持していた。こうして誰もが突然のこのような悪さからまったくの善良への変化に驚嘆した。

6 しかし誰よりも私の心を捉えた。私は彼をとても好きになって、以前の放埓な性格は自制心のなさではな

7 く、驚嘆すべき豪放さだと思うようになった。私はテミストクレス(1)の例を思い出した。若さのはじめの頃に
はひどく放埒に思われたが、のちには知恵と勇敢さにおいてすべてのアテナイ人を凌いだことを。そして私
8 のもとに娘との結婚について話し合いにきたとき、『くたばれ』と言ったことを後悔しはじめた。実際、彼
は私によく気を配り、『父上』と呼んで、公共広場で伴をしてくれた。戦さのための訓練もおろそかにせず、
9 とりわけ馬術では力強さで抜きんでていた。実際、放蕩していた間もその訓練を楽しみ、取り組んでいたの
だ。勝手気ままな遊びではあったが。それでも彼の雄々しさと経験は知らぬ間に養われた。彼の最終的な目
10 的は戦争において剛毅さと多方面で秀でることだった。また街に十分な財産を寄付した。そこで人々は彼を
私とともに将軍に指名した。そのためいっそう私に傾倒し、あらゆることで私に自らつきしたがったのだ。

一八　神々の顕現のおかげで戦争に勝ったので、私たちはビュザンティオンに引き返すと、ヘラクレスと
アルテミスを誉め讃え、私はここのアルテミスに、彼はテュロスのヘラクレスに［犠牲を捧げるために］選ば
2 れた。カリクレスは私の手を取って、まずカリゴネに関して自分がしでかしたことを語った。彼は言った。
『私がしたことは、父上、若気の至りで力づくで行ないましたが、その後のことは慎重な選択で行ないま
した。純潔のまま、あの娘《こ》を私はこの日まで守りました。誰も快楽を先延ばしにしない(2)戦争の真っ最中にも
3 かかわらず。だから今こそ彼女をテュロスの父親のもとへ送り届け、法に則って父親から結婚の許しを得よ
うと思います。もし彼が私に娘をくれようというなら、めでたく受けましょう。でも、気難しく腹を立てる
4 なら、処女のまま彼女を受け取ることになるでしょう。しかし、私は卑しからざる婚資を贈りましたから、
喜んで結婚の許しを得られるでしょう』。

戦争の前に私が書いた紹介状を君に読んであげよう。私は娘をカリステネスと結婚させるよう頼み、彼の
5 生まれと地位、戦争での勲を述べたのだ。これが私たちの決めたことだ。私の方は上訴審に勝ったら、まずビュザンティオンへ渡り、そのあとでテュロスへ向かうつもりだ」。

こんなことを話してから、私たちはいつもと同じように眠りにつきました。

一九　翌日クレイニアスがやって来て、テルサンドロスが夜の間に逃げ去ったと言いました。彼は争うつ
2 もりで上訴したのではなく、これを口実にして自分が犯したことの露見を引き延ばしたかったのです。そこで私たちは、定められた期間である三日の間待って、議長のもとへ赴き、もはや私たちに対してテルサンドロスのいかなる訴えもないことを示す法を読み上げました。私たちは船に乗り込み、順風にのってビュザンティオンに入港しました。そこで長く待ち望んだ婚礼を挙げたのち、テュロスへと発ちました。カリステネ
3 スの二日後に私たちは到着し、父が翌日の妹の結婚式のため犠牲を捧げようとしているのを見出しました。そこで私たちも加わって、父と共に犠牲を捧げ、神に私と彼の結婚が幸運とともに守られるよう祈りました。そしてテュロスで冬を過ごしたのち、ビュザンティオンに向かうことに決めました(3)。

(1) 前五世紀のアテナイの政治家。プルタルコス『テミストクレス伝』を参照。

(2) 第四巻七-3のカルミデスの言葉「戦時に誰が欲望を先延ばしにするだろう」を参照。

(3) 物語が小説冒頭の一人称の語り手とクレイトポンの対話場面に戻らないことについて、かつては構成が崩れているという批判もあったが、現在ではむしろ意図的なものと考えられている。同様の例はプラトン『饗宴』や『プロタゴラス』にすでにみられる。詳しくは解説を参照。

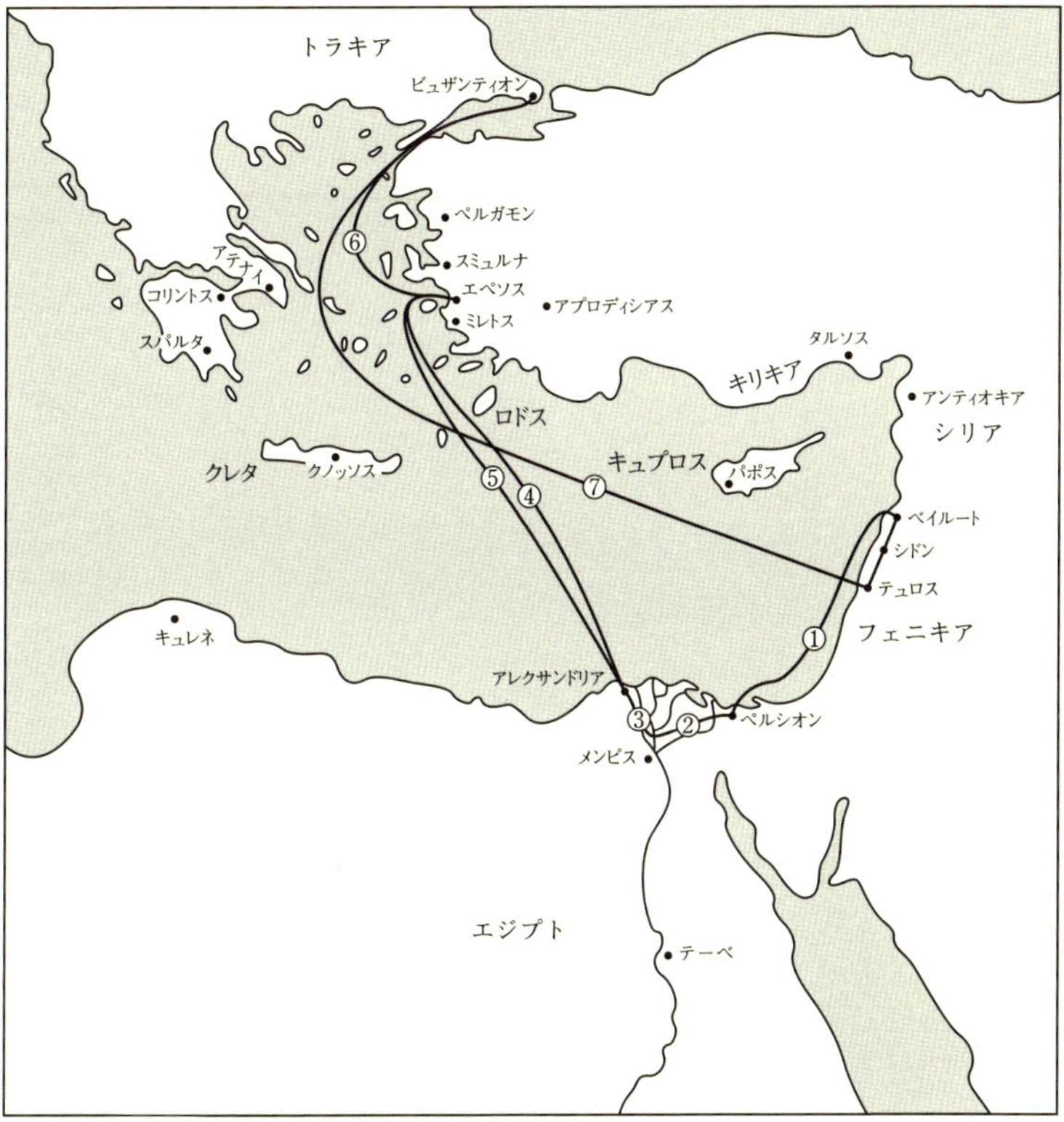

『レウキッペとクレイトポン』関連地図

レウキッペとクレイトポンの道程

① 二人はテュロスから，シドン，ベイルートを経て船でアレクサンドリアへ，途中難破しペルシオンに漂着

② 二人は盗賊から逃れてナイル河デルタ地帯へ逃亡

③ 二人はアレクサンドリアへ

④ レウキッペがエペソスへ

⑤ クレイトポンがエペソスへ

⑥ 二人はビュザンティオンへ

⑦ 二人はテュロスへ

解説

一　研究史

古代ギリシア恋愛小説は、ローマ帝政下のギリシア語世界で起こった文芸活動の中でもっとも重要なものである。だが、紀元前五－四世紀のギリシア文学の主流から大きく外れていることや、「小説は十八世紀に近代市民社会を背景に生まれた」とする西洋文学史上の根強い伝統のため、長い間顧みられることがなかった。一見大筋の似た波瀾万丈の恋物語という内容がつまらないものだという印象を与え、古代の文献のこの分野に対する沈黙も、所詮低俗なジャンルであるという誤った見方を生み出した。近代のギリシア恋愛小説研究の始まりはエルヴィン・ローデ（Erwin Rohde）の『ギリシア小説とその先駆』（一八七六年）とされるが、この大著がむしろ古代ギリシア恋愛小説研究が停滞するきっかけにもなった。ローデによると、小説というジャンルは第二次ソフィスト運動を背景に二、三世紀から五、六世紀にかけて先行する二ジャンル、すなわちエレゲイア調の恋物語と旅行譚の作為的な併合から生まれた。ただ、彼の研究の主眼はこの分野がいかに生まれたか、という起源にのみあり、以後も長い間これだけが古代ギリシア恋愛小説の研究に値する問題とされた。

二十世紀になり、カリトン『カイレアスとカリロエ』やアキレウス・タティオス『レウキッペとクレイトポン』の二世紀に遡るパピルス断片の発見が、ローデの年代設定を完全に覆した。一九二〇年以降も散発的に研究は現われたものの、新たな研究の波をつくるには到らなかった。転機となったのはペリー(B. E. Perry)の研究である(一九六七年)。彼はそれまでの起源に関する研究は、文学ジャンルが生物学的な系譜を持っているという誤った認識に基づいていると指摘した。そして小説の起源を社会状況の変化の中に読みとろうとした。閉じられたポリス社会から開かれたヘレニズム社会への変化が、新たな文学形式を必要とした。読者層は今や教養あるエリートたちと、洗練されていない者たちの大きく二つに分かれた。前者のためにはペトロニウスやアプレイウスのローマ小説が、後者のためにはギリシア恋愛小説が生み出された、というのである。ギリシア恋愛小説の読者を poor-in-spirit と表現するなど、いまだギリシア小説に対する偏見がみえるとはいえ、ペリーは古代の小説を独立したジャンルとして捉え直した。その結果、古代ギリシア・ローマの小説は文学作品として真剣に研究されるようになった。対象も起源からテクストそのものの研究、すなわち文体や言語の分析、物語構造の分析やジャンルの位置づけなどへと移っていく。そうした中、Bryan Reardon 主催で英国ウェールズのバンゴールで一九七六年に開かれた第一回国際古代小説学会(The International Conference on the Ancient Novel、略称 ICAN)が新たな道筋を切り開いた。Reardon をはじめ当時ウェールズ大学各校にいた研究者らを中心に現存する古代ギリシア小説の英訳が進められ、一九八九年に *Collected Ancient Greek Novels* として結実する。ICAN はその後アメリカのダートマス(James Tatum 主催、一九八九年)とオランダのフローニンゲン(Maaike Zimmermann 主催、二〇〇〇年)で開催され、ますます古代ギリシア・ローマ小説研究の流れを促進させた。第四回はポルトガルのリスボンでMarília Futre Pinheiro主催の下、二〇〇八年七月に開催されたばかりである。フローニンゲンでは一〇〇余りだった発表が、リスボンでは約二八〇に膨れ上がっていることをみても、この研究分野への急速な関心の高まりが窺えるだろう。

散文によるフィクションという特徴が、古典作品の中でも現代の文学理論が適用しやすいことも研究に拍車をかけた。とりわけ、ナラトロジーは効果的に利用されてきた。また、古代史研究においても第二次ソフィスト運動の研究が近年盛んになっているが、その中で古代ギリシア恋愛小説は一つの重要な位置を占めている。そこでは当時の社会状況を映す歴史のテクストとして読まれたり、ローマ帝国下のギリシア語世界のエリートたちのアイデンティティを示す証拠として捉えられている。さらに社会史がギリシアの恋愛小説と密接に結びつくのは、ジェンダー研究の分野である。フーコーの『性の歴史』以来、この角度からの研究も盛んに行なわれるようになった。

二　時代背景

第二次ソフィスト時代と古代ギリシア恋愛小説

一世紀から三世紀のローマ帝政下のギリシア語世界では、紀元前五―四世紀のゴルギアスをはじめとするソフィストたちの活動を復興し、プラトンやデモステネスらのアッティカ散文に戻ろうとする、いわゆる第二次ソフィスト運動が盛んになった（詳細は本叢書のピロストラトス／エウナピオス（戸塚七郎・金子佳司訳）『哲学者・ソフィスト列伝』の解説も参照のこと）。

「第二のソフィスト術」という言葉は、プラウイオス・ピロストラトスに由来する（『ソフィスト伝』四八一）。彼はこの言葉を紀元前四世紀のアイスキネスが始めた演示的な弁論術を指して用いたのだが、現在では本来の意味から離れ、こうした演示的弁論がもてはやされた一―三世紀全体を表わす言葉として第二次ソフィスト時代という語が使われるようになった。この思潮はローマ帝国の平和と経済的繁栄、ネロやハドリアヌスのような皇帝たちのギリシア文化優遇政策にも支えられた。第二次ソフィスト時代のソフィストたちは、かつてのように各地を弁論教師として巡るのではなく、専門職として定着し、帝国の教育、文化、政治に大きな影響力を持った。弁論術の中心はもはや裁判や政治のためではなく、多くの聴衆の心を捉えるための技巧を駆使した演示としての弁論になった。各都市では上流階級の人々が定期的にこうした弁論を聴くために集まった。即興性も求められ、そのためギリシア古典への深い造詣と正確な記憶力も必要だった。

この第二次ソフィスト時代に古代ギリシア恋愛小説は盛んになった。正確な執筆時期は定かではないが、一世紀頃のカリトン『カイレアスとカリロエ』とエペソスのクセノポン『エペソス物語』、二世紀後半から三世紀前半頃のアキレウス・タティオス『レウキッペとクレイトポン』とロンゴス『ダプニスとクロエ』、四世紀頃のヘリオドロス『エティオピア物語』が現存する五作品である。特に最後の三作品はソフィスト小説と呼ばれることもある。アキレウス・タティオスでは、エロースもまたソフィストとなり、「エロースは独学のソフィスト」（第一巻一〇）、「エロースは雄弁も教える」、「エロースは他人の助けを借りない即興のソフィスト」（以上第五巻二七）と表現されている。

能動的に愛する成人男性と受動的に愛される少年という伝統的な少年愛の関係とは異なり、同年代の男女が対等に愛し合う相互的な愛や貞節を描くところに、古代ギリシア恋愛小説の新しさがある。しかし、パピルス断片やポティオスの要約などから垣間見える古代小説の全貌は広範囲に渡る。まず、ラテン語に目を向ければ、一世紀のペトロニウス『サテュリカ』や二世紀後半のアプレイウス『変身物語（黄金の驢馬）』、王と王女の近親相姦で物語が始まる『テュロスのアポロニウス王物語』（ギリシア語のオリジナルがあったのではないかと推測される。ラテン語版は五、六世紀？）がある。断片や要約からも、『ニノス物語』や『メティオコスとパルテノペ』のような歴史物語、イアンブリコスの『バビュロニア物語』のような恋愛冒険譚、アントニオス・ディオゲネスの『トゥレの彼方の驚異譚』のような空想旅行譚、グループセックスや人身御供、カニバリスム、嘔吐や放屁といった内容が窺えるロリアノス『フェニキア物語』、韻文と散文の組み合わせからなり、去勢神官が登場する『イオラオス』などが挙げられる。さらに、現存作品ではルキアノス『本当の話』や、ディクテュスやダレスのトロイア戦争物語、さらには『ヨセフとアセネト』、『パウロとテクラ』、『クレメンスの再会』のようなユダヤ教・キリスト教のフィクション等々、多種多様な物語が古代ギリシア恋愛小説と共存していたのである。

読者層

長い間、古代ギリシア恋愛小説はヘレニズム期の識字層の増大に伴って生み出され、読者層もホメロスやギリシア悲劇などの古典作品とは異なる婦女子が中心と考えられていた。この考えがギリシア恋愛小説はとるにたらぬ、研究に値しないものとみなされてきた一因としてあった。社会史などの研究が進み、マイノリティーが脚光を浴びている現在、たとえ婦女子の読み物だとしてもそれを研究価値がないとするのは誤りであろう。しかし、古代ギリシア恋愛小説の読者に関していえば、この考えは様々な角度からの研究が進んだ結果、今や葬り去られたといえる。

近年の識字率に関する研究は従来の識字率の常識を覆し、古典古代社会においては文字文化は特権的な少数者に限られ、その文字情報も口誦文化と連携しながら共存していたことを示している。ローマ帝政の最盛期であっても帝国西部の属州の識字率は五ー一〇パーセントの範囲におさまっていたにすぎない。つまり、ローマの読み書き能力は高度と呼ぶ水準にはおよそ及ばない、というのである。

古代ギリシア恋愛小説についても、広い読者層を有していたにしては、残存するパピルスの数があまりにも少ない。Stephens によれば、エジプトで発見された小説の全断片数は四二で、うち一〇は小説とみなすべきか疑いのあるものである。アキレウス・タティオスが六と比較的多いのは、スーダ辞典が記すように、彼がおそらくアレクサンドリア出身だからであろう。それに対して、悲劇が一三〇強、叙情詩が一六〇強、新喜劇が六〇強、旧約新約聖書が一七〇強、ホメロス『イリアス』が六〇〇強、デモステネスが一二〇強、トゥキュディデスが七五強などとなっている。ホメロスやデモステネス、トゥキュディデスが非常に多いのは教科書として使われたことが原因である。だが、それでもこの統計は小説よりもホメロスなどの古典作品を有している家の方が、はるかに多かったことを示している。つまり、小説は決してポピュラーなものではなかったのである。

さらに、断片の体裁や書体の分析もこの事実を裏づけている。小説の断片は新約聖書関係の断片とも、生徒の覚え書きのような未熟な作品とも明らかに異なる。その体裁は叙事詩や悲喜劇、歴史の断片と何ら変わるところがない。重字脱落（haplography）や重複誤写（dittography）、省略といった間違いは比較的少なく、小説断片のテクストの状態はきわめて良いのである。これは小説の写本が裕福な少数の者の所有物だったことを示している。したがって古代ギリシア恋愛小説は現在では少数のエリートの軽い読み物であったと考えられている。しかし、小説の主人公の男女が読み書きができる（たとえば、本作品第五巻一八以下のレウキッペとクレイトポンの手紙の遣り取り）ことなどからも読者層から女性を完全に除外する必要はないように思われる。

三　作品解題

アキレウス・タティオスについて、十世紀の百科事典『スーダ』はこう伝える。

アキレウス・スタティオス。アレクサンドリア出身。レウキッペとクレイトポンの物語とほかの恋物語八巻の作者。最後にキリスト教徒となり、司教となった。彼はまた多くの高名な人たちのさまざまな歴史とともに天体と語源についても著わした。彼の全作品の文体は恋物語のほかの作家たちと同様である（あるいは、これらの全作品の文体は彼の恋物語と同様である）。

スタティオスという記述は一部の写本にもみられるものの、アキレウスの最後のシグマの重複誤写と考えられており、ビザンティン時代のほかの証言や多くの写本が示すタティオスが正しいとされている。アキレウスというギリシア名を持ち、タティウス（あるいはスタティウス）というローマ人によくある名前からローマ市民権をもっていたと考えられる（ただし、タティオスという名については、エジプトのトト神に由来するとする説もある）。多くの写本に「アレクサンドリアのアキレウス・タティオス」と記されていることや、ほかの古代ギリシア恋愛小説に比べて多くのパピルス断片が発見されていることから、エジプトのアレクサンドリア出身なのはほぼ間違いないと考えられる。実際、物語の主な舞台のうち、フェニキアやエジプトの詳細な描写も、作者がこの地域に通暁していたことを窺わせる。それに比べ、大団円の舞台であるエペソスに関しては、アルテミスが大きな役割を果たすにもかかわらず、高名なエペソスのアルテミス神殿の詳しい描写がないなど、具体的な記述に欠けている。これはアレクサンドリアのパロス島の大灯台の描写が挿入されているのときわめて対照的である。

スーダ辞典の伝える語源や伝記に関する著作は現存しない。天体に関する著作はアラトス『星辰譜』の註釈者アキレウス・タティオスのことを指すと思われるが、文体の大きな違いなどから現在では別人との見方が強い。年代的にもアラトス註釈者の方は三世紀半ば頃の人と考えられるのに対し、アキレウス・タティオスはパピルス断片の年代から、遅くとも二世紀後半の人である。また、アキレウス・タティオスがキリスト教の司教になったという言い伝えは、ヘリオドロスがトリッカの司教になったという言い伝え同様に、恋物語を守るために考え出されたものと思われる。その影響はすでに五世紀頃書かれた『聖ガラクティオン伝』において、フェニキア出身の聖人ガラクティオンの両親の名がクレイトポンとレウキッペとされていることにも見出される。

かつては紀元後四、五世紀、時には六世紀の作品とされ、ヘリオドロス『エティオピア物語』（四世紀）の粗悪な模倣と考えられていたが、二十世紀初めに二世紀後半に遡るパピルス断片が発見されたことで、その可能性は否定された。その結果、ヘリオドロスと比べてアキレウス・タティオスの持つ特異性が注目されることになった。

執筆年代

二世紀後半のパピルス断片が発見されていることから、これが『レウキッペとクレイトポン』の執筆年代の下限である。物語中で上限を指すヒントになるのではないかと指摘されているのは次のような点である。カリゴネがカリステネス一味に誘拐される場面（第二巻一八）で、陸で待ち伏せしていた者たちが「顎髭を剃って」女装していたと記述されているが、これは顎髭が成人男性にとって一般的でなければ、不可能な記述である。紀元前三〇〇年頃から長らく廃れていたこの風習が復活するのはハドリアヌス帝の治世（一一七–一三八年）であり、小説の記述は少なくともこの風習がふたたび定着して以降と考えられる。

次に第五巻二のアレクサンドリアの記述には、太陽の門と月の門が登場する。これは二つの門に関する最古の記述である。問題はいつ、これらの門がそう呼ばれるようになったかだが、六世紀のマララスの年代記にはアントニウス・ピウス帝（在位一三八–一六一年）がエジプト人との戦いのあと、アレクサンドリアに太陽の門と月の門を建てたという記述がある（おそらく戦で壊れた門の再建を指すと思われる）。これが命名も含めてのことならば、『レウキッペとクレイトポン』はそれ以降に書かれたことになる。

さらに第三、四巻で述べられるナイル河の「牛飼い（ブーコロス）」と呼ばれる盗賊たちとの戦いについて、ディオン・カッシオス『ローマ史』（第七十一巻第四章一）が記述する一七二年の戦いを指すとの説もある。これが確かならば、アキレウス・タティオスは二世紀最後の四半世紀に書いたということになろう。しかし、ナイル河の盗賊たちとの小競り合いは二世紀を通じて起こっており、一つの史実にこだわる必要はないように思われる。

以上から、明確な証拠はないものの、『レウキッペとクレイトポン』はおよそ二世紀後半に書かれたと考えられる。

文体、言語

アキレウス・タティオスは第二次ソフィスト運動の影響を強く受け、擬古典調の文体を用いる。基本的には平明で自然なアッティカ方言で書いているが、哲学的な議論や弁論、精緻な描写になると、ゴルギアス調の誇張した文体となる。対句や比喩、頭韻や脚韻、語呂合わせや言葉遊びなどを多用するのである。特に顕著な特徴は、動詞を省いた同じ構造の短文を、次々と小辞（particle）を省いた形（asyndeton）で次々と連ねていく手法（ἀφέλεια）で、精緻な描写の冒頭でしばしば用いられる。たとえば、小説冒頭の「シドンは海に面した街。海はアッシュリアの海。街はフェニキア人の母。住民はテーバイ人の父」という訳が多少なりともその雰囲気を伝えていればと思う。

これらの事実は、アキレウス・タティオスが高度な修辞学教育を受けた、極めて意識的な書き手であることを示している。こうした凝った文体が用いられる精緻な描写や哲学的な議論は、作者が様々な領域での博学さを披露する箇所でもあり、読者の知的好奇心を満たすと同時に、あとで述べるような物語全体に渡る大きな役割をも果たしている。

プラトンの影響

ローマ帝政期の恋愛を扱うギリシア語作品にとって、プラトンの『饗宴』や『パイドロス』は模範となるテクストであった。アキレウス・タティオスにもその影響ははっきりと見られる。まず、登場人物にはクレイトポンやゴルギアス、ヒッピアスといったプラトンにも登場する名前が使用されている。

さらに物語冒頭、無名の語り手はクレイトポンをプラタナスの木々が繁り、近くに冷たく澄んだ水が流れている場所に連れて行って、身の上話をするよう促す。これは『パイドロス』二三〇B－Cで、ソクラテスがパイドロスを冷たい水が近くに流れるプラタナスの木の下へいざなって、恋に関する対話をはじめる場面を模しているのは明らかである。また、臍まで異母妹のカリゴネとひとつになっているのを鎌で切り離される夢をクレイトポンが見るのは（第一巻三-4）、『饗宴』一八九C以下でアリストパネスが語るアンドロギュノスの挿話を反映している。

しかし、プラトンへのパロディ的な側面も見逃すべきではない。たとえば、登場人物たちが「恋愛哲学を論じる」のは、クレイトポンが恋煩いを吐露する場面（第一巻一二）と、メリテがクレイトポンに一度限りの関係を迫る場面（第五巻二七）という、およそ哲学に似つかわしくない場面である。また、エペソスに向かう船上で、理屈をこねて交わろうとしないクレイトポンに対してメリテが「ソフィストぶっている」と言うのも（第五巻一六）、レウキッペが処女だというのを聞いても信じないテルサンドロスが盗賊たちのことを「哲学者の巣窟」だったのかと揶揄するのも（第六巻二一）、哲学者の性的抑制にからめた冗談になっている。同様に、クレイトポンがメリテとの性交渉を避けつづけたことについて、「宦官のそばから」（第五巻二二）、「もう一人の女のように」（第五巻二五）、「女が女の横から」（第八巻五）起きたようなものだと表現されるのも、『饗宴』二一九Cでアルキビアデスがソクラテスと一晩寝たのを、「父や兄と一緒に寝たのと同様だった」という表現をもじっているのである。

ホメロスの影響

ホメロスの影響もまた顕著である（近年、Repath がこの点に関して多くの口頭発表をおこなっている）。こうした波瀾万丈の物語が『オデュッセイア』にまで遡ることは言を待たないが、アキレウス・タティオスは物語の細部にわたってホメロスを活用している。第二巻一ではレウキッペが「ホメロスの猪と獅子の戦い」を歌い、第二巻三六には『イリアス』からの引用がある。第二巻一五では生贄にされる牛の色を「ちょうどホメロスがトラキアの馬を讃えているよう」と表現している。しかも、このホメロスが讃えるレソスの馬（『イリアス』第十歌四三六―四六七）は「雪よりも白い」わけだが、これはヒロインの名レウキッペ（「白い馬」の意）に通じている。第三巻二〇にはホメロス吟唱者も登場する。

こうした伏線を踏まえて、人物描写にはさらなるホメロスとのつながりが見出される。主要登場人物の中ではメネラオスの名がホメロスから取られている。『イリアス』第十七歌五八六―五八九で、メネラオスは「臆病な槍遣い」（なお、ホメロスのこの表現はプラトン『饗宴』一七四B―Cでも引用されている）と表現される。ホメロスではあくまでアポロンがヘクトルを鼓舞するなかでのメネラオスに対する一種の揶揄なのに対し、アキレウス・タティオスに登場するメネラオスは狩りの際に、恋人であった少年を猪から救おうとして誤って投げ槍で刺し殺してしまう（第二巻三四）、文字通り「臆病な槍遣い」である。

主人公クレイトポンはしばしばオデュッセウスのパロディとして表わされる。レウキッペの寝室に忍んでいこうとするクレイトポンに向かって、サテュロスは言う（第二巻二三）。

> あなたのためにコノプスは横たわって眠っています。あなたはすぐれたオデュッセウスのようになって下さい。

ここではクレイトポンがオデュッセウスに直接比せられているだけでなく、コノプス（Κώνωψ）とキュクロプス（Κύκλωψ）の言葉遊びにもなっている。しかし、主人公クレイトポンの行動は実際には、キュクロプスに対するオデュッセウス（『オデュッセイア』第十一歌）のような奸智に富んだものでも勇敢なものでもなく、恋人の部屋に婚前交渉のため忍び込むという古代ギリシア恋愛小説でも稀に見る行動であり、しかもレウキッペの母親に見つかって慌てて逃げ出すなど、比較されるオデュッセウスとのギャップが強調されることで、『オデュッセイア』のパロディになっている。

同様にクレイトポンが受けた腿の傷は、『オデュッセイア』第十九歌三八六―四七五で、乳母エウリュクレイアが乞食に身をやつしたオデュッセウスの足を洗うときに腿の傷痕に気づく場面を想起させる。オデュッセウスは素性を悟られぬよう、かつて猪狩りで受けた腿の傷に気づかれまいとする。クレイトポンの場合はどうだろうか。レウキッペがカイレアス一味に攫われる場面で、物語中ほとんど唯一、クレイトポンは勇敢にレウキッペを救うため立ち向かっていくのだが、腿に斬りつけられてすぐにうずくまってしまう(第五巻七)。ところが、第八巻五でクレイトポンが過去の冒険を神官やソストラトスに語るときには、オデュッセウスとは逆に腿の傷をこれみよがしに見せて、みずからの冒険を誇るのである。ここでもまたオデュッセウスとの相違がクレイトポンの虚勢を際立たせることになり、読者がそのギャップを見出して、楽しめる仕掛けになっている。

四　作品分析

アキレウス・タティオスは、長年ロンゴスやヘリオドロスと比べ、あまり研究がなされなかったが、伝統的な規範に囚われないその特異性から、非常に意識的で、転覆的な作家として、近年にわかに注目を集めている。そうした『レウキッペとクレイトポン』の特徴をいくつかの項目に分けて見ておきたい。

一人称の語り

『レウキッペとクレイトポン』が他の古代ギリシア恋愛小説と大きく異なる点として、一人称の語りが挙げられる。語り手であるクレイトポンは過去の事件を追想して語る、事件の結末を知っている「語り手クレイトポン」と物語中の「行為者クレイトポン」の区別を効果的に用いる。語り手クレイトポンはしばしば限られた知識しかなかった(過去の)行為者クレイトポンの視点から物事を語り、時には事件当時の自らの感情をも再現する。この区別が読者に緊張感を与え、とりわけレウキッペのみせかけの死のようなショッキングな場面では効果を発揮する。第三巻一五では、語り手クレイトポンはすでに知っているはずの結末を隠し、事件当時の立場・視点でレウキッペが犠牲に供せられるのを目撃した場面を語る。読者はレウキッペの内臓がえぐり出され、食べられてしまう場に立ち会っているかのように、行為者クレイトポンと衝撃を共有することになる。第五巻七のカイレアス一味に攫われたレウキッペが、船上で首を切り落とされたかのように見える場面も同様である。

たしかに現代の読者からすれば、徹底していないようにみえる部分はあるかもしれない。たとえば、第六巻以降で語られるテルサンドロスのそのときどきの感情をクレイトポンが知ることはまず不可能である。だが同時に、物語の最後まで意識的に物語が組み立てられていることも窺える。語り手クレイトポンはカリステネスによるカリゴネの掠奪について第二巻で語ったのち、第八巻一七になってようやくソストラトスからこの話を聞いたことを明らかにしている。また、ソステネスが小屋に閉じ込められたレウキッペの独り言をテルサンドロスと共に盗み聞きした(第六巻一五以下)ことを白状する場面をあとから挿入していることや(第八巻一五)、レウキッペが第五巻七で首を切断されたのが、実はレウキッペの服を着せられた娼婦だったことを第八巻一六で説明することも、語りの整合性を裏付ける役割を果たしている。

また近年では、クレイトポンという語り手がペトロニウス『サテュリカ』のエンコルピウス同様、信頼できない語り手なのではないかという可能性が指摘されている。Conteによれば、『サテュリカ』の自意識が強い語り手エンコルピウスの語りは決して信頼できるものではなく、背後に隠れた「作者」は読者と共にそのエンコルピウスを笑っている。『レウキッペとクレイトポン』の場合もたしかに、無名の一人称の語りで始まって、それがクレイトポンの語りに引き継がれるという二重構造になっており、この段階ですでにクレイトポンが「作者」からは一歩離れた語り手であることがわかる。人物像をみても、クレイトポンは他の古代ギリシア恋愛小説の主人公と比べて、非英雄的な人間臭い一面をみせる。レウキッペが犠牲に捧げられようとしても、なすすべもなく眺めているだけであるし(第三巻一五)、彼女が死んだと思う度に大声で嘆き悲しむ。危険をできるだけ避けようとし、たとえば第五巻二三では報復を恐れて、テルサンドロスに殴られるがままである。唯一レウキッペがカイレアス一味に攫われそうになったときには、勇敢に立ち向かっていくものの、すぐに腿を切りつけられてうずくまってしまう(第五巻七)。こうした人物像はエンコルピウスに通ずるものがある。

これと関連して興味深いのは、『レウキッペとクレイトポン』の特徴の一つである格言の多さである。格言の使用は物語中の行動を現実世界にも通ずるものとして一般化する働きがあるが、語り手クレイトポンは実は格言によって自らの考えや行動を正当化し、恋愛の熟達者としての自分を演出するために格言を挿入しているのだとする説がある。クレイトポンにはわかるはずのないテルサンドロスらの心情描写にしても、決して語りの技法が拙いのではなく、語り手であるクレイトポンが自らの解釈で他人の感情を説明しているのだというのである。

クレイトポンのこうした自意識が強い語り手としての特徴は、『サテュリカ』のように明らかだとはいえないものの、さらなる研究が待たれる問題だと言えるだろう。

テュケーとエロース

古代ギリシア恋愛小説では、テュケー（巡り合わせ、偶然）が物語を動かす大きな原動力となっていることは、これまでにも多くの研究者が指摘してきた。一九三〇年代にいち早く古代ギリシア恋愛小説に注目したミハイル・バフチンによれば、小説には叙事詩、叙情詩、悲劇、喜劇、歴史、弁論や哲学的議論といったさまざまな構成要素が混在している。それらが構成原理としての冒険譚的時間によって再加工され、あらたな小説的なまとまりへと組織し直される。この冒険的時間を特徴づけるのが「突然」と「ちょうど」という接続要素であり、クレイトポン自身が「運命の女神が行動を開始しました」（第一巻三-3）と語るように、テュケーが個々の冒険を動かしていく。エロースはしばしばテュケーと共に物語を前進させる。小説の前半では頻繁にエロースの力への言及がある。とりわけ最初の二巻には神名と普通名詞（愛、欲望）を合わせてエロースの語は三一回も登場する。クレイトポンとレウキッペの恋愛はもちろん、主人公たちへの脇役たちの横恋慕に加え、物語中で展開される様々な議論や挿話が、しばしばエロースにまつわるものであることも忘れてはならない。恋人を見ることができるのが、どれほど大変なことなのかということ（第一巻九-4－7）、鳥や石、植物、爬虫類も恋をするという話（第一巻一六－一八）、少年愛と異性愛のどちらがすばらしいかという議論（第二巻三五－三八）、キスの甘美さの説明（第四巻八-1－3）等々、エロースと深く関わる事柄の説明が、随所に顔を出すのである。

他方、テュケーの登場は合計二三回あるが、とりわけ第四巻（四回）、五巻（八回）に集中している。これは最初の二巻でクレイトポンとレウキッペの馴れ初めと恋の進展を描いたあと、第三巻以降、二人が駆け落ちして、さまざまな冒険に巻き込まれていくことと密接につながっている。

ところが、第六巻以降になると、女神テュケーの名は第七巻一三-1を最後に現われず、エロース神もたった三回しか登場しない（普通名詞としてのエロースも第七巻以降は四回しかなく、それも過去を回想する場面においてである）。どうしてだろうか。かつてはこれを作者の技量のなさに帰する考えが主流であったが、訳者はそうは考えない。バフチンも指摘するように、テュケーが物語の原動力として働く限り、理論的には恋物語は無限に引き延ばすことができる。しかし、『レウキッペとクレイトポン』では、エロースとテュケーが姿を消すことで内的な限度を設定し、物語を大詰めに向かわせているのである。つまり、アキレウス・タティオスの第七、八巻はカリトン『カイレアスとカリロエ』第八巻一-4-5が述べるのと同じ機能を持っている。


わたしはこの最終巻が読者諸賢にとってこの上なく好ましいものとなるであろうと信じている。それは本書の初めの頃の悲惨な状況がここですっかり払拭浄化されるからである。もはや海賊行為も隷属状態も裁判も戦闘も断食による自死も戦争も征服もなくなり、ここにあるのは正しい愛と法に則った結婚である。（丹下和彦訳）

『レウキッペとクレイトポン』の場合は、最後の二巻にまだクレイトポンの法廷裁判（第七巻）とレウキッペとメリテの神盟裁判（第八巻）というクライマックスがあるものの、ここではもはや登場人物たちはテュケーに翻弄されはしない。第七巻の法廷場面は人間同士の争いの場であり（たしかにクレイトポンが死刑に処せられようとした瞬間にアルテミス神官とレウキッペの父ソストラトスが登場するが、これはソストラトスが夢に現われたアルテミス女神に導かれたからであって、単なる偶然ではない）、女たちは第八巻の試練から自らの力（レウキッペの処女性とメリテの言葉の綾）で救われるのである。

精緻な描写（エクプラシス）

テュケーは物語を引き延ばし、成り行き任せの冒険を先導する。しかし、すでに物語の結末を知っている一人称の語り手クレイトポンは読者にそうした成り行きの道標を与えてくれる。クレイトポンが自らの語りの始めに述べているように、夢や神託、絵画がテュケーに動かされる物語を暗示するのである。

神というものは好んでよく人間に未来を夜中に語ります。とはいえ、苦労を避けられるようにではなく（運命を打ち負かすことはできませんからね）、苦痛をより楽に耐えられるようにです。（第一巻三-2）

中でも第一巻、第三巻、第五巻冒頭に置かれた絵画描写（エクプラシス）は重要な意味を持っている。エクプラシスがテュケーによって引き起こされた出来事を予示するのである。『レウキッペとクレイトポン』の八巻構成は作者自身の手になると考えられており、奇数巻冒頭に絵画描写が置かれているのは意図的なものであることがわかる。造形美術の精緻な描写自体はホメロス『イリアス』第十八歌四七八以下の「アキレウスの楯」以来の叙事詩の伝統である。ヘレニズム期になると、モスコス『エウロペ』四三以下の籠のエクプラシスのように、描写されるものはそれ以後に起こる物語を先取りして暗示するようになる。アキレウス・

タティオス冒頭のエウロペの絵画描写も同様だと考えられる。ひどい嵐のあとシドンに着いた無名の語り手「私」は、アスタルテ女神に捧げられたエウロペの誘拐を描いた絵に出会う。語り手が絵の中のエロースの偉大さを讃えると、傍らに立っていた若者(＝クレイトポン)が、自分もまたエロースのために大変な目にあった、と語りかける。語り手に促され、彼は自らの物語を語りはじめることになる。

この絵画描写は多くの研究者を惹きつけてきたが、かつては単に第二巻でのクレイトポンとレウキッペの駆け落ちを指すものと考えられてきた。しかし近年の研究では絵画描写により多くの暗示を読み込む傾向にある。クレイトポンはシドンの兄弟港であるテュロスの地で、牡牛に乗ったセレネの絵のように美しいレウキッペに出会い、エロースに導かれて海を渡る。さらに、Harlan の指摘によると、絵はレウキッペとクレイトポンの駆け落ちと共に、カリゴネのカリステネスによる誘拐をも暗示していることになる。強調したいのは、この一枚の絵によって二つの出来事が暗示されていることである。実際、カリゴネは海辺で攫われるという点で、レウキッペの駆け落ち以上にエウロペの神話に近い。そればかりか、カリゴネの物語はレウキッペの物語と表裏一体をなしているともいえる。作中、カリゴネとカリステネスについての言及は、クレイトポンの語りの前半(第二巻一三―一八)と最後(第八巻一七―一九)でなされ、物語の最後は、二組の男女の結婚で終わる(第八巻一九-3)。したがって、レウキッペとクレイトポンの恋物語の背後では、まさにカリゴネとカリステネスの恋物語が平行して展開されていたのである。

ところで、当時においても、方々で実際に見られた芸術作品にしばしば取り上げられたエウロペの誘拐という神話、これを持ち出すのは、人々が結末を知っていることを前提にしているからである。絵そのものは牡牛に化けたゼウスがエウロペをさらっていく場面であるが、クレタ島に向かっていることは記されており（第一巻一―三）、そこで神と乙女は結ばれる。つまりエウロペの絵は、レウキッペとクレイトポンの駆け落ち（および、カリゴネのカリステネスによる誘拐）という第一、二巻で起こる事件を暗示するだけでなく、カップルの結婚をもほのめかすことになり、物語の大枠を先取りしている。

さらに、エウロペの絵は細かくみればみるほど物語との関連が浮かび上がってくる。作品の冒頭はこうである。

> シドンは海に面した街。海はアッシュリアの海。街はフェニキア人の母。住民はテーバイ人の父。

絵の描写もこうはじまる。

> 絵はエウロペのだった。海はフェニキアのだった。陸はシドンのだった。

これらの連辞省略は、きわめて印象的なものであり、内容の点からも chiasmus（交差法）のような関係にある。場所と海のことは一読して言い換えであることがわかるし、街がフェニキア人の母で、住民がテーバイ人の父であるのは、エウロペの神話と密接な関わりがある。したがって、読む者に否が応でも絵の奉納された場所と絵の舞台の一致を印象づけることになる。

絵の具体的な描写は、陸と海の対比ではじまる。陸には草地と乙女たちが、海には牡牛とエウロペが配されている。まず草地（λειμών）の描写であるが、これはクレイトポンの家の庭の描写（第一巻一五）と酷似している。絵で草地のまわりに「垣」があるように（第一巻一-5）、クレイトポンの家の森のまわりにも「塀」がある（第一巻一五-1）。どちらも木々や葉が密生してもつれあい（第一巻一-3、一五-2）、日光が注いでいる（第一巻一-4、一五-4）。花も、絵に「水仙と薔薇と銀梅花」（第一巻一-5）があるのに対し、庭でも薔薇と水仙が咲き乱れていて（第一巻一五-5）、菫も顔を覗かせている。第二巻一ではレウキッペがキタラに合わせて薔薇を讃える歌をうたい、第二巻三六-2でも他のどんな花よりも美しいとメネラオスが発言する。また、草地にも（第一巻一-5）、庭にも（第一巻一五-6）泉が湧きだして、花に注いでいる。Bartsch も鳥と木蔦を除いて、絵の草地とクレイトポンの家の庭はほとんど同じだと指摘している。ただし、鳥についてはエロースたちに対応していると考えられる。共に翼があり、「戯れている」と表現されているからである（第一巻一-13、一五-7）。クレイトポンが孔雀をきっかけに恋の話をはじめることからも（第一巻一六）、鳥はエロースと結びつく。

さらに草地の描写に官能性を読み込もうとする人もいる。草地（*λειμών*）や絡まり（*συμπλοκή*）といった言葉に性的な double-entendre があるのは事実だが、絵の中の草地の描写にもそうした意味合いが含まれているかを証明するのは容易ではない。しかし対応する庭の描写に目を向けると、執拗なまでに次々とからみあう植物のあり様が描かれ（第一巻一五-2）、クレイトポンが、エロースは鳥だけでなく爬虫類や植物、石までも燃え上がらせる力を持っていると語っており（第一巻一七-2）、こうした表現に官能的な要素を読み取ることができる。

ところで庭にいる孔雀の羽根の美しさを、「花園（*λειμών*）」とクレイトポンは言う。ここにきて孔雀を言及する際にエウロペの絵と同じ λειμών という表現が登場し、その λειμών が今度は、レウキッペの顔の美しさに転じていく（第一巻一九－1－2）。

> 孔雀の輝く美しさも私にはレウキッペの顔より劣るように思われました。というのも彼女の身体の美しさは花園の（λειμῶνος）花と競っていましたから。その顔は水仙の色に輝き、頬からは薔薇が萌え、目の光は菫色にきらめき、巻き毛は木蔦よりいっそう巻きついていました。それほどの花園（λειμών）がレウキッペの顔にはありました。

かくしてエウロペの絵における草地の描写は、クレイトポンの家の庭、つづいてレウキッペの顔の美しさへと連なっていく。

また小説冒頭、無名の語り手「私」がクレイトポンに身の上話をするよう促しながらいざなう森にもプラタナスの木々が茂り、冷たく澄んだ水が流れている（第一巻二－3）。この森の繁った木々や清らかな水といった要素は、エウロペの絵の中の草地やクレイトポンの家の庭との共通項として機能する。しかもその場所は「恋の物語にふさわしい」と記されている。このように庭の描写が、絵と無名の語り手とクレイトポンの対話の場所、そして恋物語という三つの異なる空間をつないでいるのである。

次に、乙女たちの描写がくる。これはカリゴネがカリステネスに誘拐される場面と対応する。カリステネスはビュザンティオンから、テュロスに犠牲を捧げる使節の一員としてやってくるのだが、その犠牲を見に行くのは女たちである（第二巻一五－1）。「水仙と薔薇と銀梅花」（第二巻一五－2）の花束は、エウロペの絵に描かれた花と同じであるばかりか、出てくる順序までまったく同じである。犠牲となる獣の中でとくに際だった存在であるナイルの牛についての描写の最後に（第二巻一五-4）「エウロペの物語がもし本当なら、エジプトの牡牛をゼウスはまねたのでしょう」と、当の神話が直接言及されることで、絵とのつながりが強調される。また、カリゴネが誘拐されるのもエウロペと同様、海辺においてのことである。

乙女たちの表情には喜びと恐怖が複雑に入りまじっている。その様子は第三巻の絵におけるアンドロメダ（第三巻七-2）「彼女の顔には、美しさと恐怖が混ざっていました」や、プロメテウス（第三巻八-7）「プロメテウスは希望と共に恐怖で満ちていました」、第五巻の絵におけるピロメラとプロクネ（第五巻三-7）「笑うと同時に脅えていました」にも共通している。

視点が陸から海に移り、牡牛に乗るエウロペの描写となる。これは牡牛に乗るセレネにたとえられるレウキッペの美しさ（第一巻四-3）や、ゼウスの化けた牡牛にたとえられるエジプトの牛（第二巻一五-4）につながり、さらには愛に関する議論の中でクレイトポンが語る例——エウロペのためにゼウスが牡牛に変身して天から降りてきた例（第二巻三七-2）へとつながっていく。ヴェールが広がっている様が帆に、牡牛に乗る様が船にたとえられている。これはレウキッペとクレイトポンの船出（あるいはカリゴネの船による誘拐）との関連を示している。

最後にエロースが描かれる。絵の中で「私」が一番注目した部分である。エロースの表象は、その力への驚嘆の声にこたえてクレイトポンが登場し、彼の冒険譚へと移行していくように、筋の運びにおいてつなぎの役割を果たす一方で、恋という物語全体の主題をより普遍的な形で提示している。これに関して思い出さねばならないのは、この絵が奉納されたアスタルテというフェニキア人の女神のことである。本来は大地母神で、その象徴が金星であることからギリシアではアプロディテと同一視される。つまり愛の女神の神殿で、「私」はエロースにまつわる絵を見ていることになるのである。

『レウキッペとクレイトポン』の中で絵画描写は、小説冒頭にだけ出てくるわけではない。ほかにもアンドロメダとプロメテウスの絵（第三巻六―八）、およびピロメラの絵（第五巻三）が登場する。第三巻では、駆け落ちしたレウキッペとクレイトポンの乗った船が嵐で難破し、やっとのことでペルシオンにたどり着く。そしてゼウス・カッシオスの神殿で、アンドロメダとプロメテウスの絵を見ることになる。絵では二人とも岩に縛りつけられ、アンドロメダは海獣に、プロメテウスは鷲に苦しめられ、それをそれぞれ、ペルセウスとヘラクレスというアルゴス一族の二人が救おうとしている。第五巻では、レウキッペに横恋慕しているカイレアスのもとに出かけようとすると、レウキッペの頭が鷹の翼ではたかれる。不安を覚えたクレイトポンは、それが何の前触れなのか徴を示して欲しいとゼウスに祈る。振り返ると、画家のアトリエにあるピロメラの誘拐とテレウスの乱暴を描いた絵が目にとまる。

これらの絵の暗示するところについては様々な分析がなされているが、大きくは二つの傾向に分かれる。Harlan や Bartsch のように、エウロペの絵も含めてすべての絵にたくさんの暗示を読み取るか、Hägg のようにどの絵についても深読みに慎重であるか、どちらかである。しかし訳者はどちらにも与さない。それは、第一巻、第三巻、第五巻と進むにつれて、絵の暗示はしだいに限定されていくと考えるからである。第一巻では絵の暗示のことについては何も触れられていない。それに対して、第三巻では「この神は予言をするということなので」（第三巻六―2）と、絵の奉納されたゼウス・カシオスについて述べられる。五巻では、つぎのようにメネラオスが解釈をほどこす。

私にはパロス島への旅を控える方がいいと思われます。あなたは不吉な二つの徴を、私たちめがけてきた鳥の翼と絵の脅迫を見たのですから。徴の解釈者たちは、用事があって出かけようとするときに絵に出くわしたら、その絵の物語に気を配るよう言っています。物語の内容にこれから起きることが似ていると言うのです。[2] この絵がどれほどたくさんの災いに満ちているかおわかりでしょう。無法な恋、恥知らずな姦通、女たちの不幸に満ちています。だから私は出かけるのは控えるよう勧めますよ。（第五巻四―1―2）

こうして絵の予言の力や、その意味が明らかにされていく。それに従って、絵自体が暗示する内容の方は限定されていく。そのうえ、第五巻ではカイレアスが奸計を巡らしていることが先に示されており（第五巻二―2）、レウキッペの求めに応じて、クレイトポンが絵の解説までしてやるのである（第五巻五）。したがって第五巻の絵は、明らかな対応関係を含んだ暗示というよりも、カイレアス一味によるレウキッペの掠奪（第五巻七）への単なる凶兆ととるべきである。

他方、第三巻の絵はまだ具体的な暗示を含んでいる。二対の類似が強調されている（第三巻六―3）ことからも、Bartsch が指摘するように、レウキッペのみせかけの死に関する二つの側面からの暗示と取れる。まず、アンドロメダが花嫁衣装（第三巻七―5）を着ているという珍しい設定からみても、ナイルの盗賊に囚われた時にクレイトポンが次のようにレウキッペのことを嘆くのに対応しているのは明らかである。

君の婚礼の飾りはなんと美しいことか。牢獄が花嫁の部屋、地面が新婚の臥床、綱と縄がネックレスと腕輪、そして君の花嫁付添人の盗賊が傍らにいる。また、祝婚歌の代わりに人は君に挽歌を歌う。（第三巻一〇-5）

また、アンドロメダが縛られている岩の窪み（第三巻七-1-2）も、レウキッペが入れられる棺（第三巻一五-7）を暗示している。他方、プロメテウスは、鳥が内臓をついばんでいる（第三巻八-1-2）ことから、レウキッペが腹を裂かれ、臓物を食べられる場面（第三巻一五-4-5）を指していると考えられる。実はこれがトリックだったことが後でわかるのだが、それもプロメテウスが不死なので、いくら鷲に肝臓を食われても再生して死なないこととつながっていると思われる。また、第三巻六-1でゼウス・カシオスが手にしているザクロに関して、Anderson のアルテミドロス『夢判断の書』（第一巻七三。ザクロには隷属と服従の意味があり、傷と拷問の徴でもある）とヨハンネス・クリュソストモス『虚栄について』（虚栄がまがいものであることを示すためにザクロに喩えられる）に基づく解釈が正しければ、レウキッペが盗賊に捕らえられ、腹を裂かれて内臓をえぐり出されること、またそれがみせかけであることをザクロが象徴していることになる。

こうした絵画による暗示も最後の奇数巻である第七巻冒頭には現われない。もちろん、すでに述べたように、エウロペの絵が第一、二巻の物語だけでなく、二人が結ばれるという結末も暗示していることから、第七巻以降の結末はすでに示されているともいえる。ただ、注意しなければならないのは、エウロペの絵がクレイトポンの語りの枠組みの外側にあることである。この絵の暗示機能は無名の語り手「私」と読者にのみ向けられたものであり、他の絵や夢の描写のように主人公たちにとって未来の出来事への前兆となるものではない。したがって、このことがクレイトポンの語りから絵画描写の予示機能が消える主な理由にはならない。

さて、ここで注目したいのはロンゴス『ダプニスとクロエ』に登場する三つの縁起譚である。アキレウス・タティオスでは全八巻を二巻ずつひとまとまりにした最初の三つの部分の冒頭にそれぞれ神話を描いた絵があるように、ロンゴスでは全四巻のうち最初の三巻のそれぞれ三分の二ほどのところに神話に基づいた縁起譚がある。数珠掛鳩（第一巻二七）、シュリンクス（第二巻三四）、エーコー（第三巻二三）の縁起譚である。クロエと縁起譚の中のヒロインの描写は多くの点で対応しており、内容的には官能性や暴力性が徐々に高まっていく。これがダプニスとクロエの恋の進展とクロエの処女喪失を暗示していることは、すでに多くの研究者が指摘する通りである。

アキレウス・タティオスに目を向けると、まったく同じ共通点を『ダプニスとクロエ』と『レウキッペとクレイトポン』は持っていることがわかる。レウキッペと絵画の中の女性の描写は対応しており、彼女に近い将来起こる出来事を暗示している。また、絵画中の女性たちの描写は次第にその官能性や暴力性を増していく。エウロペは体が衣を通して透けて見えており（第一巻一-10）、アンドロメダは繊細な純白の衣裳を着て岩に縛り付けられ（第三巻七-5）、ピロメラはテレウスに凌辱されたあと、胸を半ば露にして、裂かれた肌着を胸に引き上げようとしている（第五巻三-6）。すなわち、アキレウス・タティオスの絵画描写もまた第一、三、五巻と進むにつれ、性的な暴力性が高まるのは、レウキッペがクレイトポンと結ばれることを予示する仕掛けになっているからである。したがって、絵画描写が消えるのとテュケーとエロースが消えるのが一致するのは偶然ではない。絵画描写がテュケーとエロースに動かされる物語を暗示するのであれば、もはやこれらの力による冒険に主人公たちが翻弄されなくなった第七、八巻では、当然その機能も必要なくなり、絵画描写をおく余地はなくなるのである。

なお、エクプラシスという語は現在では芸術作品の精緻な描写を指すのが一般的であるが、アキレウス・タティオスでは芸術作品のみならず、当時の修辞学練習書である『プロギュムナスマタ』に定義されているような広い意味での「描写」の技法が用いられている。絵画はもちろん、庭や人物、アレクサンドリアの街並やパロス島の大灯台、戦いの描写、さらに河馬、ワニ、象、不死鳥など珍しい動物の描写である。かつてはこうした精緻な描写も度が過ぎたものと考えられ（たとえば、ローデはグロテスクと評している）、話の本筋とはなんの関係もない単なる脱線と考えられていたが、近年の研究ではこうした描写はすべて、読者の覗き趣味的な関心を満足させるような『レウキッペとクレイトポン』がもつスペクタクル性・劇場性の証左として捉えられている。

二重構造の連鎖

『レウキッペとクレイトポン』を分析すると、物語全体がさまざまな二重構造から成り立っていることがわかる。ここでいう二重構造とは事物の形状や構造、物語の展開、人間関係、修辞的な表現などさまざまであるが、アキレウス・タティオスでは、この二重構造が三重、四重と次々に重なりあっていく点に特徴があるる。すでに述べた絵画描写がのちに起こる出来事を暗示していること自体、二重構造の一種ではあるが、強調すべきは、たとえば冒頭のエウロペの絵では、この一枚の絵によってカリゴネの誘拐とレウキッペの駆け落ちという二つの出来事が暗示されているということである。ここには読者を驚かせる仕掛けが用意されている。エウロペの絵の描写を見て、修辞学の素養がある当時の読者であれば、当然それがなにかを暗示していることを期待する。第二巻半ばでカリゴネが誘拐され、絵はこれを暗示していたのかと思ったあとに、第二巻の最後になって今度はクレイトポンとレウキッペが駆け落ちし、エウロペの絵は実はこれを暗示していたのかと、さらに驚かせるという仕掛けである。

　絵をめぐる二重構造は第三巻、第五巻にも言える。つまり、第三巻の絵ではアンドロメダとプロメテウスが対（εἰκόνα διπλῆν）をなし、第五巻の絵は中に織物があるという入れ子構造になっていて、それぞれが二重のヴァリエーションをもっている。二重にまつわるキーワードも物語の端々にちりばめられている。エウロペの下衣が「体の鏡」（第一巻一-11）となっていたり、庭の水は「花の鏡」（第一巻一五-6）となっている。また、エウロペの絵の中の海が二色（διπλῆ）なのに対し（第一巻一-8）、森も二重（διπλοῦν）にみえている（第一巻一五-6）。

　人間関係をみても、先に述べたレウキッペとカリゴネの二重性に加えて、注目すべきは最初の二組の男女、すなわちテュロス人のペア、カリゴネとクレイトポンと、ビュザンティオン人のペア、レウキッペとカリステネスが、相手を変えてテュロス人とビュザンティオン人の二組のカップルになる点が挙げられる。物語で重要な役割を果たす二人の友人の身の上も興味深い。彼らの過去の経験は酷似している。クレイニアスの愛していたカリクレスは、乗っていた馬が暴れだし、ひきずられて死ぬ（第一巻一二）。他方、メネラオスの愛した少年も、馬に乗って狩に出かけた折に、誤って槍に貫かれて死ぬのである（第二巻三四）。共に少年愛の対象は、馬上で絶命する。これは牛に乗ってさらわれるエウロペに喩えられ、最後には結婚を迎えるレウキッペやカリゴネと対照的である。

さらに、カリクレスの父親は、「私にとってお前は魂と肉体において二重に死んだのだ」（第一巻一三-4）と嘆く。この「二重」というキーワードを含んだ表現は、レウキッペが死んだと思い込んでクレイトポンが嘆く言葉と重なっている。

レウキッペ、今や君は本当に陸と海に分かれて二重に死んでしまった。（第五巻七-8）
でも今や君は魂と体の二重に死んでしまった。（第七巻五-3）

このレウキッペのみせかけの死自体も、彼女の存在自体の二重性を招く。クレイトポンの目の前で、盗賊たちによって内臓をえぐりだされ、首を切り落とされたレウキッペと、無傷のまま無事なレウキッペである。このことと関連して興味深いのが、レウキッペの母親の夢である。

たまたま夢が彼女を悩ませていました。抜き身を持った盗賊が彼女を攫って連れ去り、仰向けに寝かせて、剣で腹の真ん中を下の恥部から始めて、切り開くように思われました。（第二巻二三-4－5）

この夢もまた、エウロペの絵同様、続いて起こる二つの出来事を予告している。第一にクレイトポンが夜、レウキッペの寝室に忍んでいこうとすることを（第二巻二三）、だがそれ以上にレウキッペのみせかけの死との対応である。

若者の一方が彼女を仰向けに寝かせ、……地面に固定された杭に縛り付けました。それから彼は剣を取って心臓に突き刺すと、剣を引いて腹の下へと切り裂きました。（第三巻一五－4）

ここでも読者は最初、当然この夢がクレイトポンとレウキッペの密会を母親に知らせたのだと思うわけだが、実はレウキッペが人身御供になることを指していたことが、いっそう類似した表現から第三巻になってようやくわかり、あらためて驚くのである。

さらに、暴力をふるわれて殺された（ように見えた）レウキッペと、処女のまま生きているレウキッペの二重性・対照性は、Segal が言うように、第五巻以降の処女レウキッペと官能的なメリテの対照とも呼応しているということができる。物語後半ではさらに二つの三角関係の対照、クレイトポン、レウキッペ、メリテとレウキッペ、クレイトポン、テルサンドロスも見いだせる。

こうした重層構造の連鎖の源には、小説冒頭に置かれたエウロペの絵の存在がある。エウロペの絵に端を発するさまざまな「二重性」、このキーワードが物語全体を貫いており、アキレウス・タティオスが極めて意識的な語り手であることを示しているのである。そして、まるでこうした物語全体の重層構造を指し示すかのように、小説冒頭にはシドンの港の二重構造の詳細な描写が据えられている。

二重の広い港が湾の中にはあり、穏やかに海を閉ざしている。湾が岸に沿って右手に窪んでいるところには第二の入口が開けていて、水はそこにも流れ込み、港の中のもう一つの港となっているのだ。（第一巻一－1）

結末

物語が小説冒頭の一人称の語り手「私」とクレイトポンの対話場面に戻って来ないことについて、長年アキレウス・タティオスの技量の拙さを指摘するか、収拾がつかなくなったのだという判断が下されてきた。しかし、物語の一番最初の語がシドンで、最後の語がビュザンティオンと街の名で挟まれていることからも、物語の構造は入念に計算されているようにみえる。対話による入れ子構造という手法はよく使われるにしても、Winklerらが指摘しているように、このような終わり方はプラトンの『饗宴』や『プロタゴラス』にもみられるものである。またMostは作者が無能だという説もプラトンとのパラレルも否定して一人称の語りに注目している。すなわち、結末についてはカップルの結婚や夫婦の再会に終わるのが、古代ギリシア恋愛小説の決まりである。しかし小説をクレイトポン自らの語りにしたために、一人称の語りにつきものの(見知らぬ聞き手の共感を得るための)嘆きで始めざるをえない。それで両者の折り合いをつけるために、わざと冒頭の会話場面に戻らなかったのだというのである。彼の「見知らぬ人へ語りかける一人称」についての一般論自体は大変興味深いものであるが、それが『レウキッペとクレイトポン』にあてはまるとは思えない。それに実際上、クレイトポンの長い物語が終わった後、小説冒頭の対話場面に戻らないことに違和感を覚える読者が、そう多くいるとは思えない。

むしろ、Moralesが指摘するように、『レウキッペとクレイトポン』に繰り返し現われる、語りが閉じられないパターンに注目すべきである。巻末はしばしば精緻な描写や説明、手の込んだ議論で終わる。不死鳥の説明(第三巻二五)、鰐の描写(第四巻一九)、レウキッペの凝った台詞(第六巻二二)など。そしてつづく巻はあらたなエピソードと共に始まる。特に第二巻末の同性愛と異性愛のどちらが優れているかという議論（第二巻三五―三八）は、プルタルコスや偽ルキアノスに見られる同様の議論とは違い、結論がない。結論は保留されたまま、第二巻は突然終わり、第三巻の冒頭ではすでに三日が経っているのである。

さて、ここで注目したいのは、『レウキッペとクレイトポン』の第三巻冒頭と第一巻冒頭の類似である。第三巻ではレウキッペとクレイトポンの乗った船が嵐で難破したのち、ペルシオンにたどり着き、ゼウス・カシオスの神殿でアンドロメダとプロメテウスの絵を見る。この状況は第一巻冒頭で、匿名の語り手である「私」がひどい嵐のあとシドンにたどり着き、アスタルテの神域でエウロペの絵を見る設定に酷似している。古代ギリシア恋愛小説ではたびたび重要な脇役が身の上話を語り、それが主筋と構造的に対応することが知られている。言いかえれば、クレイトポンの一人称の語りは、古代ギリシア恋愛小説によくみられる脇役の身の上話が物語全体に及んだものなのである。その結果、物語の結末は閉じられることなく、小説冒頭の無名の語り手とクレイトポンが対話する外枠に向かって開かれたままになり、さらなる物語の可能性を秘めたまま終わることになる。クレイトポンが小説冒頭、テュロスでもビュザンティオンでもなく、どうして一人でシドンにいるかについてはわからないままだが、むしろシドンとテュロスが共にフェニキアの港であるという対応こそ重要なのではなかろうか。

フェニキア的な特徴

これまで『レウキッペとクレイトポン』のギリシア文学の伝統に沿った側面について述べてきたが、近年の研究ではそのフェニキア的特色も注目されている。『レウキッペとクレイトポン』の物語はフェニキアで始まってフェニキアで終わる。また、フェニキアの習慣や特徴が繰り返し物語中に現われる。たとえば、第二巻一一ではテュロスの名産である紫染料発見の縁起譚が、また第二巻冒頭でも、一般にはアテナイのイカリオスの話として伝わる葡萄酒発見の縁起譚が、テュロスの街と結びつけられている（第二巻二）。ここにはギリシア文化一辺倒ではないフェニキア文化の伝統が垣間見える。ペルシア戦争後、フェニキアは次第にギリシア化され、アレクサンドロス大王の遠征後、その傾向は強まった。アキレウス・タティオスの時代にはコイネーやギリシア文化を共有する一方、まだフェニキア語や独自の文化も保持していた。

物語冒頭に掲げられたエウロペの絵も、こうした観点からみると興味深い分析ができる。ギリシア神話ではフェニキア（ギリシア語のポイニキア）の名祖ポイニクスの裔であるエウロペは、牡牛に変身したゼウスに攫われる。しかし、この絵がシドンのアスタルテ神殿への奉納品であることを考えると、通常牛に乗った姿で描かれるこのフェニキアの女神との関連が当然想起される。Selden によれば、この絵はギリシア・フェニキア双方からの解釈の可能性を意図的に持たせたものだという。また、物語中には同じ綴りのポイニクス（φοῖνιξ）という語とその派生語が、様々な意味で（フェニキア人、ナツメヤシ、紫染料、不死鳥）散りばめられている点も注目される。

さらに、フェニキアとの関連で興味深いのはアキレウス・タティオスの特異性である。フェニキアはその真偽はともあれ、神聖売春や人身御供と結びつけられてきた。主人公のクレイトポンにすでに娼婦との性体験があったり、一度きりとはいえメリテと交わるなど、現存する他の古代ギリシア恋愛小説と比べると逸脱とも思われる描写があることや、レウキッペがテルサンドロスに「娼婦」と呼ばれるのは、このコンテクストから考えれば自然と理解できる。またみせかけとはいえ、レウキッペが犠牲に捧げられ、内臓を食べられるショッキングな場面は、人身御供の伝統と通ずる。

こうした猥雑な挿話や人身御供、カニバリスムがロリアノスの『フェニキア物語』断片と共通することも注目に値する。両作品はフェニキアから想起される要素をふんだんに含んでいるのである。古代ギリシア恋愛小説の題名は地名で呼ばれることも多いが（たとえば、エペソスのクセノポン『エペソス物語』やヘリオドロス『エティオピア物語』）、ロリアノス同様、『レウキッペとクレイトポン』にも『フェニキア物語』という地名にもとづいた題名のあった可能性も指摘されている。

五　後世の受容

五世紀後半から六世紀初め頃のムサイオスの小叙事詩『ヘーローとレアンドロス』九四行の「目は美の通り道」にはすでに、アキレウス・タティオスの「美は矢よりも鋭く傷をつけ、目を通って魂に流れ込みます。目は恋の傷の通り道ですからね」（第一巻四-4）、「この美しさの流出は眼を通って心へと流れ込み」（第一巻九-4）といった表現の影響が見られる。

また、ビザンティン時代の証言がスーダ辞典以外にもいくつか残っている。コンスタンティノープル総主教ポティオス（九世紀）は『文庫』八七、九四、一六六でアキレウス・タティオスについて触れ、その文体的特徴を褒める一方で猥雑さを非難し、ヘリオドロスの貞節を称賛している。また、ミカエル・プセロス(十一世紀)は、その小論の中でヘリオドロスとアキレウス・タティオスを比較し、センセーショナルな題材や猥雑さを短所としている。また、両作品がここでは『カリクレイア』、『レウキッペ』とヒロインの名前だけで呼ばれていることは興味深い。

古代ギリシア恋愛小説の影響を受け、十二世紀に流行したビザンティン小説にもヘリオドロスと共にアキレウス・タティオスは大きな影響を与えているが、特にエウスタティオス・マクレンボリテスの『ヒュスミニアスとヒュスミネ』は、プセロスの指摘するような短所を省きながらアキレウス・タティオスに多くを負った作品として知られている。

その後、西ヨーロッパでアキレウス・タティオスが再発見されたのは他のギリシア古典に比べてはるかに遅く、十六世紀半ばになってのことである。十六世紀になると、それまではギリシア・ローマの代表的な作家たちの作品で満足していた人文学者たちが、あまり知られていない、未刊行の古典作品に目を向けるようになった。そして一五三四年にウィンケンティウス・オプソポエウスによるヘリオドロス『エティオピア物語』の *editio princeps* がバーゼルで出版され、一五四七年にジャック・アミヨによるフランス語訳がパリで出たことが、古代ギリシア恋愛小説再発見の始まりとなった。

『レウキッペとクレイトポン』に関しては、一五四四年にアンニバル・クルケイウス(アンニバレ・デッラ・クローチェ)によるラテン語の部分訳(第五巻-第八巻のみの写本に基づく翻訳で、この段階では作者も作品名も不明だった)がリヨンで出版されると、たちまち近代語訳が広まった。このラテン語訳に基づく部分訳は一五四五年にフィリベール・ド・ヴィエンヌのフランス語版がパリで、一五四六年にロドヴィコ・ドルチェの手になるイタリア語版がヴェネツィアで出る。完全な写本が発見されて著者名と題名が明らかになると、一五五〇／五一年にはフランチェスコ・アンジェロ・コッチョのイタリア語による全訳がヴェネツィアで、クローチェ自身のラテン語完訳が一五五四年にバーゼルで出版され、その後は各国語による翻訳がつづいた。同時に、十六世紀は印刷本が普及しつつある一方で、まだ写本文化が色濃く残り、写本と印刷本が共存している時代でもあった。現在確認されているアキレウス・タティオスの二〇余りの写本も半数以上が、この時代にフルウィオ・オルシーニやアンリ・エティエンヌらの活動によって作成されたものである。また、ギリシア語原典が出版されたのはかなり遅く、*editio princeps* がハイデルベルクで出版されたのは、すでに十七世紀に入った一六〇一年のことである。

最初の西洋文学への影響はイタリアで、ロンゴス『ダプニスとクロエ』の翻訳者でもあるアンニヴァレ・カロの喜劇 *Gli Straccioni*（一五四三年頃）にみられる。『レウキッペとクレイトポン』第五巻で、死んだと思われていたレウキッペとテルサンドロスが実は生きていたことで生じる四角関係のモチーフが、カロの喜劇においても重要な伏線として利用されている。スフォルツァ・オッディも同じモチーフを用いて喜劇 *I Morti Vivi*（一五七四年上演）を書いた。トルクァート・タッソーは一五六〇年代に執筆したと推定されるその文学理論の中で、すでに恋愛が叙事詩の主題たりうることを論じ、例としてアキレウス・タティオスについても触れているが、彼の牧歌劇『アミンタ』には、第二巻七でクレイトポンが蜂に刺されたふりをして、治るようまじないをかけてくれたレウキッペからキスを奪う場面の模倣が見られる。さらに、十七世紀になると、ピエトロ・アントニオ・トニアーニによる韻文化作品も作られている。

絵画に目を転じると、ティツィアーノの『エウロパの掠奪』（一五五九―一五六二年頃）は、フェリペ二世に捧げられたオウィディウス『変身物語』を題材にした連作の一つであるものの、オウィディウスにはなく、アキレウス・タティオスにのみ現われる要素がいくつも出てくる（オウィディウスではエウロパが牡牛に乗って海上を攫われていく場面への言及はわずかしかない）。つまり、海上で牡牛に乗るエウロパと草地に取り残された侍女たちの対比、海豚、戯れるエロースたち、海の色の違い、侍女たちの背後の岩山、エウロパの躍動的な姿勢やなまめかしさなどにアキレウス・タティオスからの影響がみえると美術史家たちが指摘している。実際、画家と最初のイタリア語訳者ドルチェとの交友や、ティツィアーノがこの絵を描く約十年前に、同じヴェネツィアでコッチョによる全訳が出ていることをみても、この可能性は高い。また、十七世紀の伝記によれば、ティツィアーノは『レウキッペとクレイトポン』第八巻一二でステュクスの泉の縁起譚として語られるロドピスとエウテュニコスの物語を描いたという（現存せず）。これが事実ならば、ほかにはみられないこのマイナーな挿話を取り上げたこと自体、ティツィアーノが『レウキッペとクレイトポン』の物語を熟知していたことを示しているといえよう。

イギリスでは特にエリザベス朝期の文学作品に大きな影響を与えた。ロバート・グリーンの作品群には、現在であればほとんど剽窃ともいえるようなアキレウス・タティオスからの借用があり、それは『ギドーニアス』（一五八四年）の Lewcippa, Clerophontes, Thersandro, Melytta といった登場人物の名前を見ても明らかである。精緻な描写の借用もみられ、『アルバスト』（一五八四年）冒頭は『レウキッペとクレイトポン』冒頭と設定が瓜二つであるし、『モランド』（一五八四年）にはアキレウス・タティオスをそのままなぞったような エウロペの絵画描写がある。フィリップ・シドニーの『ニュー・アーケイディア』も、登場人物の名前（Clitophon, Leucippe, Clinias）から難破のエピソードまでヘリオドロスほどではないものの、アキレウス・タティオスに負っている。グリーン、シドニー共にアキレウス・タティオスにしか確認されない火と水が混ざったシチリアの泉（第二巻一四-7）の描写を借用しているのは興味深い。また、スペンサー『妖精の女王』やシェイクスピアの戯曲への影響も指摘されている。十七世紀にはエルカナ・セトルが、カロやオッディと同様、第五巻以降の四角関係をモチーフにして *Fatal Love, or The Forc'd Inconstancy, A Tragedy*（一六八〇年）を上演している。ただ、これまでの戯曲化作品と異なるのは、主要登場人物のうちレウキッペに当たる Panthea（明らかにレウキッペの母親の名に由来している）を除く全員が殺されるという悲劇になっていることだろう。

スペインではロペス・ピンシアーノが『古代詩哲学』（一五九六年）の中でアキレウス・タティオスをホメロス、ウェルギリウス、ヘリオドロスと並んで四大叙事詩人のように讃えている。文学作品ではロペ・デ・ヴェガにアキレウス・タティオスへの言及が見られ、セルバンテスの遺作『ペルシーレスとシヒスムンダの苦難——北辺物語』（一六一七年）は、ヘリオドロス『エティオピア物語』に対抗しようとしたものだが、嵐の描写などに明らかにアキレウス・タティオスの影響もみられる。

しかし、古代ギリシア恋愛小説がもっとも流行したのはフランスにおいてである。十六世紀半ばには、ラブレーの『第四の書』第二章が、アキレウス・タティオス第五巻冒頭のピロメラの絵画描写やパロス島の大灯台の影響を受けていると指摘されている。アキレウス・タティオス最初のラテン語訳を出版したリヨンの出版業者セバスティアン・グリフィウスがラブレーの学術書を手掛けていることからも、ラブレーがアキレウス・タティオスを読んだのはほぼまちがいないと考えられる。また、パロス島に由来するフランス語のphare（灯台）という語の確認できる最古の記録はラブレーである。

十七世紀のいわゆるバロック時代になると、バロック特有の規則性から逸脱して流動性を求め、スペクタクルを好む風潮とあいまって古代ギリシア恋愛小説は大流行し、類似作品が次々と作られた。後世には冗長だとか度が過ぎると批判された精緻な描写や人身御供などのショッキングな場面は、いっそう誇張した形で模倣された。ピエール・デュ・リエは『悲喜劇クリトフォン』として『レウキッペとクレイトポン』を戯曲化した。その舞台装置がいかに壮観だったかは、当時パリのブルゴーニュ座付の舞台監督だったローラン・マエロの覚え書きからもわかる。また、ヘリオドロスと共にアキレウス・タティオスは数多くのフランス・バロック小説の範になった。こうした流れの頂点を示すのが、ピエール＝ダニエル・ユエの『小説起源論』（一六七〇年）である。これは十七世紀唯一の散文フィクションに関するまとまった理論書であるが、ユエは小説の歴史を古代オリエントからギリシア・ローマ、中世のフランスを経て、近代の各国に辿る。その流れはデュルフェの『アストレ』を経て、ユエの同時代人スキュデリー嬢で頂点に達するとする。ユエの定義によると、

厳密に小説と呼ばれるものは、読者の楽しみと教化のために、散文で巧みに書かれた恋愛の冒険のフィクションである。

彼は小説を散文で書かれたフィクションでなければならないと限定し、叙事詩とも区別した。叙事詩が戦争

や政治を扱うのに対して小説は恋愛を扱い、読者に喜びと教訓を与えるものでなければならない。彼はまた小説を規則小説(roman régulier)と不規則小説(roman irrégulier)に区分し、ヘリオドロスやアキレウス・タティオス、イアンブリコスを前者、ロンゴスやペトロニウス、アプレイウス、ルキアノスを後者の例として挙げ、中でもヘリオドロスを最高の模範とした。

なお、文体という点では、ユエはヘリオドロスがいささかわざとらしいのに対し、アキレウス・タティオスの方が簡潔で自然だと述べている。他方、アキレウス・タティオスを猥雑すぎ、精緻な描写の数々も物語の流れを妨げるとして批判しており、十七世紀後半のユエの時代にはすでにバロック的価値観がすっかり変わってしまったことがわかる。この『小説起源論』はラファイエット夫人の『ザイード』(一六七〇年)の序文として書かれたものだが、そのラファイエット夫人はやがてフランス心理小説の祖ともされる『クレーヴの奥方』(一六七八年)を書き、いわゆる近代小説への先鞭をつけることになる。その結果、それまではあれほどもてはやされた古代ギリシア恋愛小説の流行も急速に衰えることになった。

なお、日本では引地正俊による邦訳が筑摩世界文学大系64『古代文学集』(一九六一年)に収録されている。良訳であり、訳者も大いに参考にしたが、惜しむべきは第八巻のほぼ半分にあたる五-4の途中から一〇-10までの、主に法廷場面が要約になっていることである(引地訳の該当箇所に要約に関する明確な言及はないものの、[ ]で囲まれている)。以前、引地教授に伺ったところ、文学集という性質上、担当作品の紙数制限のために縮めざるをえず、決してこの箇所が重要ではないというわけではないと強調しておられた。法廷場面は最終巻のある程度まとまったエピソードなので、要約対象になったと推察される。

また、引地が翻訳と前後して発表したアキレウス・タティオスに関する二つの論文は研究史を考えるうえでも重要である。本解説ですでに述べた、アキレウス・タティオスの絵画描写がそのあとに起こる出来事を暗示しているという事実の指摘は、これ自体をテーマとした論考としてはおそらく初めてのものである。この暗示機能については引地論文の数年後の一九六五年にHarlanによるコロンビア大学博士論文が発表され、近年ではBartsch（一九八九年）やMorales（二〇〇四年）らの綿密な研究に取って変わられたとはいえ、研究史上の価値は失われていない。また、西洋古典学研究の論考（一九六五年）で、アキレウス・タティオスにおけるテュケーとエロースの関係に着目したのは彗眼であり、結論はむしろ反対になってしまったものの、拙稿（二〇〇三年）の出発点にもなっている。さらに引地はギリシア小説の受容に関しても、シェイクスピアへの影響について一九七〇年代半ばに二本の論文を発表している。

古代ギリシア恋愛小説に関する本格的な研究は引地論文を除けば、これまで日本ではほとんどなされてこなかった。しかし、日本の翻訳文化の特殊性を考えた場合に、呉茂一や松平千秋といった日本の西洋古典学の先達がこの分野に関心を抱き、早くから翻訳を行なっていることは注目に値する。上記の『古代文学集』ではアキレウス・タティオスのほか、ロンゴス『ダプニスとクロエ』、エペソスのクセノポン『エペソス物語』という三つの古代ギリシア恋愛小説に加え、同時代のアルキプロンの手紙やルキアノスの作品が合わせて収められ、さらにはペトロニウスのローマ小説『サテュリコン』まで併録されている。こうした作品群をまとめて考えるという視点自体、当時の欧米の研究状況と比べても、むしろ日本の方が偏見なく古代ギリシア恋愛小説を受け入れていたように思われる。それは西洋近代小説の伝統とは別に、『源氏物語』に代表されるような独自の物語文化の伝統を日本が持っているがゆえにできたことではなかろうか。近年ようやくカリトン『カイレアスとカリロエ』とヘリオドロス『エティオピア物語』の邦訳が出て、現存する五作品すべての邦訳が出そろったとはいえ、日本語による研究はまだまだこれからである。

脱稿が大幅に遅れ、ずいぶんとご迷惑をおかけしたにもかかわらず、根気よく対応してくださった京都大学学術出版会の國方栄二氏にはお礼とお詫びを申し上げたい。國方氏には訳稿の表記やわかりづらい点についても多くの助言をいただいた。また、この翻訳の話をくださった京都大学の中務哲郎教授にも厚くお礼申し上げる。

底本以外の主な参考文献は以下の通り（ただし、網羅的なものではない）。また、訳者がウェールズ大学スウォンジー校在学中に設立に参加した恩師 J. R. Morgan 教授を中心とする研究グループ KYKNOS (Swansea, Lampeter, Exeter Centre for Research on Ancient Narrative Literature) の未刊行の研究成果も多く反映していることをお断りしておく。

主要参考文献

(1) 一次資料

J. N. O'Sullivan, *A Lexicon to Achilles Tatius* (Berlin: Walter de Gruyter, 1980).

E. Vilborg, *Achilles Tatius: Leucippe and Clitophon: A Commentary* (Göteborg: Elanders Boktryckeri Aktiebolag, 1962).

Tim Whitmarsh trans. with an introduction by Helen Morales, Achilles Tatius: *Leucippe and Clitophon* (Oxford: Oxford University Press, 2002).

J. J. Winkler trans. Achilles Tatius, 'Leucippe and Clitophon', in B. P. Reardon ed., *Collected Ancient Greek Novels* (Berkeley: University of California Press, 1989), 170-284.

引地正俊訳「タティオス レウキッペーとクレイトポーン」世界文学大系64『古代文学集』、筑摩書房（一九六一年）所収。

(2) 二次資料

G. Anderson, 'The Mystic Pomegranate and the Vine of Sodom: Achilles Tatius 3.6', *American Journal of Philology* 100 (1979), 516-518.

S. Bartsch, *Decoding the Ancient Novel* (Princeton: Princeton University Press, 1989).

G. B. Conte, *The hidden author. An interpretation of Petronius's Satyricon* (Berkeley etc.: University of California Press, 1996).

Koen de Temmerman, 'A Narrator of Wisdom. Characterization through *gnomai* in Achilles Tatius (version 1.0)', *Princeton/Stanford Working Papers in Classics* (March, 2007).

M. A. Doody, *The True Story of the Novel* (London: Fontana Press, 1998).

S. Goldhill, *Foucault's Virginity* (Cambridge: Cambridge University Press, 1995).

T. Hägg, *Narrative Technique in Ancient Greek Romances: Studies of Chariton, Xenophon Ephesius, and Achilles Tatius* (Stockholm, 1971).

E. C. Harlan, *The Description of Paintings as a Literary Device and Its Application in Achilles Tatius* (Ph. D. dissertation, Columbia University, 1965).

D. Konstan, *Sexual Symmetry* (Princeton: Princeton University Press, 1994).

H. L. Morales, 'Sense and Sententiousness in the Greek Novels', in A. Sharrock & H. Morales eds., *Intratextuality: Greek and Roman Textual Relations* (Oxford: Oxford University Press, 2000), 67-88.

H. L. Morales, *Vision and Narrative in Achilles Tatius' Leucippe and Clitophon* (Cambridge: Cambridge University Press, 2004).

J. R. Morgan, 'Make-believe and Make Believe: The Fictionality of the Greek Novels', in Christopher Gill & T. P. Wiseman eds., *Lies and Fiction in the Ancient World* (Exeter: University of Exeter Press, 1993), 175-229.

J. R. Morgan, 'Achilles Tatius', in I. de Jong, R. Nünlist & A. Bowie eds., *Narrators, Narratees, and Narratives in Ancient Greek Literature*. Studies in Ancient Greek Literature Vol. One. Mnemosyne Supplementum 257 (Leiden: Brill, 2004), 493-506.

J. R. Morgan, 'Kleitophon and Encolpius: Achilleus Tatius as Hidden Author', in M. Paschalis, S. Frangoulidis, S. Harrison & M. Zimmerman eds., *The Greek and the Roman Novel: Parallel Readings* (Groningen: Barkhuis Publishing & Groningen University Library, 2007), 105-120.

G. W. Most, 'The Stranger's Stratagem: Self-Disclosure and Self-Sufficiency in Greek Culture', *Journal of Hellenic Studies* 109 (1989), 114-133.

S. Nakatani, 'A Re-examination of Some Structural Problems in Achilles Tatius' *Leucippe and Clitophon*', *Ancient Narrative* 3 (2003), 63-81.

S. Nakatani, *Achilles Tatius and Beyond* (Groningen: Barkhuis Publishing & Groningen University Library, forthcoming).

B. E. Perry, *The Ancient Romances: A Literary-Historical Account of Their Origins* (Berkeley & Los Angeles: University of California Press, 1967).

L. Plazenet, *L'ébahissement et la délectation: Réception comparée et poétiques du roman grec en France et en Angleterre aux XVIe et XVIIe siècles* (Paris: Honoré Champion, 1997).

K. Plepelits, 'Achilles Tatius', in G. Schmeling ed., *The Novel in the Ancient World*. Mnemosyne Supplementum 159 (Leiden, New York & Köln: E. J. Brill, 1996), 387-416.

B. P. Reardon, 'Achilles Tatius and Ego-Narrative', in J. R. Morgan & R. Stoneman eds., *GREEK FICTION: The Greek Novel in Context* (London-New York: Routledge, 1994), 80-96.

I. Repath, 'Achilles Tatius' *Leucippe and Cleitophon*: What Happened Next?', *Classical Quarterly* 55.1 (2005), 250-265.

I. Repath, 'Callisthenes in Achilles Tatius' *Leucippe And Cleitophon*: Double Jeopardy?', *Ancient Narrative* 6 (2007), 101-129.

Erwin Rohde, *Der griechische Roman und seine Vorläufer* (Hildesheim: Georg Olms Verlag, 1974).

C. P. Segal, 'The Trials at the End of Achilles Tatius' *Clitophon and Leucippe*: Doublets and Complementaries', *Studi italiani di filologia classica* 3rd ser. 2 (1984), 83-91.

D. L. Selden, 'Genre of Genre', in J. Tatum ed., *The Search for the Ancient Novel* (Baltimore: Johns Hopkins University Press, 1994), 39-64.

S. A. Stephens, 'Who Read Ancient Novels?', in J. Tatum ed., *The Search for the Ancient Novel* (Baltimore & London: Johns Hopkins University Press, 1994), 405-418.

Tim Whitmarsh, 'Reading for Pleasure: Narrative, Irony, and Erotics in Achilles Tatius', in S. Panayotakis, M. Zimmermann & W. Keulen eds., *Ancient Novel and Beyond*. Mnemosyne Supplementum 241 (Leiden: Brill, 2003), 191-205.

Tim Whitmarsh, *The Second Sophistic*, Greece & Rome: New Surveys in the Classics No.35 (Oxford: Published for the Classical Association by Oxford University Press, 2005).

Tim Whitmarsh (ed.), *The Cambridge Companion to The Greek and Roman Novel* (Cambridge: Cambridge University Press, 2008).

中谷彩一郎「アキレウス・タティオスにおける二重性について」西洋古典学研究 XLIX（二〇〇一年）七四－八五。

中谷彩一郎「アキレウス・タティオスが輝いた頃——17世紀前半のパリを中心に」西洋古典学研究 LVI（二〇〇八年）八九－一〇一。

中務哲郎「1 ギリシア・ローマの小説」『岩波講座文学3 物語から小説へ』岩波書店（二〇〇二年）所収。

ミハイル・バフチン『小説における時間と時空間の諸形式——一九三〇年代以降の小説ジャンル論』（伊東一郎・北岡誠司・佐々木寛・杉里直人・塚本善也訳）、ミハイル・バフチン全著作第五巻、水声社（二〇〇一年）。

引地正俊「アキレウス・タティオスの絵画記述」早稲田大学高等学院研究年誌六（一九六一年）、五二－六五。

引地正俊「アキレウス・タティオスの小説構成上の一問題——Eros と Tyche」西洋古典学研究 XIII（一九六五年）、一一六－一二六。

引地正俊「シェイクスピアのロマンス劇とギリシアのロマンス」早稲田大学英文学会編、英文学四二（一九七五年）、一〇六－一二〇。

引地正俊「シェイクスピアのロマンス劇とギリシアのロマンス（承前）」早稲田大学英文学会編、英文学四四（一九七六年）一－一七。

堀尾耕一「アプトニオス『プロギュムナスマタ』(翻訳と解題)」東京大学西洋古典学研究室紀要二一(二〇〇六年)四五―八六。

訳者略歴

中谷彩一郎（なかたに　さいいちろう）

神戸大学、関西大学非常勤講師

一九七二年　兵庫県生まれ

二〇〇一年　ケンブリッジ大学古典学部修士課程修了

二〇〇三年　東京大学大学院人文社会系研究科博士課程中退

二〇〇五年　ウェールズ大学スウォンジー校古典学古代史エジプト学科博士課程修了

二〇〇五年　PhD（ウェールズ大学）

主な著訳書

Achilles Tatius & Beyond (Groningen, forthcoming)

『オックスフォード　ギリシア・ローマ神話宗教事典』（共訳、朝倉書店、近刊）

レウキッペとクレイトポン　西洋古典叢書　第Ⅳ期第12回配本

二〇〇八年九月十五日　初版第一刷発行

訳　者　中《なか》谷《たに》彩《さい》一《いち》郎《ろう》

発行者　加藤重樹

発行所　京都大学学術出版会

606-8305　京都市左京区吉田河原町一五-九　京大会館内

電　話　〇七五-七六一-六一八二

FAX　〇七五-七六一-六一九〇

http://www.kyoto-up.or.jp/

印刷・土山印刷／製本・兼文堂

ISBN978-4-87698-178-6

定価はカバーに表示してあります

西洋古典叢書 ［第Ⅰ・Ⅱ・Ⅲ期］既刊全63冊

【ギリシア古典篇】

アテナイオス　食卓の賢人たち 1　柳沼重剛訳　3990円
アテナイオス　食卓の賢人たち 2　柳沼重剛訳　3990円
アテナイオス　食卓の賢人たち 3　柳沼重剛訳　4200円
アテナイオス　食卓の賢人たち 4　柳沼重剛訳　3990円
アテナイオス　食卓の賢人たち 5　柳沼重剛訳　4200円
アリストテレス　天について　池田康男訳　3150円
アリストテレス　魂について　中畑正志訳　3360円
アリストテレス　動物部分論他　坂下浩司訳　4725円
アリストテレス　ニコマコス倫理学　朴　一功訳　4935円
アリストテレス　政治学　牛田徳子訳　4410円
アルクマン他　ギリシア合唱抒情詩集　丹下和彦訳　4725円
アンティポン／アンドキデス　弁論集　高畠純夫訳　3885円

イソクラテス　弁論集　1　小池澄夫訳　3360円
イソクラテス　弁論集　2　小池澄夫訳　3780円
エウセビオス　コンスタンティヌスの生涯　秦　剛平訳　3885円
ガレノス　ヒッポクラテスとプラトンの学説　1　内山勝利・木原志乃訳　3360円
ガレノス　自然の機能について　種山恭子訳　3150円
クセノポン　ギリシア史　1　根本英世訳　2940円
クセノポン　ギリシア史　2　根本英世訳　3150円
クセノポン　小品集　松本仁助訳　3360円
クセノポン　キュロスの教育　松本仁助訳　3780円
セクストス・エンペイリコス　ピュロン主義哲学の概要　金山弥平・金山万里子訳　3990円
セクストス・エンペイリコス　学者たちへの論駁　1　金山弥平・金山万里子訳　3780円
セクストス・エンペイリコス　学者たちへの論駁　2　金山弥平・金山万里子訳　4620円
ゼノン他　初期ストア派断片集　1　中川純男訳　3780円
クリュシッポス　初期ストア派断片集　2　水落健治・山口義久訳　5040円
クリュシッポス　初期ストア派断片集　3　山口義久訳　4410円

クリュシッポス　初期ストア派断片集 4　中川純男・山口義久訳　3675円
クリュシッポス他　初期ストア派断片集 5　中川純男・山口義久訳　3675円
テオクリトス　牧歌　古澤ゆう子訳　3150円
ディオニュシオス／デメトリオス　修辞学論集　木曽明子・戸高和弘・渡辺浩司訳　4830円
デモステネス　弁論集 1　加来彰俊・北嶋美雪・杉山晃太郎・田中美知太郎・北野雅弘訳　5250円
デモステネス　弁論集 3　北嶋美雪・木曽明子・杉山晃太郎訳　3780円
デモステネス　弁論集 4　木曽明子・杉山晃太郎訳　3780円
トゥキュディデス　歴史 1　藤縄謙三訳　4410円
トゥキュディデス　歴史 2　城江良和訳　4620円
ピロストラトス／エウナピオス　哲学者・ソフィスト列伝　戸塚七郎・金子佳司訳　3885円
ピンダロス　祝勝歌集／断片選　内田次信訳　4620円
フィロン　フラックスへの反論／ガイウスへの使節　秦　剛平訳　3360円
プラトン　ピレボス　山田道夫訳　3360円
プルタルコス　モラリア 2　瀬口昌久訳　3465円
プルタルコス　モラリア 6　戸塚七郎訳　3570円

プルタルコス　モラリア 11　三浦　要訳　2940円
プルタルコス　モラリア 13　戸塚七郎訳　3570円
プルタルコス　モラリア 14　戸塚七郎訳　3150円
ポリュビオス　歴史 1　城江良和訳　3885円
マルクス・アウレリウス　自省録　水地宗明訳　3360円
リュシアス　弁論集　細井敦子・桜井万里子・安部素子訳　4410円

【ローマ古典篇】

ウェルギリウス　アエネーイス　岡　道男・高橋宏幸訳　5145円
ウェルギリウス　牧歌／農耕詩　小川正廣訳　2940円
オウィディウス　悲しみの歌／黒海からの手紙　木村健治訳　3990円
クインティリアヌス　弁論家の教育 1　森谷宇一・戸高和弘・渡辺浩司・伊達立晶訳　2940円
クルティウス・ルフス　アレクサンドロス大王伝　谷栄一郎・上村健二訳　4410円
スパルティアヌス他　ローマ皇帝群像 1　南川高志訳　3150円
スパルティアヌス他　ローマ皇帝群像 2　桑山由文・井上文則・南川高志訳　3570円
セネカ　悲劇集 1　小川正廣・高橋宏幸・大西英文・小林　標訳　3990円

セネカ　悲劇集 2　岩崎　務・大西英文・宮城徳也・竹中康雄・木村健治訳　4200円

トログス／ユスティヌス抄録　地中海世界史　合阪　學訳　4200円

プラウトゥス　ローマ喜劇集 1　木村健治・宮城徳也・五之治昌比呂・小川正廣・竹中康雄訳　4725円

プラウトゥス　ローマ喜劇集 2　山下太郎・岩谷　智・小川正廣・五之治昌比呂・岩崎　務訳　4410円

プラウトゥス　ローマ喜劇集 3　木村健治・岩谷　智・竹中康雄・山澤孝至訳　4935円

プラウトゥス　ローマ喜劇集 4　高橋宏幸・小林　標・上村健二・宮城徳也・藤谷道夫訳　4935円

テレンティウス　ローマ喜劇集 5　木村健治・城江良和・谷栄一郎・高橋宏幸・上村健二・山下太郎訳　5145円